U0937053

"叶永烈看世界"系列·美丽中国

风从东方来

叶永烈 著

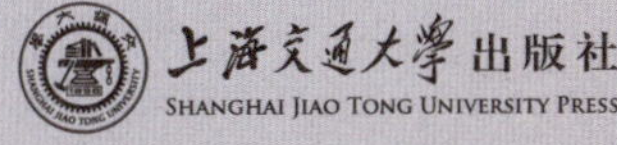

内容提要

本书是作者在我国东部地区采访、出差、工作时在纸上留下的行走“足迹”，是一部充满细节、很有激情的旅游散文，作者漫步在京沪的传统与现代中、体会着东部沿海的精致生活、感受了东北人家的风土人情，记录下了我国东部地区的点点和滴滴。

图书在版编目（CIP）数据

风从东方来 / 叶永烈著. —上海 ：上海交通大学出版社，2014
（叶永烈看世界 . 美丽中国）
ISBN 978-7-313-10715-2

Ⅰ. ①风… Ⅱ. ①叶… Ⅲ. ①纪实文学—中国—当代
Ⅳ. ①I25

中国版本图书馆 CIP 数据核字 (2013) 第 304923 号

风从东方来

著　　者：叶永烈
出版发行：上海交通大学出版社　　地　　址：上海市番禺路 951 号
邮　　编：200030　　电　　话：021-64071208
出 版 人：韩建民
印　　刷：上海锦佳印刷有限公司　　经　　销：全国新华书店经销
开　　本：710mm × 1000mm　1/16　　印　　张：17
字　　数：290 千字
版　　次：2014 年 4 月第 1 版　　印　　次：2014 年 4 月第 1 次印刷
书　　号：ISBN 978-7-313-10715-2/I
定　　价：45.00 元

总序

在写作之余，我有两大爱好：一是旅游，二是摄影。

小时候，我很羡慕父亲常常拎着个皮箱从温州乘船出差到上海。我也很希望有机会到温州以外的地方旅行。父亲说，那很简单，在你的额头贴张邮票，把你从邮局寄出去就行了。

可惜，我直到高中毕业，还没有从邮局寄出去，没有离开过小小的温州。直至考上北京大学，这才终于远涉千里，来到首都北京，大开眼界。

大学毕业之后，我在电影制片厂工作，出差成了家常便饭。我几乎走遍中国大陆。

随着国门的开放，我有机会走出去，周游世界。光是美国，我就去了七趟，每一回住一两个月，从夏威夷直至纽约，都留下我的足迹。我也七次来到祖国宝岛台湾，走遍台、澎、金、马，走遍台湾22个县市。

我的旅行，常常是“自由行”。比如我应邀到澳大利亚悉尼、墨尔本讲学，就顺便在澳大利亚自由行，走了很多地方。美国爆发“9•11”事件，我特地从上海赶往纽约进行采访，写作50万字的纪实长篇《受伤的美国》。我也参加各种各样的旅行团，到各国旅行。通常，我总是选择那种旅程较长的旅游团，以求深入了解那个国家。

记得，在朝鲜旅行的时候，我问导游，明天——7月27日，你们国家会有什么样的庆祝活动？那位导游马上很“警觉”地反问我：“叶先生，你以前是否来过朝鲜？”此后好几次，当我跟他交谈时，他又这么问我。我确实是第一次去朝鲜。但是我在去每一个国家之前，都事先充分“备课”。去朝鲜之前，我曾经十分详细研究过朝鲜的历史和文化，知道1953年7月27日朝鲜战争停战协定在板门店签订，朝鲜把这一天定为“祖国解放战争胜利日”，年年庆祝。然而，在朝鲜导游看来，一个对朝鲜情况如此熟知的游客，势必是此前来过朝鲜。

很多人问我，在上海住了将近半个世纪，为什么只写过几篇关于上海的散文，却没有写过一本关于上海风土人情的书。我的回答是：“熟悉的地方没有风景。”总在一个地方居住，我的目光被“钝化”了，往往

“视而不见”。当我来到一个陌生的国家，陌生的城市，往往会有一种新鲜感。这种新鲜感是非常可贵的，使我的目光变得异常敏锐。出于职业习惯，我每到一个国家，都会以我的特有的目光进行观察，“捕捉”各种各样的细节。在东京，我注意到在空中盘旋着成群的乌鸦，肆无忌惮地在漂亮的轿车上丢下“粪弹”，东京人居然熟视无睹。我写了《东京的乌鸦》，写出中日两国不同的“乌鸦观”，乌鸦的习性，为什么乌鸦在东京喜欢“住”郊区，乌鸦如何到东京“上班”，日本人如何对乌鸦奉若神明。我的这篇阐述日本“乌鸦文化”的散文发表之后，被众多的报刊转载，原因在于我写出了“人人眼中有，个个笔下无”。

漫步在海角天边，把沉思写在白云之上，写在浮萍之上。至今我仍是不倦的“驴友”。我的双肩包里装着手提电脑和照相机，我的足迹遍及亚、欧、美、澳、非五大洲近40个国家和地区。

我注重从历史、文化的角度去观察每一个国家和地区。在我看来，文化是民族的灵魂，历史是人类的脚印。正因为这样，只有以文化和历史这“双筒望远镜”观察世界，才能撩开瑰丽多彩的表象轻纱，深层次地揭示丰富深邃的内涵。我把我的所见、所闻、所记、所思凝聚笔端，写出一部又一部“行走文学”作品。

我把旅游视为特殊的考察，特殊的采访。我在台湾日月潭旅行时，住在涵碧楼。我在事先做“功课”时知道，涵碧楼原本是蒋介石父子在台湾的行宫。我特地跑到当地旅游局，希望查阅两蒋在涵碧楼的历史资料。他们告诉我，在涵碧楼里，就有一个专门的展览馆。于是，我到涵碧楼总台，打听展览馆在哪里。总台小姐很惊讶地说：“那个展览馆已经关闭多年，因为几乎没有什么客人前去参观，难得有叶先生这样喜欢研究历史的人。”她打开尘封已久的展览馆的大门，我在那里“泡”了两小时，有了重大发现，因为那里的展品记载了蒋介石父子在涵碧楼接见曹聚仁。曹聚仁乃是奔走于海峡两岸的“密使”，但是台湾方面从未提及此事。我把这一发现写进发表于上海《文汇报》的文章里，引起海峡两岸的关注……

我爱好摄影，则是因为在电影制片厂做了18年编导，整天跟摄影打交道，所以很注重“画面感”。我在旅行时，边游边摄，拍摄了大量的照片。在我的电脑里，如今保存了十几万张照片。除了拍摄各种各样的景点照片之外，我也很注意拍摄“特殊”的照片。比如，我在迪拜看见封闭式的公共汽车站，立即“咔嚓”一声拍了下来，因为这是世界上绝无仅有的公共汽车站，内中安装了冷气机。这一细节，充分反映了迪拜人观念的领先以及迪拜的富有和豪华。在韩国一家餐馆的外墙，我看见把一个个泡菜坛嵌进墙里，也拍了下来，因为这充分体现韩国人浓浓的泡菜情结。在马来西亚一家宾馆里，我看见办公室内挂着温家宝总理与汶川地震灾区的孩子在一起的大幅照片，很受感动，表明马来西亚人对中国的关注。只是已经到了下班时间，办公室的门锁上了，我只能从透过玻璃窗拍摄。门卫见了，打开办公室的门，让我入内拍摄，终于拍到满意的照片……照片是形象的视觉艺术。一张精彩照片所包含的信息量是很丰富的，是文字所无法替代的。

每一次出国归来，我要进行“总结”。这时候，我的本职——作家，与我的两大爱好旅行与摄影“三合一”——我把我的观察写成文字，配上所拍摄的图片，写成一本又一本图文并茂的书。日积月累，我竟然出版了20多本这样的“行走文学”图书。

我的“行走文学”，着重于从历史、从文化的视角深度解读一个个国家和地区，不同于那些停留于景点介绍的浅层次的旅游图书。其实，出国旅游是打开一扇观察世界的窗口，而只有善于学习各地的长处，自己才能进步。他山之石，可以攻玉。旅游是开阔眼界之旅，解放思想之旅，长知识，广见闻，旅游是学习之旅。从这个意义上讲，旅游者不仅仅是观光客。

承上海交通大学出版社的美意，在副总编刘佩英小姐的鼓励下，计划出版一套《叶永烈看世界》丛书，随着我一边“漫游”一边再继续出下去。我期望在继续完成一系列当代重大政治题材纪实文学的同时，能够不断向广大读者奉献轻松活泼的“行走文学”新作。

叶永烈
2010年6月28日初稿
2013年2月6日修改
于上海“沉思斋”

本卷序

眼下，中国流行旅游热。

眼下，文坛上流行旅游文学——“行走文学”。

其实，“行走文学”古已有之。古人早就提倡“读万卷书，行万里路”。把“行万里路”的所见所闻用文学的笔调记述下来，就是“行走文学”。明朝的《徐霞客游记》就是“行走文学”的佳作。

我是一个喜欢“行走”，几乎走遍中国大地。就拿2006年来说，每个月都要外出，我的行程远远超过万里：1月至2月，我在海南岛度过了三十天，回上海的时候路过广州；3月，来到杭州；4月，分别前往江苏的苏州和太仓做讲座；5月，我作为“送书大使”飞往贵州，为那里的小朋友赠送大批图书；6月，应邀前往新疆出席全国书市，并在乌鲁木齐、克拉玛依、库尔勒、吐鲁番签名售书；7月，来到大连讲座并去旅顺、丹东以及朝鲜；8月，因当选“河北读者最喜爱的作家”之一，来到石家庄和保定；9月，前往延安参加纪念长征七十周年；10月，回到故乡温州做讲座；11月，在北京出席中国作家协会第七次全国代表大会；12月，应香港艺术发展局的邀请飞往香港出席文学研讨会。

我每到一地，不仅拍摄了许多照片，而且常常把我的印象、我的观察写成游记式的散文。我的这些旅游散文，不仅视角与众不同，而且我是因为采访、出差、工作走遍四方，我的旅行时间要比跟随旅游团的旅游者从容，我的观察要比旅游者更加细致。我的所到之处，很多是旅游团不去的地方。

《美丽中国•风从东方来》就是我在中国闯南走北写下的旅游散文的选集。

《美丽中国•风从东方来》是我在中国走南闯北所记述的种种记录。我的“行走文学”，是以纪实文学作家的目光进行仔细观察写下的，是我的亲历、亲见、亲闻。我注重细节，注重“花絮”，注重民生风情。

我常常有这样的体会，刚刚从外地回来，趁着那股新鲜感还没有消失，立即把种种见闻写下来，往往能够写出一篇充满细节、很有激情的旅游散文。然而，如果不是趁热打铁，而是时隔一两个月再去写，就会笔头发涩，怎么也写不出来。我庆幸自己还不懒惰，总是在第一时间里把旅游散文写好。正因为这样，日积月累，我在纸上留下了那么多的“足迹”……

在《美丽中国•风从东方来》中，配合文章，把我在全国各地拍摄的照片作为插图，以使全书图文并茂，更富有可读性。

叶永烈

2013年2月7日

于上海“沉思斋”

京沪漫步

最熟是北京

一晃，从北京大学毕业分配到上海工作，已经30多个年头。人生的五分之三，是在上海度过。我也常说，上海是我的第二故乡。尽管我并不是上海人，可是如今我出去，人家都称我“上海作家叶永烈”。

如此说来，对于我，最熟的是上海。

我却摇头。

莫非最熟的是故乡——温州？

其实，我在高中毕业之后，便离开了温州。此后，虽说隔几年也回一趟温州，却总是来去匆匆，只住三五天就走。所以，故乡留给我的印象，仍是童年时代的印象。1994年我回温州，写了篇温州散记，那题目就是《不识故乡路》——因为温州这几年已经大大地改变了，除了市中心旧城区之外，我“不识故乡路”了！

最熟的究竟是哪里？

我说：“最熟是北京。”

人民大会堂

圆明园12生肖

这倒并不因为当年我在北京大学上了六年学。其实，做学生时，我忙于学业，再说穷学生也没有多少钱“消费”，难得从郊外的学校到市区——那时叫“进城”。一个学期进城三四回，就算不少了。所以，那时我并不熟悉北京城。

如今我说“最熟是北京”，却因为一趟趟出差，老是去北京。妻子甚至说我一年中去北京的趟数比去上海南京路的趟数还多。

老是去北京，早就去腻了。在北京，早上办完事，我下午以至中午就回上海。我巴不得别去北京。我希望最好是到没有去过的地方出差，富有新鲜感。可是，身不由己，我依然老是去北京。

总是“粘”着北京，内中的缘由便因为北京是首都：全国性的会议，大都在北京开；出差办事，上这个“部”，那个“委”，这个“办”，那个“会”，都得去北京；还有，最为重要的是，我的采访圈，大体上在北京。说来也怪，虽然人家称我是“上海作家”，可是我的作品却大都是北京题材。北京作家们笑我“侵入”他们的“领地”。其实，我也深感“远征”北京，比写“近水楼台”的上海题材要吃力得多。但是，我却非得一趟趟去北京采访不可。

为什么我要“远征”北京呢？我曾说，这是因为中国的“百老汇”在北京。当然，我所说的北京的“百老汇”，并非美国纽约“百老汇”(BROADWAY)那样的大街。我所关注的是中国现代史、当代史上的重大事件和重大人物。由于北京是首都，那些饱经风霜的“历史老人”、“风云人物”，汇聚在北京，成了中国的“百老汇”。我奔走于这样的白发世界，进行一系列采访。在我看来，北京的“百老汇”，是我的创作之源。

于是，我不断地去北京，有一年甚至去十来次，有时一个月内要去两次。

我去过纽约。那里的百老汇大街又宽又长，相当于北京的长安街，宽达40来米，长达25公里。北京的“百老汇”，却“汇”在几处。记得，有一回我在北京三里河一个高干大院采访，那里是北京的“百老汇”之一。被采访者问我，你是第一次上这儿？我说来过好多回，随口答出这里七八户人家的名字。又有一回，在北京另一处“百老汇”——木樨地的一幢高干大楼，被采访者得知我曾来这里多次进行采访，建议我索性对每一家都进行采访——如果把这座楼里每家的命运都写出来，那就写出了中国半个多世纪的缩影！

大抵是我反反复复去北京，北京某部门一度要调我到北京工作。我觉得这可以考虑。可是，对方只调我一人进北京。我是一个“家庭观念”很重的人。我无法接受这样的条件。于是，调北京工作只得作罢。我依然一趟趟出差北京。

每一回去北京，差不多住处都不相同。这回住东城，下回也许住西城。上次住北郊，这次住南郊。这样，我几乎住遍了北京的东南西北，住遍了各个角落，而不像在上海，总是固定地住在一个地方。

也正因为这样，我对北京的大街小巷，对于北京的变迁比上海更熟悉：我踏勘过“五四”运动火烧的赵家楼，我细察过当年林彪所住的毛家湾，我寻找过北京大学“梁效”写作组的所在地，我曾在清华大学“井冈山”红卫兵总部“旧址”前踯躅，我也曾研究过当今的钓鱼台国宾馆哪几座楼是当年“中央文革”的所在地……

每一回我去北京，都发现北京在变，这里冒出一幢新高楼，那里崛起一座新立交桥……

北京，浓缩着中国的现代史。北京的“百老汇”，聚集着中国现代史的见证人。

所以我说，最熟是北京。

天安门

“我爱北京天安门”

在高中毕业之前，我去过的最“遥远”的地方，只是距老家温州70公里的雁荡山而已。1957年我以第一志愿考上北京大学，不远千里来到首都北京，第一心愿就是去天安门广场看一看，拍一张照片。

那是一个阳光灿烂的秋日，17岁的我穿上了“礼服”——父亲给我的一件他穿过的“派力斯”浅灰色中山装，从北京大学“进城”，终于来到“日日盼、夜夜盼”的天安门广场。天安门广场给我的第一印象就是宏伟，我一下子被镇住了。那时候我还没有照相机，但是听说那里有人代客照相，就在金水桥上拍了一张黑白照片。

过了几天，我收到了这张照片，人拍得很大，倘若没有身后那金水桥汉白玉栏杆，几乎看不出是在天安门城楼前拍摄的。有趣的是，我的胸前除了别着北京大学校徽、高中的“班徽”之外，上衣口袋里插着三枝钢笔。用相声大师侯宝林的段子来说，上衣口袋里插一枝钢笔是小学生，两枝钢笔是中学生，三枝钢笔是大学生，四枝是修钢笔的。那天我正好符合大学生的“标准”。

1957年国庆节，我报名参加国庆游行。游行队伍从北京大学出发，步行到天安门广场，也不觉得累。游行队伍走过天安门城楼前，我清清楚楚看见了毛泽东主席。此后，在1958年，我参加了建设人民大会堂的义务劳动，对天安门广场就很熟悉了。

第一次在天安门前留影

后来有了照相机，我从上海出差到北京时，常在天安门广场拍照。我的得意之作是在2006年深秋看见一群老外在天安门城楼前拍照，个个笑逐颜开，我眼疾手快摁下了快门。

走进中南海

2012年11月上旬，中共十八大开幕的前几日，我前往中南海采访。我曾多次到过中南海。这一回从西大门进入中南海。警卫们军装笔挺，戴白手套在站岗。由于事先办过报备手续，所以一看车号就予放行，一路上通行无阻。

进西大门之后约二三百米，我便看到著名的怀仁堂。怀仁堂原本是清朝所建的“仪鸾殿”。1949年9月，中国人民政治协商会议第一届全体会议在此召开。此后，中央的许多重要会议也在此召开。1976年10月6日拘捕“四人帮”中的张春桥、姚文元、王洪文，也在这里。

我在丰泽园的后院下了车，沿着长廊走向南海。这里的长廊雕梁画栋，跟颐和园的长廊差不多。长廊一侧是一座屋顶铺满绿色琉璃瓦的宫殿，黑底横匾上有3个金色大字“春耦斋”。我看到春耦斋前的铜质铭牌上写着：“清高宗（乾隆）常在此息闲吟诗。”那里曾经作为会场，也是中南海举行周末舞会的地方，毛泽东、周恩来等都曾在这里跳舞、休息。长廊的另一侧是静谷，那是当年的皇家园林，精致幽雅。毛泽东、朱德都喜

中华门——中南海的正门

中南海的南海之滨

中南海人字柏

欢在静谷散步。我在静谷看到奇特的“人”字柏，那是由两棵柏树相交形成“人”字，象征人要相互扶持。这样的奇树非常稀罕。

走过长廊，前面便是中南海的南海。那天飘着潇潇细雨，南海泛着淡淡的波光，南海之中的小岛瀛台处于朦胧之中，而那座连接瀛台的长桥则静卧清波之上，看上去如同一幅典雅的水墨画。与我之前阳光明媚时去南海所见清澈透明、碧树红柱景象截然不同。

丰泽园坐北朝南，朱红大门正对着南海。丰泽园建于康熙年间，原是康熙以及后来的皇帝讲礼的地方。丰泽园总共三进，第二进是主体建筑颐年堂，曾是毛泽东召集中央领导人开小型会议的地方。许多重要决策在这里做出。

我来到丰泽园的第三进，亦即后院，叫做“含和堂”。那是一个四合院，最初住过朱德。四合院的北屋，是毛泽东看电影的地方。1951年，毛泽东就是在这里看了电影《武训传》，决定进行“批判”的。我还参观了毛泽东的厨房——含和堂里的一间十几平方米的平房，这厨房至今仍在使用中。含和堂后来住过杨尚昆、叶子龙。毛远新也曾在这里西面尽头的一间平房里居住。从1980年4月起，万里住进含和堂，直至今日，度过30多个春秋。我在含和堂访问了这位年已九十有六的原全国人大常委会委员长。他虽然眉须皆白，精神尚好，正在观看电视新闻，而且有时还打桥牌。他听力不好，需要在小黑板上写字跟他交流。他是中国政坛元老中健在的年纪最大的老寿星。我见到含和堂的墙壁已经斑驳剥落，但是万里老人安居若素。

中南海不仅保留了诸多明清建筑，也新建了一批办公楼和住宅。在春耦斋后面，有一幢长方形的新建平房，叫做“201”，那里曾经是陈云的办公地及住处。我到过“201”，记得中间是一条走廊，两侧是一个个房间，呈“非”字形。所有的房门都是土黄色的。在走廊尽头的一间办公室里，我采访陈云夫人于若木。坐在米黄色的布沙发上，于若木花了一个下午的时间接受我的采访。她思路清晰，而且记忆力强，给我留下深刻的印象。

“201”原是江青的住所。我问起江青秘书杨银禄，他说他在江青身边工作了5年多，在1973年6月11日离开江青那里。他告诉我，他当江青秘书时，还没有“201”这房子。可见“201”是在1973年之后建成的。中央警卫团团长张耀祠告诉我，他就是在这座房子里拘捕江青的。

陈云原本住在中南海附近北长街一幢老旧的房子里，一住就住了30年。1976年唐山大地震时，陈云住处的墙都震裂了，有关部门要翻建他的住房，陈

中南海静谷

云说什么也不同意，只叫人在屋内支了防震的钢支架，如此而已。在1978年底召开的中共十一届三中全会上，陈云重新当选为中共中央副主席、中共中央政治局常委，身边工作人员增多，办公用房不够，而“201”正空着，他这才同意搬了进去。陈云在1995年去世。夫人于若木在2006年2月28日去世之后，陈家于2006年底迁出了“201”，改由另一位中央主要领导人住进“201”。

在中南海，除了菊香书屋作为毛泽东故居保留之外，其他的房子都像含和堂、“201”那样，不断更换着主人。

形形色色的北京旅馆

清晨，我拉开窗帘，从位于北三环的浙江大厦19楼往下俯瞰，北京初雪，一片银白。半个多月前，我出差北京，住的是西城木樨地中国科技会堂宾馆，从高楼的窗口看下去则是车水马龙的北京主干道——西长安街。北京是我最常去的城市。今儿个在北京这里落脚，明儿个在北京那边住下，我几乎住遍北京角角落落，体验形形色色北京旅馆的不同风情。

说实在的，我并不太喜欢那些带星儿的玻璃幕墙包裹起来的高楼宾馆，因为那样的宾馆千篇一律，住在里面不知身在何处。北京的特色民居是四合院。我最喜欢住的是四合院宾馆。那是位于王府井东安市场附近的一家招待所。那里没有闪耀着红色数字的电梯，我走过曲里拐弯的胡同，平步而进，平步而出，体验真正的“北京味儿”。

有一阵子，我跟公安部的联系颇多，出差北京常住公安部的招待所。除了那家招待所靠近北京站交通方便之外，还在于那儿曾是李宗仁公馆，一幢西式别墅，优雅而充满欧洲情调，客房明亮而宽敞。在那里进进出出的大都是“大盖帽”，唯我一身便衣，居然有人猜测我是“上海局的便衣”。由于出差公安部的人多，倘若不提早通过公安部的朋友预定，很难入住。我一度改住北京市公安局招待所，那是一幢普通的楼房，也正因为“普通”而没有特色，也就没有给我留下多少印象。

北京最著名的当然是坐落在王府井大街与东长安街交叉口的北京饭店。英籍女作家韩素音从瑞士来北京，总是住北京饭店。她曾经在这里与

北京饭店夜景

我见面。我多次出席中国作家协会代表大会，北京饭店是代表们的住地之一。然而北京和上海的代表都无缘入住北京饭店，原因是你们来自全国最大的城市，见过世面，所以总是让边远省市代表入住北京饭店。不过开大会总是在北京饭店金色大厅举行，我也因此对北京饭店相当熟悉。这次去北京，我约朋友在北京饭店贵宾楼茶室见面。其中一位朋友在北京居住多年，竟然从未走进北京饭店。于是我成了“导游”，带领他漫步北京饭店底楼的长街，从最东头走到最西头。

北京饭店内

赴京出席全国性大会，我多次入住京西宾馆。这是一家部队宾馆，大气又庄严。京西宾馆既有客房，又有大大小小的会议室，很适合举行各种会议。我趁在那里入住的机会，对宾馆进行详细采访，因为著名的中共十一届三中全会就是在这里举行的，“文革”中诸多重大事件也在这里发生。

也有的宾馆本身并无特色，但是四周的环境别具一格。比如我住在玉渊潭宾馆，仿佛浸泡在浓浓的绿色之中。这家宾馆在玉渊潭公园内，尤其当时正值黄灿灿的迎春花盛开之际，我进进出出如坐春风。

最有趣的是，我曾经在崇文门一家旅馆住了半个多月，餐厅里天天免费供应鲜美的鸭汤。一打听，原来与之相邻的是烤鸭店，把多余的鸭汤用管子输送到这家旅店的餐厅，所以这儿拧开龙头，鸭汤就喷涌而出！

30多年前，我在北京远郊的航天基地采访，住过那里的招待所。由于众所周知的原因，进出那里的手续颇为严格。前些日子我再度来到那里，在办理入住手续时，想不到还沿用“老规矩”——除了出示身份证之外，还必须出示工作证！我已经多年没有用过工作证，也就没有随身携带。正在为难之际，陪同我的朋友替我再三说明，才终于让我入住。

相比而言，我对上海的宾馆远不如北京熟悉，因为家在上海，当然也就不住上海的宾馆了。

在北京住四合院

用北京话来说，我对北京“忒熟”。这倒不是因为我在北京上过学，而是由于经常出差北京。一趟趟进京，这回住东城，下回住西城，住遍北京城的各个角落，也就对北京“忒熟”。

不过，这一回北京之行，却给我留下不可磨灭的印象。那天，我刚走出首都机场，上了接待单位的车，他们并不马上告诉我这回住什么地方——后来我才明白，他们要给我以“惊喜”。车子驶入繁华的王府井大街，从一座座高高耸立的大宾馆前驶过，拐入一条胡同。

如果说大街是北京的主动脉，那么胡同便是微血管。胡同，在南方叫巷，在上海叫弄堂，都是“小的街道”的意思。据说，胡同本是蒙语，原意是“井”，因为有井也就有水，有水就有人家，有人家就有胡同。不过，进入北京的胡同，两侧是一堵堵长长的、灰不溜湫的院墙和一扇扇黑漆大门，几乎见不到一扇临街的窗，那种景象跟上海的弄堂截然不同。

车子在胡同里七拐八弯，在一处极为幽静的地方停住。我一走进大门，吃了一惊，里面是偌大的四合院！原来，这里是一家不对外营业的招待所。我很高兴能有机会住四合院——我在北京住过那么多宾馆、招待所，却是头一回住四合院！

从明朝起，北京就兴建了诸多四合院。诚如窑洞是延安的特色民居、石库门房子是上海的特色民居，四合院成了北京的特色民居。只是四合院全是平房，又有一个大院子，占地面积很大，在北京早已成了拆除的对象，所以现在北京的四合院已经越来越少。

这里没有跳跃着红色数字、上上下下的电梯，也没有光洁似镜的大理石地面和闪耀着金属光辉的铝合金门窗，却洋溢着浓浓的北京乡土味。步入这家招待所，迎面便是一个很大的前院。院子里有假山，有喷水池，有曲曲折折的长廊。王府井多王府，这里原本就是一座王府，所以颇有气派。

那假山四周有好几棵百年老树。山上，有石桌石凳，桌上刻着象棋棋盘。倘若在夏日，这里树荫覆盖，清风徐徐，是“杀一盘”的绝好所在。只是眼下天寒地冻，不是“厮杀”的时候。

假山之下有洞。洞口石碑上刻着“无叉洞”字样，估计中间那个已经看不清的是“底”字。假山之侧的喷水池，也因气温降至-10℃而“休闲”

作者在北京胡同

不喷。据告，这喷水池当年是鱼池，喷水管是后来安装的。

前院的四周，砌着一圈青灰色的围墙。在这凝重的青灰色衬托之下，前院的彩色长廊，显得格外耀眼。长廊地上铺着平整的方砖。我慢慢在方砖上踱着，仰首而望，梁上一幅幅彩绘映入眼廉。一步一画，画画皆不同，或青竹，或牡丹，或飞鸟，或山水，长廊成了画廊。

穿了一身绿色西装的招待小姐，领着我来到前院的客房。客房很少，一溜六间而已，全是雕花木窗。这些木窗当年是贴着糊窗纸的，如今被装上双层的玻璃，以挡室外逼人的寒气——在宾馆大楼里，客房外是走廊，走廊也有暖气，而这里直对巨大的前院花园。我被安排住在正中一间。据云，这里原本是一间很大的会客厅，是王府的晤客之处，如今被分隔成六间客房。

我走进客房，那房间长条形，隔成三个小间。外间放着一套沙发、茶几、电视机之类，算是客厅。里屋放着床、大衣柜之类，算是卧室。最里面则是一个卫生间，安装着卫生“三大件”……这一切，包括地上铺着的化纤地毯，都显然是“后来之物”。我注意到在客厅和卧室之间，有一个巨大的“门”字形的木隔扇。这隔扇一望而知是当年的原物。这隔扇是镂空木雕，非常精细，雕着梅花鹿、松针、仙鹤、长滕之类。如果把这木隔扇拿出去“竞拍”的话，肯定可以卖大价钱！

招待小姐领着我又走过一条曲里拐弯的长廊，走过小跨院，来到后院。那里是当年王府主人所住的内宅，如今改成餐厅。这是典型的四合院，一圈平房围绕着四四方方的院，窗户全都对着院子，后墙不开窗，仿佛成了一个与外界隔绝的独立王国。坐北朝南的曰“正房”，是主人卧室；东西曰“厢房”，是妾或者晚辈所住；坐南向北的曰“倒座”，通常作为客房。北京人的方向感比上海人强，我想这跟他们从小就说“南屋”、“北房”之类大有关系。我身临其境，这才明白“后院起火”的含意——后院才是真正的“核心”所在。

至于从前院到后院所途经的小跨院，也有一间间房子，曰“耳房”。据云，那里过去是男仆们所住或者是堆杂物的所在。如今，全都改建成客房。

我在这四合院里住了4天。这里格外幽静，古色古香，平步而入，平步而出。从外面看过去，灰墙加黑门，显得单调，而院内红柱、绿窗、彩廊、青瓦相映，大门、影壁、墀头、屋脊的砖面上还刻有种种精美的浮雕，给人以古朴的美感。

我在院子里散步，举目四望，高楼林立，这四合院仿佛成了高山群落中低凹的盆地。尤其是在寸土尺金的王府井，能够保留这样硕大的四合院，真不容易。

这家四合院招待所给我的印象，比北京任何星级宾馆都深。如果要我给这四合院招待所评“星级”的话，我要给它评“六星级”！

我不由得想到，近年来北京旅游部门推出“到胡同里去”的旅游新项目，让外宾坐三轮车在胡同里漫游，深受外国游客欢迎。其实，这样的四合院招待所倘若向外国客人开放，恐怕会排起长队。这里用得着一句格言：“越是中国的，也就越是世界的。”

重返北大

像一艘颠簸了半个世纪的小舟，我终于返回温馨的港湾，在母校北大住下。我刚放下拉杆箱，就沿着熟悉而又陌生的路急急走向未名湖。说熟悉，因为我在这里度过六年青春岁月；说陌生，因为许多新楼崛起令我眼生。

未名湖，北大的精魂所在。难忘，春日碧波之上荡漾着新绿的垂柳，盛夏时节湖畔的浓荫围着银亮似镜的湖面，秋日银杏叶儿黄成为湖滨一道靓丽的风景线，隆冬到来我穿上冰鞋在皑皑湖面上飞驰。游子归来，见到未名湖秀丽依旧，心中涌起一股暖流。清朝时，这里原本是淑春园的后花园。乾隆皇帝把淑春园赐给和珅，而和珅精心经营这一水泊，不仅种树养花，搭建亭台楼阁，甚至模仿颐和园的昆明湖在这里建造石舫。

未名湖的点睛之处，在于矗立在湖边山坡上的博雅塔。这座十三层六角形博雅塔，倒映在未名湖一尘不染的清波上，成为北大的地标性建筑，成为北大的图腾。我在北大学习期间，最“经典”的一帧留影，就是站在未名湖畔拍摄的，背景是博雅塔。其实博雅塔并非古建筑，而是钢筋水泥的现代建筑。北京大学的现址原为燕京大学旧址。1924年，燕京大学要建水塔，有人建议要把水塔建成古色古香，方能与典雅的未名湖匹配。于是仿照通州北周时期的燃灯塔，建成了这座古塔式的水塔，在塔里其实只是上下两层贮水，其余都是空的。然而正是这座别具一格的水塔，使未名湖为之增色，相得益彰，人称“天作之合”。

博雅塔与未名湖，成为北大最具代表性的图景，有人以“一塔湖图”概括之。不过，很快又有人对“一塔湖图”之“图”，提出新的诠释，以为这“图”应该是指北大图书馆，因为“塔”与“湖”只代表北大之美，

北京大学未名湖

而北大图书馆才是北大作为学府的象征。

也真巧，我这次是应“图”——北大图书馆之邀，前来做读书讲座。我跟北大图书馆，有着浓得化不开的情缘，因为在北大求学期间，除了上课和做实验之外，我差不多都是在北大图书馆里度过，在那里做功课、借书、看书、写作。北大图书馆的第一分馆，是所有分馆里最大的，简称“大图”。“大图”坐落在未名湖之侧，是一幢有着宫殿式大屋顶的三层大楼。我最喜欢“大图”，那里的座位最为宽大，而且每人一盏绿罩台灯，射出柔和的浅黄色光芒，最适合读书与写作。我学生时代的作品《十万个为什么》和《小灵通漫游未来》，就是在“大图”写出来的。正因为这样，我从“塔”与“湖”踱向“大图”。那幢红柱朱窗的大楼依在，只是已经改为北大档案馆了。

如今的“图”，是离未名湖一箭之遥的宏大的七层新楼。我在周六上午步入这幢新楼时，见到里面的阅览室早已座无虚席，依然如同我当年在北大学习时的景象：每天清早走出宿舍之后，第一件事是用书包在图书馆里占个座位，然后才去大膳厅吃早餐，接着便是在图书馆里开始一天的苦读……

我沿着未名湖漫步，发觉湖边多了一块手掌状的巨岩，掌心镌刻着“未名湖”三个字，那是侯仁之先生的手笔。侯仁之乃北大地质地理系主任、著名历史地理学家、院士。当年我经常从宿舍31斋穿过燕南园来到“大图”，知道燕南园是名教授的家园。这一回造访侯宅，那幢灰色两层小楼已经人去楼空，侯先生在2013年10月驾鹤西去。遵照他的遗愿，家人把他的丰富而珍贵的藏书捐赠给北大图书馆。我在台北访问国学大师钱穆故居时，得知未名湖之名，是钱穆1930年在这里执教时所取。钱穆曾云：“园中有一湖，景色绝胜，竞相提名，皆不适，乃名之曰未名湖。此实由余发之。”

北大群星璀璨。我在未名湖畔拜谒李大钊纪念雕像。“铁肩担道义，妙手著文章”。他是五四时代北京大学图书馆主任。不远处是1916年至1927年北京大学校长蔡元培的铜像。蔡元培力主“思想自由，兼容并包”，使北京大学精英荟萃。在未名湖滨的小山坡上，我拜谒了美国著名记者斯诺之墓。洁白的大理石墓碑上刻着叶剑英的题字，称他为“中国人民的美国朋友”。在另一处小山坡上，我走访了“临湖轩”，那里曾经是司徒雷登的家以及校长办公室……

依偎在母校的怀抱里度过难忘的四天，我又重新启航，“一塔湖图”一直铭刻在我心中。

北京圆明园废墟

历尽沧桑圆明园

在北京大学未名湖中，我见到一条用黄褐色细石雕刻、造型奇特的石鱼，那尾巴翻卷成“O”形，名曰“翻尾石鱼”。这条“翻尾石鱼”长约两米，朝天张大着鱼嘴，成为未名湖一景。

其实“翻尾石鱼”来自圆明园，1927年拍卖时被末代皇叔载涛买下，置于朗润园之中。燕京大学1930年班毕业时，又从载涛手中买下“翻尾石鱼”，置于未名湖。后来北京大学迁往燕京大学旧址，不仅“翻尾石鱼”归属北大，连朗润园也成为北大教授们的住所。季羡林、金克木、邓广铭、张中行四位名教授都住那里，人称“朗润园四老”。我毕业之后有一年随中国作家协会的朋友们回北大，与张中行教授相识。张中行教授对我说，他的女儿张汶、女婿常文保，都是我北大同班同学，也住朗润园。

朗润园不远处，便是圆明园。2013年初冬，我在北京大学小住，趁中午时光，抽暇前往圆明园游览。

北京大学、清华大学、中关村、圆明园、颐和园，像奥林匹克的五环，横卧在北京城的西北角。如今的圆明园，已经成了圆明园公园，跟颐和园毗邻。

圆明园公园跟颐和园旗鼓相当，论面积还稍大于颐和园：圆明园公园的总面积为350万平方米，而颐和园则只有300万平方米。

圆明园与颐和园同为当年的皇家园林，总体结构却不同。颐和园由万寿山和昆明湖组成主体框架，其中水面约占四分之三。记得，在北京大学上学时，夏日常步行到颐和园上体育课——在昆明湖游泳。

圆明园公园则是由圆明园、长春园、万春园（原名绮春园）三园组成，从南至北呈倒“品”字形：南面为万春园，东北为长春园，西北为圆明园。

游颐和园，通常由正门进入，沿昆明湖走一圈。由于处处可以看见地标——万寿山，游人的方位感很强。游圆明园公园则不同，到处是湖，到处是树，到处是亭台楼阁，没有明显的地标。圆明园公园很大，一天游不完三个园。圆明园公园共有园景123处，其中圆明园69处，长春园24处，万春园30处。要从这个园到那个园，一个个走遍景点，实在不容易。

我从圆明园的正门——南门入园。青瓦红柱，石狮守门，这道皇家气派的大门，即万春园的宫门。走过迎晖殿，走过中和堂，走过敷春堂，我沿着万春园的湖滨大路向北漫步。风和日丽，一排排垂柳长长的柳枝，像绿色的瀑布倾泻到我的头上。湖中央的喷泉，在阳光下如同喷射一串串银珠，格外耀眼。万春园号称“三十景”，由于时间有限，我只是匆匆一瞥，便赶往“品”字形的三园交汇之处。

交汇处设有电瓶车站，我在那里上车，继续向北，直奔长春园的“西洋楼”。那是游人必至之处。那里又设一门，成为园中之园。游人在大门口买了门票之后，到这里又必须再买一回门票，足见“西洋楼”是圆明园公园中最核心、非看不可的景点。

在中国皇家园林之中，怎么会有“西洋楼”呢？这里确实是圆明园公园里最为与众不同之处。

走进“西洋楼”，出现在我眼前的是一大片断垣残壁，在废墟上零零落落竖立着高高低低的方形雕花石柱。

“西洋楼”这样的欧式园林建筑，出现在清朝乾隆年间，从乾隆十二年（1747年）开始筹划，至乾隆二十四年（1759年）基本建成。这表明，早在250多年前，中国皇帝已经开始接受西方文化，以欧洲文艺复兴后期“巴洛克”风格建造“西洋楼”。参与“西洋楼”设计的有西方传教士郎世宁、蒋友仁、王致诚等，建造了谐奇趣、线法桥、万花阵、养雀笼、

北京圆明园废墟

方外观、海晏堂、远瀛观、大水法、观水法、线法山和线法墙等“西洋楼”。

仿效法国巴黎的凡尔赛宫，“西洋楼”里建造了“水法”，亦即人工喷泉。这里有三大喷泉群，即谐奇趣、海晏堂和大水法。人工喷泉是中国皇宫中从未有过的。

在这里不见中国皇宫建筑的金钉朱门，不见斗拱飞檐，不见黄琉璃瓦，不见红色梁柱。这里一派“西洋”建筑景象，但是在“西洋”之中又加入东方元素。后来移置北京大学未名湖的“翻尾石鱼”，造型东方化，原本就在谐奇趣楼南大型海棠式喷水池中。水柱从“翻尾石鱼”朝天大嘴中喷出，达十米多高。

圆明园“西洋楼”，有了“中国的凡尔赛宫”的称誉。然而，在1856年10月，英国和法国在沙皇俄国和美国政府的支持下，对中国发动了侵略战争，史称“第二次鸦片战争”。1860年10月6日晚7时，英法联军攻入圆明园。法军司令孟托邦下达命令，“先取在艺术及考古上最有价值之物品”，“以奉献皇帝陛下（拿破仑三世），而藏之于法国博物院”。英国司令格兰特也“派军官竭力收集应属于英人之物件”。于是英法联军对圆明园进行大洗劫，把中国皇宫珍宝纳入囊中。

在进行了大洗劫之后，1860年10月18日，3 500名英军在米切尔中将率领之下，长驱直入圆明园，纵火焚烧。大火持续了三天三夜，浓烟笼罩了北京城！

从此美轮美奂的圆明园，变成一片废墟，“西洋楼”也成了废石堆。

我迈着沉重的步伐，行走在圆明园“西洋楼”的横七竖八的断梁残柱之间。这里是中国人民的伤疤所在，是中国人民的心痛之处，是国耻的象征，是“落后就要挨打”的铁证。

我来到海晏堂的废墟。海晏堂是“西洋楼”最大的宫殿。海晏堂前的喷水池中，原本按照西洋风格设计放置裸体女人雕像，乾隆皇帝以为不妥，改为十二生肖铜像，即鼠、牛、虎、兔、龙、蛇、马、羊、猴、鸡、狗、猪兽面人身像，按照十二时辰轮流从口中喷水。正午时刻，则十二生肖一齐喷水。在英法联军浩劫海晏堂时，劫走十二生肖兽首。近年来中国保利集团从国际拍卖行买回牛首、猴首、虎首、马首、猪首，其余七个兽首尚流落海外。

在海晏堂废墟之侧，我见到摆放着一排十二生肖铜像的复制品，借以激发国人对圆明园众多珍宝遭掠的痛苦记忆。

我从海晏堂往前，来到大水法废墟。那里硕大的半圆海棠形喷泉群只残留着石龛式雕花石梁、石柱，北侧的高台西洋钟楼式大殿远瀛观，只剩下十几根高大的汉白玉石柱，柱头刻着精美的葡萄花纹。这里成为圆明园遗址的标志性景观。出现在电视、画报上的圆明园遗址代表性镜头、照片，就是在这里拍摄的。大水法朝南，下午顺光。诸多游人在此拍照留念。一大群幼儿园穿着五颜六色外衣的小朋友在那里一字排开，口中齐声喊“茄子”，给大水法废墟带来了勃勃生机。我也在那里留影，以记住中国当年作为弱国所蒙受的耻辱。

结束长春园“西洋楼”的游览之后，我步行几分钟，从东门出园。应当说，我的游览路线是最为快捷的，只花了将近两小时，就浏览了圆明园的精华之处。当然，如果你的时间很紧，光是为了一睹“西洋楼”，从圆明园公园的东门进，东门出，是最便捷的了。

与纪晓岚比邻而居

一回回去北京，客随主便，邀请方安排我住哪里，我就住哪里。就这样，我住过北京城各个角落大大小小的宾馆。这一回，我刚走出北京机场，前来接我的小孙告诉我，给我安排了一个好住处。到底住哪里呢？小孙卖关子，笑而未答。

轿车从机场来到天安门广场，一直往南，行进在前门南大街。那一带我很熟悉，早年在北京大学读书，有时候进城，常爱去前门南大街大栅栏，那里小商铺林立，有点像上海的城隍庙。如今的大栅栏还是那样熙熙攘攘，人流如潮。轿车经过大栅栏之后往南再向西，行进在珠市口西大街。眼前的珠市口西大街经过大规模的拓宽，比过去"阔"多了，成为北京南城的东西向主干道。轿车在珠市口西大街北侧的一扇大门前停下。我抬头一看，上方挂着四个大字：晋阳饭庄。

我又不是山西人，干吗安排我住在这里？小孙依然笑而不语。晋阳饭庄底下三层是名副其实的饭庄。乘电梯上了四楼，那里是旅馆。看上去，这旅馆跟别的旅馆并无多大差别，无非是在一条长廊两侧挨着一间又一间客房罢了。小孙领着我走过长廊，来到尽头的一间客房，让我住下来。我刚放下拉竿箱，小孙便让我来到窗口。我朝下一望，那是一个非常精致的四合院，院子里除了花花草草之外，还有几尊铜像。

"叶老师，你知道这是什么地方？"小孙依然在卖关子。直到我摇头之后，他才得意地说："本来，打算安排你住在王府井附近的宾馆，便于你去王府井新华书店签名售书。我正准备订房的时候，忽然想起这里更有特色，更适合你这样的文化人……"

小孙说了半天，最后才"篇末点题"："住在这里，你可以与纪晓岚做邻居！"

作者夫妇在北京纪晓岚故居

北京纪晓岚故居

原来，窗下的四合院，就是纪晓岚故居！我理所当然万分欣喜："能够与纪大人比邻而居，非常荣幸。"

小孙当然也喜形于色，因为他选择晋阳饭庄果然很有眼力。

中午，就在晋阳饭庄就餐。大约因为我是南方人的关系，平常我几乎不去吃山西菜，所以晋阳饭庄的山西菜对我来说，有一种新鲜感。其中给我印象颇深的是面食"闻喜饼"和"猫耳朵"。"闻喜饼"看上去像上海的大饼，但是咬了一口，方知是一层层的酥饼，又脆又香，远非上海的大饼能比。"猫耳朵"是把和好的面切成黄豆粒大小的细丁，用手捻成一个个细卷儿，看上去像猫的耳朵，再加上各种佐料烹制，非常可口。

晋阳饭庄是北京老字号的饭店。据说，在北京解放后，各帮菜馆应有尽有，唯缺山西风味的饭店。北京市市长彭真、国务院副总理薄一波都是山西人，都希望在北京能有一家正宗的山西菜馆。当时宣武区的积极性颇高，愿意将位于珠市口西大街宣武区党校迁走，用来开办山西菜馆。太原的晋阳饭庄闻言，挑选三十多名晋菜高手前往北京掌勺。就这样，花了8万元人民币把宣武区党校装修成饭馆。在1959年国庆节——建国十周年的大喜日子里，晋阳饭庄开张了。

在光顾晋阳饭庄众多的顾客之中，有作家老舍先生。他特地挑选了前院南窗前的桌子就座，因为那儿正对一架紫藤。老舍先生喜欢山西面食，没有点菜，只点了刀削面、拨鱼儿、猫耳朵各一小碗。老舍建议晋阳饭庄多增面食，面食价格低廉又能果腹，这样更适合老百姓消费。食毕，老舍还题七绝一首："驼峰熊掌岂堪夸，猫耳拨鱼实且华，四座风香春几许，庭前十丈紫藤花。"

老舍诗中所写及的"庭前十丈紫藤花"，其实是纪晓岚亲手所植。当年，纪晓岚常爱坐在紫藤架下读书或者会客。在《阅微草堂笔记》中，纪晓岚特别提及这一架紫藤："其荫覆院，其蔓旁引，紫云垂地，香气袭人。"不过，当年晋阳饭庄开张之时，虽说也知这里曾经住过纪晓岚。纪晓岚虽说是乾隆进士，《四库全书》总纂官，可是在华盖云集、名流毕至的北京，纪晓岚实在算不了什么。再说，那二进四合院，也不是纪晓岚建造的。在清雍正初年，这里住的是岳飞的后裔、奋威将军岳钟琪。到了乾隆年间，这儿的主人才是纪晓岚，住了30多年。200年前——嘉庆十年（1805年），纪晓岚病逝于此。之后，屡换屋主。1930年，爱国民主人士刘少白成为这里的主人，此屋成为"刘公馆"，中共地下组织以"刘公馆"为掩护，在此秘密接头。就连梅兰芳，也曾经一度居住于此。所以，纪晓岚不过是先后入住此屋的众多主人中的一个而已。倘若由于纪晓岚住过便要建成故居纪念馆，那么北京的名人故居纪念馆恐怕要铺天盖地。

正因为这样，晋阳饭庄占用了这二进四合院，也满不在乎。每当有人问起此屋来历，也只是答曰：“原先这里是宣武区党校。”如果再深加追究，则应答说，此前曾是运输公司、民主建国会所在地。

然而使纪晓岚“咸鱼翻身”的，是张国立、张铁林、王刚这“铁三角”。自从他们仨主演的电视连续剧《铁齿铜牙纪晓岚》热播以来，纪晓岚名声大振，家喻户晓。于是，许多人开始“追踪”纪晓岚在北京的足迹。这些“纪粉丝”得知晋阳饭庄所在地竟然就是大名鼎鼎的纪晓岚的故居，于是纷纷在报纸上呼吁，要求恢复纪晓岚故居原貌。挟电视连续剧《铁齿铜牙纪晓岚》的“威风”，“纪大人”的故居受到北京市政府的重视。2001年10月9日，这里挂起“‘阅微草堂’旧址修复工程开工典礼”的红色横幅，北京市常务副市长来此主持典礼。所谓“阅微草堂”，亦即纪晓岚故居别称。2002年11月30日，修复工程结束，门口挂起了“纪晓岚故居”的招牌。

与此同时，晋阳饭庄东移，移入紧挨纪晓岚故居一侧的大楼。这座大楼其实还占据了纪晓岚故居的一部分。按照产权，纪晓岚故居属于晋阳饭庄。于是，纪晓岚故居也就由晋阳饭庄管理。参观纪晓岚故居，要买门票。不过，晋阳饭庄规定，凡是在晋阳饭庄用餐的客人，均可免费领取一张纪晓岚故居门票。晋阳饭庄也因此说自己是“文化搭台”。这样，我在晋阳饭庄吃过中餐之后，也就拿到了纪晓岚故居的参观门票。

纪晓岚故居，红柱绿梁，已经油漆一新。这二进四合院，由于珠市口西大街拓宽，不得不拆除了原先的大门，那本来在大门之后院子之内的一架紫藤，变成裸露在人行道上的行道树！二进四合院，等于少了一进。我步入纪晓岚故居，觉得这里虽然没有北京王府那样宏大的气派，倒也小巧玲珑，典雅精致。院子里，矗立着纪晓岚和他的夫人以及那位侍女兼小妾的铜像。在纪晓岚的书房里，则有仿制的纪晓岚的又长又大的铜烟杆。游客到了那里，喜欢拍照，而工作人员则在一旁数着“咔嚓”声——这里是按照拍摄的张数收费的！

纪晓岚故居花五分钟就可以转一圈。然而，由于电视连续剧的广泛影响，纪晓岚的大名如雷贯耳，参观者络绎不绝。我与纪晓岚为邻，常可以从窗口看见三三两两的游客进进出出。纪晓岚的大红大紫，使晋阳饭庄的生意也火了一把：很多人从远处赶来，先在晋阳饭庄吃一顿，然后领取参观票参观纪晓岚故居，可谓用餐、游览两不误。

我在晋阳饭庄住了几天，几乎天天都到纪晓岚故居转一圈。正巧，河北电视台要给我拍专题节目，原本准备在我的客房里拍摄，编导听说隔壁就是纪晓岚故居，从窗口瞄了一眼，就拍板说："上那里去拍！"好在我跟纪晓岚故居的管理员也熟了，他们居然一口答应免费提供拍摄场地。那天正是大晴天，在纪晓岚的花园里拍摄，前有鲜花碧草，后有红柱长廊，沾纪大人的光，拍了一档好节目。节目播出之后，很多朋友问我："在哪里拍的呀？"我笑道："在我邻居家拍的！"

走访皇家秘档

应国家档案局之邀，为档案拍摄纪录片，使我有机会走访北京诸多档案馆。

在北京天安门东侧，我参观了一座金碧辉煌、典雅宏伟的特型建筑，叹为观止。这座古建筑用砖石砌成，没有一钉一木，号称"石室"，既防火，又防地震。它的大门是用整块厚石做成，我费了很大气力也推不动。南北墙厚达6米，只在东、西两墙各开一窗，厅内冬暖夏凉。在巨大的拱顶大厅里，陈放着一百多只大柜，大柜上包着铜皮，雕着飞龙，曰"金匮"。

这便是明朝、清朝的皇家档案库，叫"皇史宬"。"宬"念"成"，库的意思。皇史宬建于明朝嘉靖十三年，迄今完好无损。这种采用"石室金匮"保存档案，完全符合现代科学的见解。皇史宬中所保存的皇家秘档，过去属"绝密文件"，如今收藏于中国第一历史档案馆的档案库里。

在那里，我大开眼界：

那封建王朝列祖列宗尊容画像，曰"圣像"；

那记录皇帝们金口御言的，曰"圣训"；

那皇帝在文件上用朱笔批阅的，曰"朱谕"；

那记载皇帝言行的，曰"实录"；

那皇帝的家谱(十年修一次)，曰"玉牒"；

那记录皇朝重大军事行动的，曰"方略"。

此外，还有金榜、奏折、诏书、诰命、试卷……这些发黄的纸上，翔实地记录了一个时代的风云。明清档案，总共达一千多万件！

一位哲人说过："用笔写下来的，用斧头也砍不掉。"档案是一位忠实的历史老人。种种流传甚广的民间传奇轶闻，在真实的档案面前，像瓦上的霜一样经不起阳光的照晒。

诸如，光绪皇帝和慈禧太后相隔一天相继死去，民间传说慈禧用毒药害死光绪。其实，在清宫太医们留下的医疗档案中，已记载光绪患有结核病，波及肺肾。在他去世前十年，病情已日渐加重。光绪去世前一年9月，在他自书的《起居注》中写道："腰胯疼痛更重，昨日早晨脊骨中间作痛，稍微俯仰均不可，今晨早起时，腰胯左边疼痛甚重，稍一动转即牵制满腰，极痛难忍，夜寐愈多则筋脉愈滞，其疾亦日甚一日。"

在光绪临终前，太医所记如下："连日咳嗽，气急、发喘、身颤等症日甚一日，夜间为咳嗽所扰不能睡……"

这些档案所载，表明光绪痼疾缠身，已经支持不住。他是病死的，不是被毒药害死的。

又如，民间流传甚广、多少人津津乐道的康熙遗诏的故事：据说，雍正把"传位十四子"改为"传位于四子"，得以继承皇位。

其实，只要看一看清宫档案中康熙遗诏原件，就可以明白那些野史传闻纯系子虚乌有。康熙遗诏近千言，明确指定皇四子胤禛(即雍正)继位，并无"传位十四子"之类话。何况，倘若改成"传位于四子"，亦明显不合当时的文法，不可能不露破绽。

皇帝们的菜单——"御膳单"引起我的兴趣。如今，许多"仿膳食品"，其实就是根据"御膳单"制作的。

太医们为皇帝、皇后、妃、王子等看病，所留下的医案，如今成了中医研究的宝贵资料。人们从中开掘中国医学宝库。比如，在清宫医案中查到"生脉散"(人参、麦冬、五味子组成)的方子，是皇帝们垂死时常用的。现在据此配方，制成"生脉散"(即"生脉饮")，对于治疗急性心肌梗塞确有疗效。

清朝的皇家秘档，有不少是用满文写作的。懂满文的人不多。在满文档案中，还有许多未知数。

1983年，中国第一历史档案馆满文部的高振田和张书才，从满文档案中发掘出闪光的瑰宝，曾使红学界震惊。他们所发现的是《总管内务府为曹顺等人捐纳监生事咨户部文》，具文时间为康熙二十九年四月初四。这一满文档案，是关于《红楼梦》作者曹雪芹家世的重要史料。

多年从事于曹雪芹家世生平研究的上海红学家徐恭时评论道："这是一件震动红学界的大事。曹雪芹长辈的名字出来了。过去王庆堂重修曹氏家谱记载曹颙是曹寅之子；曹顺是曹荃之子，现在正好调了一个个儿。其中曹颜、曹頫又是从未见过的名字。这件咨文是迄今发现的有关曹寅子侄档案中时间最早、内容最具体集中的一件。它提供了前所未知的新内容，为曹雪芹的家世研究提出了新的课题。”

长篇历史人物小说《曹雪芹》的作者端木蕻良，他也对我说：“这一发现是了不起的。它来自清朝档案，准确而可靠。这一发现，为我的创作提供了重要史料。”

在协和医院看孙中山蒋介石病历

在北京繁华的王府井大街不远处，一座老字号的医院人进人出。那是闻名遐迩的北京协和医院，当年由美国洛克菲勒基金会主办，是中国历史悠久的医院之一。我来到四楼病史室，马家润副主任接待了我。

屋里堆满了一叠叠牛皮纸口袋，就连走廊里也放满一排排木架，上面整整齐齐堆放着病历。

据马家润告诉我，从1914年起该院就开始保存病案，1921年建立病案室。如今，这家医院竟保存了200多万份病案!也就是说，70多年间，不论是谁，只要在这家医院里看过病，就可以从病史室查到当时的病案!如今，北京协和医院日平均门诊量约为3 000人次，每年收住院病人约9 000人次，新的病案在逐日猛增之中。

如数家珍一般，马家润给我拿来一大叠名人病案。我见到了孙逸仙(即孙中山)病案。孙中山生前并未在北京协和医院看过病，但是他1925年3月12日病逝于北京之后，遗体送北京协和医院解剖。病案中详尽记载了孙中山遗体解剖情况，断定他死于肝癌。病案中附有孙中山肝脏照片，可看见癌症病灶。

蒋介石的病历表明，他从1934年10月16日起，曾在这里住院。宋美龄与他同时住院。那时，蒋介石正担任“新生活运动促进会”会长，偕宋美龄来华北“视察”。蒋、宋都没什么病，无非看中协和医院清静，借此休养。住院10多天，江西告急，红军突破防线开始两万五千里长征。蒋介石和宋美龄急急离开协和医院，赶往南昌行营，部署狙击红军。

我还见到了张汉卿(张学良)、斯诺、商震等许多著名人物的病案。所有病案，都用英文书写。

这些名人的病案得以精心保存，似乎容易理解。然而，北京协和医院对于平民百姓的病案，跟名人们一视同仁，同样珍藏。赵宗阳的病案，便是内中突出的一例。虽然后来由于赵欣伯遗产案使赵宗阳名噪海内外，不过，当年他去协和医院看病时，只是个三岁孩子罢了，一点名气也没有。

马家润找出赵宗阳病案，翻至附录，上面附有好几张介绍信。介绍信表明，有关部门在1981年2月24日、28日及4月25日，多次前来查找赵宗阳病案。

据马家润回忆，头一回查找，没有查到。北京协和医院的病案，是按病人姓名编成卡片检索，照理是很容易查找的。可是，在“zhao”(赵)姓卡片中，竟找不到“赵宗阳”！

第二回寻找，依然没有结果。马家润请来人详细询问赵宗阳当时生什么病，哪年生病。

总算弄清楚，赵宗阳在三岁时患脑膜炎。北京协和医院的病案管理非常严格，除了有姓名检索卡片外，还有按疾病分类的卡片。马家润在脑膜炎类的病案中，查到一份“赵群英”病案。病案上病人家址“北平南池子二十八号”与赵宗阳家址相符，出生年月也相符。把赵宗阳写成“赵群英”，可能是因当时他年幼，发音不清楚，大夫把名字写错。除了首页写成“赵群英”之外，从第二页起，均写赵宗阳!

这份1927年的病案上写着：“赵宗阳，年龄三岁。亲属：父亲赵欣伯。家族史：社会地位良好，父亲是张作霖部下官员。印象：急性脑膜炎、转移性眼炎、脑炎感染而来，脑膜炎情况好转，但左眼预后不良。”

这份病案，如今起着证明赵欣伯、赵宗阳父子关系的作用!

我在病案中见到一幅眼睛图，下注“L•E”两字，亦即“Left Eye”，左眼。那左眼确实“预后不良”，赵宗阳的左眼瞎了。如今只有右眼能视的赵宗阳，亦表明他是当年那位左眼“预后不良”的三岁男孩。

就这样，50多年前三岁孩子的病案，在海内外瞩目的赵欣伯遗产案官司之中，成了一份颇为重要的证明文件。

马家润副主任送我一册该院编写的《病案管理学》。他们的经验，正在向全国推广。赵宗阳一案，只是北京协和医院病案利用中的一个事例而已……

北京的梁实秋故居

访梁实秋北京故居

东四是北京东城一个热闹的所在。从东四往南，过了几条胡同，便拐入了一条僻静的小街，名唤“内务部街”。虽说是“街”，其实宽不过六七米而已。那儿原叫“勾栏胡同”，后来因为清朝内务部设在胡同里，人们改口称之为内务部街。街道两旁，一溜灰墙，一色青砖平房，门牌的号码已经改过。不过，我很容易就找到了梁实秋先生的故居——因为他的长女梁文茜告诉我，如今梁宅大门口挂着白底黑字的“内务部街居民委员会”木牌。当年，那儿则挂着“梁治耀律师事务所”的牌子。梁治耀是梁实秋之弟，梁实秋原名梁治明，上小学时改名梁治华，实秋是他的字。

大门依旧。门口那对石狮子还蹲在那里。大约常有孩子骑在上面玩耍，青石表面泛着青光。

据梁文茜回忆，大门上原有一对铜门环，现已不见踪影，门上的对联“忠厚传家久，诗书继世长”，横匾“积善堂梁”，无从找寻。大门旁开了个小小的个体户饮食店，正在卖油饼。

我步入大门，里面成了个大杂院，住着19户人家。虽然院子里搭建了许多小棚屋，但原先的老屋仍在。我走了一圈，那是北京典型的四合院民宅，分前院、后院、正院以及左、右跨院，一色平房，院子里铺着青砖。梁家原住北京东城根老君堂，梁实秋的祖父梁芝山在广东做官后，手中有了些钱，返回北京买下这幢有30多间房屋的老宅——内务部街20号。1903年1月6日(光绪二十八年腊八)，梁实秋就出生在这里。

我特地来到了西厢房。历经风风雨雨，柱子、门、窗脱尽油漆，房子还保持原样，只是几家合住在此院，廊下堆满杂物，十分凌乱。我请住户收掉几床正晒在院子里的被子，为西厢房拍了照片。据梁实秋自云："我生在西厢房，长在西厢房。"他的儿时，是在西厢房内那个大炕上度过的。"这西厢房就是我的窝，夙兴夜寐，没有一个地方比这个窝更为舒适。"——步入晚年的梁实秋，仍念念不忘儿时的"窝"。住户问我为何拍照，我说起了梁实秋。"不就是那个台湾作家梁实秋？他出生在这里？"住户们感到惊讶。其实，认真点讲，梁实秋应称作"北京作家"，他是土生土长的老北京。我跟住户们攀谈起来，才知道这里的住户已换了好几茬。一位最老的住户告诉我，她家是1950年迁入的，那时这儿成了《大公报》的宿舍。后来，《大公报》的职工迁往香港，这儿由房管所接管，分配给一般的居民。在西跨院的南房，我找到梁实秋当年的书房。据梁文茜告知，那儿原本满墙是大书架，堆叠着许多书，如今已找不到那些书架和书，但她保存着当年书房中所用的铜镇尺、小香炉，后来转送到台北，梁实秋见了旧物，欣喜不已，勾起心中无限的回忆涟漪。

书房对面的北房，是梁实秋的卧室。文茜说，屋里原是一张很大的木床，床上搭着很大的木架子，看上去像间小屋。这样的大床，原是当年江南农村流行的式样，不知道怎么会搬入梁府，成了梁实秋的眠床。屋后有棵枣树，迄今仍青枝绿叶。据文茜说，那是因为附近有个化粪池，使枣树长得格外茂盛。后来，文茜之妹文蔷从美国西雅图来北京，从这棵枣树上摘下一棵青枣，还带着几片绿叶。文茜把这枣子送到父亲手中，梁实秋抚爱良久，曾写道："长途携来仍是青绿，并未褪色，浸在水中数日之后才渐渐干萎。这个枣子现在虽然只是一个普通干皱的红枣的样子，却是我唯一的和我故居之物质上的联系。"诚如陶渊明所云："羁鸟恋旧林，池鱼思故渊。"梁实秋晚年，常常想念北京故居，因为那儿是他的出生地，是他金色童年度过的地方。他曾写道："想起这栋旧家宅，顺便想起若干儿时事。如今隔了半个多世纪，房子一定是面目全非了，其实人也不复是当年的模样，纵使我能回去探视旧居，恐怕我将认不得房子，而房子恐怕也认不得我了。”梁教授离世了，未曾实现他的还乡梦。他的故居亦“不复是当年的模样”。人世沧桑，浮沉莫测。倒是那棵枣树历尽千变万化，依然亭亭如盖，依然春华秋实。

街上流行透明包

夏日，在北京忙完一上午的采访，我和妻见到街头一家新开的快餐馆，白色餐桌配着橙色塑料椅子，令人赏心悦目，也就信步走了进去。迎面一股冷气，使我的精神为之一爽。

坐定之后，点了两杯冷饮、几碟冷菜和两盘饺子。正在等待服务小姐送菜之际，我无意识地望了望邻桌，见到两位小姐在边吃边聊，信手把两只手提包放在旁边的空椅上。由于手提包是用透明的无色塑料做的，所以里面放着的彩色塑料杯以及花手绢“一览无遗”，加上绿色的手提把和镶边，在橙色的椅子衬托下，犹如一束鲜花放在那里。从此，我开始注意起透明手提包。

真是不看不知道。我一留意，发觉北京街头来来去去女性之中，正流行着拎透明手提包。这些玲珑透剔的手提包，虽然都是无色透明的，但是款式各异，包上印的图案不同，把手、镶边颜色也不一样。这些手提包以手提式居多，也有肩挎式的，至于双肩背包式则是小女孩或者骑自行车的姑娘常用。

北京街上忽地流行透明手提包，显然是因为盛暑到来，女性穿着连衣裙或者T恤，没有衣袋，擦汗的手绢及乘车的零钱无处可放。像往日拎一个皮手提包吧，在夏日显得累赘。轻盈、简洁、价廉的透明手提包，一下子就取代了往日那些几百元以至上千元的一只的牛皮、羊皮手提包。

如今，人们常常讲究“透明度”。透明包的特点便在于高透明度。由于可以一眼看到底，小偷也就不会打透明手提包的“主意”，要比拎那些高级皮手提包安全得多。

透明手提包符合夏天的风格。夏日讲究简洁。透明手提包和短裙、沙滩裤、凉鞋、拖鞋、T恤、背心一样，形成夏日的简洁风格。那些皮手提包是和皮领大衣、长靴、大围巾之类相匹配的，所以到了夏天也就显得不合时令了。

在北京的百货店，尤其是地铁小店，到处可以见到在出售透明手提包。通常，透明手提包10元上下一个。“豪华型”的，也不过20元左右。也有的只5元一个。我见到有一种专供旅游用的透明手提包，里面放着一套塑料口杯、牙刷、肥皂盒之类，也不过10多元。

越是流行，越具大众性。妻在北京受到“感染”，买了两个透明手提包。内中的一个，打算回上海后送给邻居张阿姨的小孙女。

回沪时，我们坐的是二十一次特别快车。那是北京包乘组的列车。我注意到，10来个列车员排着队从我身边走过时，每人手里清一色都拎着一个透明手提包。

回到上海，妻马上拎着透明手提包上街。在小菜场，好多人问她，这透明手提包是哪里买的。“北京！”妻总是这么回答。

第二天，妻告诉我一桩“新闻”：她把另一只透明手提包送给了二楼张阿姨，张阿姨一见就喜欢，留给自己用了。张阿姨说，她拎着透明手提包，清早去打太极拳，往草地上一放，好多人来问：“这透明手提包在哪里买的？”

妻很后悔，知道透明手提包这么讨人喜欢，何不在北京多买几个带回来送人？

我正在用电脑“敲”这篇短文，内侄从北京来。一到我家，打开旅行包，拿出来的第一件东西，便是一个透明手提包。包里放着毛巾、牙刷之类。他拿出毛巾，赶紧去洗脸，洗去旅途的风尘。看来，不光是女性爱透明包，小伙子也喜欢用透明包。

上海人最爱赶时髦。透明手提包新潮，很快会在上海街头涌起。

“毛家菜”

在中国各大菜系之中，从未听说过“毛家菜”。1997年9月去北京，朋友相邀去“毛家菜馆”一聚。一打听，这“毛家”，指的是湖南韶山毛家，我便怀着浓厚的兴趣，前去赴约。

车过长安街，在离王府井北京饭店不远处，我见到了红底白字的“韶山毛家菜”招牌。一进店堂，便觉得与众不同：店堂里只有红白两色。除了白墙之外，护墙板、地板全是红色。店里安放着毛泽东塑像，挂着毛泽东诗词和毛泽东像。醒目之处，挂着毛泽东1959年回到故乡韶山时，与店主合影的巨幅照片。

据告，店主是毛泽东的远房亲戚，当年是韶山的农民。在改革开放的岁月，看到大批旅游者涌向韶山，便动了开办“毛家菜馆”的念头。这“毛家菜馆”开张之后，在韶山生意火爆。于是，又在首都北京开设了分店。

笔者提出要见一见店主，出来的是一位中年妇女。她说，照片上那位与毛泽东握手的老店主已经过世。她指着照片上一个5岁的小女孩说，这便是当年的她。她名叫毛小青，如今43岁——离毛泽东1959年回韶山已经整整38个年头了。

服务小姐也是湖南韶山人。她送来“毛家菜谱”。我翻看了一下，大体上是湘菜风格，十菜九辣。毛泽东嗜辣，每餐离不了辣椒。他曾风趣地说过：“不辣不革命！”好在我曾在湖南邵阳生活过3个多月，那里离韶山不远，可以说无菜不辣，迫使我学会了吃辣，所以也就能适应那“十菜九辣”的毛家菜。不过，毛家菜馆毕竟开在不吃辣的北京。为了能使那些不吃辣的人也能进来品尝毛家菜，毛家菜馆特设“不辣”、“微辣”以至“中辣”的菜。所以，服务小姐在我坐定之后，便前来问询：“先生，您吃辣不？”我当然回答说：“吃！”在我看来，即便是不吃辣的人，进毛家菜馆也得吃辣。因为不吃辣，很难领略毛家菜的真正特色。

我见到菜谱上写着“红烧肉”，觉得奇怪，难道这也是毛家菜？服务小姐说，这是因为毛泽东最喜欢吃红烧肉，所以列入“毛家菜谱”。毛泽东以为红烧肉“补脑子”，所以从小就喜欢吃红烧肉。

毛家菜谱上还写着“腊肉”，倒是湖南的“传统菜”。毛泽东喜欢吃腊肉，理所当然列入毛家菜。当年毛泽东去北京时，就给杨开慧的父亲杨昌济教授送去腊肉。虽说别的地方也有腊肉，但是湖南的腊肉在风干之后，还用火焙，吃起来有一股特殊的香味。

菜谱上居然写着“武昌鱼”。不言而喻，这“典故”出自毛泽东《水调歌头·游泳》一词中的“才饮长沙水，又食武昌鱼”。我开玩笑地问服务小姐：“你们这里有‘长沙水’吗？”服务小姐答非所问道：“我们这里只有饮料，没有矿泉水。”等她明白过来我说的意思时，哈哈大笑起来。

最先上的，照例是冷盘。冷菜虽然简单，却是正宗的湖南味。就连臭豆腐干，也与众不同，是从湖南运来的。至于辣椒，更是正宗的湘椒，辣而爽口。

毛家菜的烹饪都很简单，要么炒，要么蒸，所以上菜很快。

从店堂里的大音箱传出来的不是卡拉OK，却是《大海航行靠舵手》、《东方红》、《浏阳河》、《毛主席来到咱农庄》、《草原上升起不落的太阳》……这些歌声，听来那么耳熟，却又夹杂着一种陌生感。这些歌声，勾起了我的怀旧情结。我仿佛又回到了那逝去的特殊年代。

放罢歌颂毛泽东的“红太阳”歌曲，又传来一阵阵毛泽东的讲话声，内中有毛泽东在开国大典上的讲话，也有在全国人民代表大会上的讲话。毛泽东一口湘音，抑扬顿挫，富有激情。听着这些录音，大有“走近毛泽东”之感。

正当我聚精会神凝听毛泽东的讲话时，被服务小姐一声“要饭吗？”打断了思绪。我当即用湖南话回答说：“‘抛’两！”她笑了：“先生去过湖南。”这“‘抛’两”，也就是老秤十两的意思。当年我在湖南食堂吃饭时，一说“‘抛’两”，大师傅就会给我一钵头米饭。在湖南，流行用钵头蒸饭。想不到在毛家菜馆，如今也用这种“湖南风格”的钵头饭，只是钵头变得非常小巧，只装一两米饭而已。可以说，偌大的京都，用钵头盛饭的饭馆，只此一家而已。手端钵头，使我又回忆起在湖南度过的那些岁月。

由于毛家菜馆受到欢迎，据说，韶山毛家菜馆正准备在全国各地开设分店。另外，在北京的和平里，也有一家毛家菜馆，虽说那家菜馆的老板也来自韶山，也姓毛，也挂“韶山毛家菜馆”的招牌，但是与王府井附近那家“韶山毛家菜馆”并非一家。这是因为韶山姓毛的人很多，打“韶山毛家菜馆”招牌的人也就很多。

毛家菜馆的菜，大都是家常菜，所以比起附近的菜馆，不算贵。毛家菜，对于外地人来说，也不见得合口味。但是，毛家菜馆的生意却相当红火，在京城名闻遐迩。毛家菜馆以它鲜明的特色和特殊的历史气氛，给我留下难忘的印象。

北京的另类饭店

我也该算是老北京了，不仅在北京上大学，而且到上海工作之后，出差最多的城市便是北京。在北京，我通常去上海饭店或者以海鲜为主的粤菜馆就餐。北京朋友宴请我，则往往去北京风味的饭店，诸如全聚德的北京烤鸭、东来顺或者六必居的涮羊肉之类。这一回出差北京，住在西三环，那里风格各异的几家饭店，给我留下很深的印象。

那天我和妻从上海乘早班飞机前往北京。到达住处，已近中午。负责接待我们的倪先生在一家豪华的北京风味餐厅宴请。那儿的烤鸭比全聚德还好，入口即化却不油腻，但是价格比通常的北京烤鸭贵了两倍。我告诉倪先生，今后还是以家常便饭为好。倪先生是那里的“老土地”。他说，附近有几家大众化的饭店，价格不贵，却很有特色。

翌日中午，我和妻随倪先生“打的”来到一处看似冷清的处所，停在路边的一幢四层大楼前。那方形大楼看上去像厂房，除了窗上贴着红色剪纸图案之外，并无豪华装修。倪先生是这里常客，他在下车时打量了楼前停着的两长排轿车，说道：“还好，今天车不多，饭店里会有空座。”听他的口气，这么远僻的饭店，生意相当“火”！

一进门，迎面便是几位穿红色大襟上衣、着绿色长裤的农村姑娘打扮的服务小姐，齐声道：“欢迎您到村里来！”这表明，今天我们是到“村”里吃饭。姑娘给了我们号牌，要我们在长凳上稍候。这意味着倪先生的估计还是差了点，“村”里已经满座。这时候，我得空打量了一下这家饭店。在餐厅入口处，高高矗立着五谷垛子，上面写着一个“丰”字，确实给人以“村”的感觉。步入餐厅，隔板上装饰着“∩”形曲线，看上去像陕北的窑洞，象征着这里是西北风味的饭店。底层餐厅有半个足球场那么大。这个“村”有四层，意味着总面积有两个足球场那么大。

我走了一圈，回到原位，倪先生告诉我，轮到我们上座了。跟着“农村姑娘”来到餐厅入座，点菜之际，“农村姑娘”先是送来一个小篾篮，里面放着葵花籽，然后又端来一壶大麦茶。我已经很久没有嗑葵花籽了。一边嗑着香喷喷的葵花籽，一边喝着大麦茶，很快就打发了点菜、等菜的时光。

第一个上来的菜，名曰“大丰收”。那是在一个方形的大篾盘里，放着烤土豆、蒸山芋以及煮熟的南瓜块、玉米棒，底下衬着带荚的毛豆和花生，垫着生菜叶。红色的山芋、黄色的玉米、南瓜与绿色的菜叶，组成一道色彩鲜明的“村”菜。内中特别是烤土豆，格外的香。

接着上来的是一大盆手掰羊肉。上海人通常很忌讳羊肉的膻味，而这里的羊肉就着陈醋、胡油，却很好吃，一点也没有异味。

“村”里的主食很特殊。“村姑”端上来的是一个笼屉，里面放着馄饨皮似的东西，这些馄饨皮都呈圆圈形，互相粘在一起，看上去像蜂窝。

倪先生告诉我，这是“莜面”。其实，莜面也就是燕麦。作为上海人，我只吃过燕麦片，却从未吃过莜面。这莜面放在山菌、野菜汤里泡过之后，嚼起来像海带那样韧而脆。

倪先生还告诉我，今天我们只有3个人，吃的是最普通的大众“村”菜。如果有10来个人，可以进包厢，那里有厨师、厨娘在包厢里当场做菜，充满西北农村的家庭气氛。“村姑”还常到包厢给客人唱一曲高亢的西北民歌。

看出我们喜欢北京这种“另类饭店”，倪先生以后又带我们去鄂湘菜馆。一进门，我发现那里同样座无虚席。通常，鄂菜与湘菜各自独立门户，而这家饭店把湖北、湖南这“两湖”的菜融为一家。那里端出来的米饭，是放在陶钵里蒸熟的，使我仿佛回到曾经在湖南农村度过的三个月生活。这里的汤，也是放在陶罐里焖熟。印象最深的是，我们点了个“开口笑鱼头”，竟然是盛在脸盆那么大的陶盆中。那陶盆安放在巨大的陶座上，几乎占了半个桌面。我和妻在海滨长大，在上海餐馆也常吃炖鱼头，上海的做法是把鱼头用汤炖得很烂，鲜味在汤里。然而，鄂湘菜馆里这鱼头，却是蒸的，几乎是干的。为了蒸透鱼头，厨师把鱼头一劈为二，平铺在巨大的陶盆里，仿佛在那里“开口笑”。由于无汤，美味集中在鱼头。虽说有点辣，平素忌辣的妻居然吃得津津有味。

受倪先生的启发，我和妻有一次外出，便专门找了一家东北餐馆就餐。那里把东北的特产大马哈鱼跟夹心猪肉一起烧，显得很特别，也另有风味。

北京作为首都，兼容四方。为了适应四面八方的人的不同口味，北京有着各种风味的菜馆。倪先生就来自山西，所以他很喜欢吃莜面。正是得益于倪先生的“导食”，我在北京得以一尝另类饭店的另类餐饮。

三上香山

又见香山！

屈指算来，我已是第三回入住北京西郊的香山。每一回见到香山，模样都不一样。

初见香山，是在20多年前。那回我从上海飞往北京，住在香山植物园。正值冬去春来，香山在一片黄褐色中透出一片新绿，充满生机，充满活力。清早或者傍晚，漫步在植物园的树丛草地，流连奇花异卉，“悠然见香山”，清静又清新。我想，当年“皇上”溥仪“下放”到这里，其实比紫禁城更舒心。

第二回是1995年，新年的钟声还在耳际回响，我便从上海再度来到香山。那时，雪盖群山，万枝晶莹，香山成了“白雪公主”。不闻鸟声，不闻虫鸣。由于大雪封山，甚至连汽车的喇叭声也难得听见。我下榻于香山饭店。这是出自建筑大师贝聿铭手笔的中国四合院风格的宾馆，古色古香。只是山上严寒，旅客寥寥若晨星，格外寂静。几天后我飞往香港，住在市中心的铜锣湾，一下子就陷入都市沸沸扬扬的喧嚣之中，倍感香山幽静的难得。

第三回则是这次，我刚下飞机，就被迳直送上香山。正值秋高气爽，碧空如洗，白云舒卷，香山叶茂枝盛，一片浓绿。我住在香山山腰一家“内部”招待所。这家招待所别具一格，在一个比篮球场还大的四方形大厅，四周围着一圈10来间客房。客厅上方是透明的顶棚，黑白相间的大理石地面上，安放着一圈沙发。不言而喻，这是举行小型会议的最佳所在。

其实，我三上香山，全是开会。北京的会议东道主们很喜欢选择在香山开会，那是因为香山远离市区，难进也难出。难进，避免了众多的访客；难出，避免了与会者外出。这样，在香山可以举行“封闭式”会议，使得与会者集中精力开会。再说，香山风景优美，会前会后上山散散步，游游散落在山间的亭台楼阁，使终日枯坐得以调剂精神。当然，东道主们也考虑到经济因素——正因为香山远离市区，香山的宾馆房价比市区低。即便是香山饭店这样高档宾馆，在“千山鸟飞绝”的日子里，游客也“飞绝”，这里的房价也就压得很低，成了开会的好场所。

这种“封闭式”会议，效率确实颇高。就拿这一次来说，来自天南地北的六七位作家，应一家电视公司邀请，“躲”到香山，策划一部大型电视连续剧。所谓“策划”，也就是出点子。电视公司只拿出一个题目和对剧本的要求，却没有任何具体的故事。也就是说，这是一次“命题作文”。这样的会议，思想必须高度集中。会议本身也成了“连续剧”，从上午“连续”到下午，又从下午“连续”到晚上。由于这样“连续作战”，成效是十分显著的。作家们平素习惯于“个体劳动”，习惯于独自苦思冥想，这一回来了个“大家凑”，居然集思广益，“凑”出了电视连续剧的大致轮廓，然后推定了执笔者，定下交稿日期，终于完成了“策划”。

会议在中秋佳节的中午宣告结束，作家们纷纷打道回家过节，而我却

仍被留在香山，在那里度过中秋。那是因为我还有一部电视连续剧要与电视公司切磋一番，所以还得“连续作战”……

香山的最佳旅游季节是深秋。漫山遍野的香山红叶，染红了山峦，像一团团火焰在山野升腾。香山，成了一身红装的新娘。红叶招来八方客。游人如蚁，出入于红叶林中。香山，一下子洒满欢声笑语。香山所有的宾馆——包括种种“内部”招待所，也就全部爆满。

我虽然三上香山，却只是在电视里、在画册上见到香山层林红透的瑰丽景色，未能亲眼一睹身披红装的香山芳容。不言而喻，在香山旅游的黄金季节，那里宾馆的房价也攀升到一年中的最高值，各种会议也就不再选择这里召开。

我在香山买到了红叶书签。虽然这书签上的红叶，只是香山千树万叶中的一片，但是她给我留下香山永驻的美感，不褪的红颜。

漫步中国现代文学馆

我曾应国家档案局和中央电视台之邀，拍摄关于档案的纪实影片《历史的脚印》，曾经拍摄中国现代文学馆，还采访过馆长舒乙。那时，中国现代文学馆借用清代的一座官府大院，虽说古色古香，毕竟太陈旧了。

这一回来到新馆，真可以说今非昔比，鸟枪换炮了。就连门前的马路，也因此改名为“文学馆路”，足见中国现代文学馆新馆的气派。

馆长依然是舒乙。他是老舍之子。让舒乙担任中国现代文学馆馆长，可以说是非常恰当的人选。他出自文学世家，熟悉中国文坛，挚爱文学事业，富有事业心。这一回参观中国现代文学馆，由馆长舒乙亲自解说，可以说是“最高礼遇”了，因为江泽民主席和国家其他领导人以及重要外宾前来参观，都是由他亲自解说。

舒乙告诉我，中国现代文学馆是巴金倡议建立的。1993年4月，江泽民总书记批示，同意建立中国现代文学馆新馆。其中第一期工程投资1.5亿人民币，建筑面积14 000平方米，经过七年施工，终于落成。江泽民为中国现代文学馆题写了馆名。2000年5月23日，中国现代文学馆新馆正式对外开放。中国现代文学馆是中国现代文学资料中心，集博物馆、图书馆、档案馆、资料馆、资料研究及交流中心于一身。

一进中国现代文学馆，就得用手推玻璃门。门上的方形铜把手上，烙着一只手模。那便是中国文学大师巴金的手。每一位观众在进入中国现代文学馆时，首先触摸到的，就是巴金的手。这一设计构思新颖而富有特色，一下子就把我带进文学之殿。

进门之后，迎面是宽敞明亮的大厅。迎着阳光的一面，用彩色玻璃组成一组文学镶嵌画，分别表现郭沫若的《女神》等意境。这些镶嵌画，由50种不同色彩的24 000块玻璃镶嵌组成。在欧洲中世纪的教堂里，我见到过用彩色玻璃做成的神像镶嵌画。在中国现代文学馆，用这种古老的艺术，表现东方现代的主题，可以说是一种大胆的创新。大厅三面墙上，是精美的壁画长卷，由《中国现代文学名著中的受难者》和《中国现代文学名著中的反抗者》两部分组成。大厅里有一对比人还高得多的大瓷瓶，上面有着5 500名中国作家的签名……这一切，又表明中国现代文学馆的总体设计师，是用文学的构思精心设计的。

舒乙指着窗外草坪上一尊尊雕塑说，总共13尊，都是中国现代最著名的文学家，包括鲁迅、郭沫若、茅盾、巴金、老舍、曹禺、冰心、叶圣陶、朱自清、丁玲、艾青、沈从文、赵树理。冰心的墓，就建在冰心那白色大理石雕像之后。在清明节到来的时候，冰心的墓上，放满读者献给她的红玫瑰。舒乙说，茅公（茅盾）的骨灰也将移葬于此。

我注意到，那戴着一副圆形眼镜、穿着棉布长衫的朱自清青铜坐像，正面对小湖，湖边有一朵铜制荷花，仿佛在那里欣赏着荷塘月色，而透过大厅玻璃窗所见到的恰恰是朱自清的背影。如此巧妙的布局，把朱自清的名篇《荷塘月色》、《背影》跟他的塑像，有机地结合在一起。

在赵树理铜像背后，是一尊骑毛驴的姑娘的铜像。不言而喻，那是把赵树理和他的代表作《小二黑结婚》组合在一起。

在一条长椅的两端，分别坐着老舍和叶圣陶的铜像，椅后站着曹禺铜像，仿佛这三位作家正在聊天。在这三尊“品”字形铜像中间，空着一个座位，那是供参观者坐的，以便与三位文学大师拍一张难得的“合影”。

大厅的两翼，一翼是档案馆，存放作家珍贵的手稿、照片，另一翼则是图书馆，存放作家著作。舒乙解释说，中国现代文学馆的图书馆跟一般的图书馆不同。一般的图书馆，一种同样的书往往买了好几本，其中一本存档，其余的出借。中国现代文学馆的图书往往没有复本，一般不外借，不供一般读者阅读，只供从事研究的学者参考。这里收藏每一种书的不同版本，从初版、第二版到最新版。比如，巴金对自己的著作，往往每

出一版就作一些修改。因此，研究著作的“版本史”，也是研究作家的重要课题。

在舒乙的带领下，我来到中国现代文学馆展厅。

首先映入眼帘的是“二十世纪大师风采”，从不同角度展现鲁迅、郭沫若、茅盾、巴金、老舍、曹禺、冰心这七位文学大师的风采。

鲁迅展区选取了鲁迅当年在北京阜成门内故居中那小小的、被鲁迅称为“老虎尾巴”的书房。鲁迅正在这“老虎尾巴”中伏案写作。这一截取的鲁迅生活横断面，表现了鲁迅当年艰难创作的环境。

郭沫若展区很特别，两扇敞开的大门之后，站着笑盈盈的郭沫若。我去过北京什刹海畔的郭沫若故居。我一眼就看出，那正是郭宅面对什刹海的大门。

茅盾展区所展现的是他晚年在北京的书房。茅盾在“文革”中，虽然得到“保护”，没有遭到批斗，却异常孤独。他静静地在这书房中创作长篇小说《霜叶红似二月花》，走完人生的最后历程。

巴金展区则着重推出巴金写《随想录》时用过的桌椅以及《随想录》的各种版本，表现晚年巴金坚持“讲真话”的可贵品格。

步入老舍展区，我见到的是墙上贴着100幅照片，那是老舍作品中100个人物的剧照。作为一位作家，塑造了如此众多的人物形象，而且有那么多的作品被搬上舞台、银幕、屏幕，表明老舍广泛的社会影响。

曹禺展区除了展现他的书房之外，还有一个显示屏，在不断播映曹禺名作《雷雨》、《日出》、《北京人》等。

来到冰心展区，我感到格外亲切。这是因为那张冰心书桌与座椅，我很熟悉。我曾经来到那里，访问冰心老人。我至今还收藏着几封冰心给我的亲笔信，开头写着“永烈小友”。是呵，在她的眼里，我不过是“小友”一个……

接着，舒乙陪我来到作家文库区，那里设有75个作家文库，还有19个作家书房。书房是作家笔耕的所在。展现各种各样的作家书房，观众仿佛拜访一位位名作家，丁玲、萧军、胡风……

舒乙说，有一天忽然来了一大群人，静静地肃立于吴组缃的书房。原来，他们都来自北京大学，是吴组缃教授的学生。这里所陈列的吴组缃生前用过的桌椅，对于他们来说是那么亲切，因为他们曾经多次在吴组缃教授的书房聆听他的教诲。

舒乙说，其中也有至今健在的作家所捐赠的书桌、坐椅。刘白羽参观了中国现代文学馆，就主动捐出自己的书桌和坐椅，在这里布置了一间用大块玻璃隔起来的小小的书房，供人参观。他甚至在这间6平方米的小书房里接待外国记者，说道："我的书房，就是这个样子！"

在中国现代文学馆的多功能厅，我见到人头济济，正在听讲座。舒乙说，这里的文学讲座，是北京最火爆的。每两周举行一次，主讲人都是文学界名流，每讲两小时。不久前，王蒙就在这里讲过。讲座结束之后，出VCD，整理录音出书，形成"系列工程"……

我注意到，中国现代文学馆的馆标，也与众不同，是一个"，"——逗点。据说，逗点不同于句点。句点意味着完成，而逗点表明尚在继续。

我别着"，"徽章离开中国现代文学馆。哦，中国的文学事业，正在继往开来，正在迅猛发展之中……

神秘的毛家湾

灰砖砌成的围墙，大约有一个半人那么高。长长的灰围墙，并不宽敞的东西走向的柏油马路。在北京西城，离平安里不远处，那几条名叫"前毛家湾"、"中毛家湾"的胡同，本来毫无引人注目之处。然而，如今"毛家湾"却有着颇高的知名度，不仅在北京人所皆知，而且全国知晓，就连海外也知道这小小的胡同。其原因是那里曾是林彪住处的所在。

现在，林公馆的大门口，仍由军人站岗。只是院内不再住着军人，却成了中共中央文献研究室的办公楼。由于工作关系，我多次前往那里，也就对当年神秘的毛家湾有了一些了解。

20世纪50年代初，那里是高岗的住所，不过没有那么大。林彪成为国防部长之后，由西直门迁往那里。林彪把平安里医院的一部分也圈了进来，占地一万多平方米。林公馆有三扇门，南围墙开的两扇门，分别由林彪、叶群进出用，北围墙那扇门供林的子女及工作人员进出。大院内，有一幢三层楼房，那是林办工作人员的办公楼。大楼西侧，是一座灰砖砌成的平房，那是林彪、叶群及子女的住处。

我步入这幢平房，发觉屋内四周，有一条回廊，回廊内才是一个个房间。据友人说，林彪在各地修的住所，几乎都是这种模式。这样，他的卧室窗户，只是开在回廊处，不直接朝外，以求安全。另外，多了一条回廊，也可加强保温、隔音。所有的门窗，都是土黄色。

这些房间，如今成了一个个办公室，已不复是当年原貌。不过，在会客室里，我见到一只巨大的地球仪，据介绍是林彪的原物。林彪闲暇时，喜欢转动地球仪，在那里细细捉摸。地球仪的直径，足足有一米多。

奇特的是，林彪的轿车可以直接从外面开进走廊。这样，怕风怕光的林彪可以在室内上车。另外，在离林彪卧室不远处，有一玻璃房子。那是供林彪晒日光浴的地方。林彪平时不见太阳。这里装的是从国外进口的石英玻璃，能够透过紫外线，以弥补林彪日晒不够的缺陷。

在大院里，还建有假山、喷水池，种满花草。地下，建有防空洞和紧急情况下的指挥所。在那年月，毛家湾成了林彪的代称。只要说“去毛家湾”，便是去林彪那里的意思。至于“毛家湾的意见”，亦即“林彪的意见”。

如今的毛家湾，那种神秘气氛已不存在。中共中央文献研究室设在这里。虽说是“室”，实际上是部级机关，诚如中共中央党史研究室一样。这里是研究中共中央文献的权威性机构。中共中央档案，由中央档案馆保管，而研究工作由这里承担。中央档案馆保存的档案，哪一些可以公开发表，什么时候公开发表，要由这里研究决定。

这里设有毛泽东组、刘少奇组、周恩来组、朱德组、邓小平组、陈云组、任弼时组等专门的小组，对中共中央主要领导人的著作和生平进行研究。他们负责编辑中共中央主要领导人文选，编写传记。我见到了金冲及教授，他便是中共中央文献研究室副主任，《周恩来传》主编，周恩来组负责人。

这些研究人员之中，不少人有着研究员、副研究员等高级职称，我在与各组的研究人员交谈时，发觉内中有不少人原本是中共中央领导人的秘书，或在中共中央机关工作多年，有着颇深的政治阅历。加上他们可以从中央档案馆调阅中共中央档案，因此他们的研究成果极富权威性。他们所发表的论文，往往引起广泛的注意。

由中共中央文献研究室和中央档案馆联合主办的杂志《党的文献》(双月刊)，成了首次公布中共中央历史文献的重要刊物。毛、刘、周、朱、任的不少手稿、讲话记录稿，在这家刊物上首先披露。封面上的刊名，由邓小平题写。

中共中央文献出版社也设在这里。这家出版社的出版物，以严肃、准确而享有声誉。

今日毛家湾，成了“秀才”们的大本营。在工作之余，他们领着我在院内漫步，指指点点，说起了当年林公馆的往事……

当年"甲肝"流行时

来来回回，像穿梭似的，我不知在京沪之间往返过多少趟。1988年3月上旬，当我踏上21次特快列车从京回沪时，从未见遇的现象令我震惊：卧铺车箱空荡荡的，中铺、上铺几乎全空，连下铺也有空位！

在北京，买一张去上海的车票向来不易，总要提前多日预订。可是，这一回我来到售票处，那售票牌上的上海各种车票栏内，全挂着绿色的"有"字，而不再是往日的那个鲜红色的"满"字。随时都可以买到开往上海的火车票——买哪一次、买卧铺还是硬座，随你挑选。当我买票时，旁边一位小青年用一口纯正的京腔揶揄道："现在只有'勇士'才敢去上海！"

他的话，使我不由得记起：当我抵京时，出站口的剪票员只用眼睛看票，却不像往日那样接过票子剪一下……"甲肝"在上海蔓延，谁能保证那一张张车票上不沾有"甲肝"病毒？

上海新客站

本来，这一回用不着我去北京的。我的一部长篇由人民文学出版社出版，发排前要作些小的改动，已经说好请责任编辑来沪，他也已经预订了车票。可是，上海笼罩着“甲肝”阴影，听说出差来沪的人回京后都要隔离检查，所以决定还是由我去京。

“你是从上海来的？”我刚刚走进招待所，递上工作证，负责旅客登记的赵师傅立即上上下下打量着我，气氛顿时紧张起来。他问道：“你有没有化验单？”

“化验单？”住招待所要带化验单，我平生头一回听说。

“北京市统一规定，上海旅客一定要验血。确证没有患‘甲肝’，才可以住宿。要不，只能住到医院隔离起来。”赵师傅向我解释道。

我一想，他说得在理，也就遵命照办。当我步入同仁医院验血，护士一见到我，便嚷嚷道：“又来了一个上海人！”原来，许许多多上海人一到北京，头一桩事情便是验血。所以，护士们一听说“上海人”，马上“条件反射”——准是来验血。为了防止“甲肝”传入首都，北京采取了一系列预防措施：凡是寒假中来沪探亲的师生，回京后马上要验血；家中住了上海客人，要向防疫部门报告；来自上海的食品，人们已不敢问津；我去北京医院探望友人，见大门口贴着通知，来自沪、江、浙的人，未经验血，不许入内探望……

在北京，遇见朋友，差不多第一句话便问：“上海‘闹’得怎么样啦？”上海人简直成了“新闻人物”似的，要不断地向他们讲述关于“甲肝”的种种情况。幸亏我看过一些关于“甲肝”的资料，还算是能够答复北京人的提问：什么是“甲肝”？什么是“乙肝”？……北京人几乎不吃毛蚶，总爱问小小毛蚶怎么会在上海掀起这么大的“甲肝”风波……

我离沪前，收到韩素音女士的信，告知她已来北京。我们在京晤面了。她很关注上海“甲肝”情况。她说，上海要采取有力的措施，防止“甲肝”的传染——“甲肝”不仅严重损害上海人民的健康，而且会给上海的食品以及上海旅游业带来严重影响。本来，她要来上海的。外事部门为了她的安全，未能同意让她来沪。她说，她原本是医生，整天跟病人打交道，她才不怕“甲肝”。可是，许多外国旅游者取消了上海旅游计划……

在招待所，服务员在拖地板的水里加了漂白粉，用“二锅头”擦洗电话，在洗床单的水里倒进消毒液，连拖鞋、脸盆都用消毒水细细擦洗，我很敬佩她们认真、负责的工作态度。在北京街头巷尾，常见到关于预防“甲肝”的黑板报、挂图。食堂、饭店，在加强食具消毒……

北京，正以警惕的目光注视着“甲肝”。我从北京归来，借用《新民晚报》一角说一声：要去北京的上海人，最好事先在上海验血，既为了首都的安全，也为你的方便——要不，你一下火车，就得赶往医院验血……

水灾目击记

1991年7月的北京，骄阳似火。往往到了夜间，电闪雷鸣，一场豪雨潇潇洒洒自天而降，俄顷收住，依然星斗满天。清早醒来，觉得晨风格外清凉。看到马路凹处的积水，才记起昨夜曾下过一场雨。

忽地从电视新闻中见到江南暴雨成灾。打长途电话到上海家中，得知自我离沪之后，天天下雨，没完没了，上海青浦一带已被洪水淹没。

当我即将结束在北京的采访工作时，正待订购返沪火车票，招待所里的订票姑娘告知，津浦线几处塌方，交通中断，暂停出售车票。那就改买飞机票吧。往常，京沪之间的机票并不紧张，因为机票比火车软卧还贵得多，能够坐火车就不“天上飞”了。可是，此时机票就异常“紧俏”。后来，我还是买到了火车票。津浦线刚刚恢复通车，我便踏上归途。

我坐的是21次特别快车。一上火车，列车员便给我打“预防针”：“这趟车很可能会晚点，‘特快’成了‘直快’，请原谅。”在一片黝黑之中离开了北京。一觉醒来，火车已过山东，田野一片绿油油的，庄稼长势不错。一层轻纱般薄薄的淡雾，在田野上缓缓飘荡。天是铅灰色的，不像北京一片碧空。

车速渐渐慢下来，车窗外的景象变了，田野里积水增多，仿佛行进在“千湖之国”。这时是安徽，虽然没有在下雨，看上去如同刚从水中捞出来一般。突然，眼前出现令我震惊的景象：一片低凹处成了泽国，一幢幢农舍只露出屋脊，成了一个个“黑三角”。电线杆只探出个脑袋，不见瘦长的身子。树木成了一团团“浮萍”。高阜处，搭着一两个小棚，撑着一块塑料薄膜失去家园的农民正坐在棚下望着汪汪大水……

车子越来越慢。我注意到路边的工厂围墙上写出“凤阳县”字样。车子经过那里时，比人步行还慢。我见到铁路的路基像一道堤坝似的，有几处塌方，刚刚用大石头补上。一大群民工正在抢修。见到火车缓缓驶过，他们欢呼起来，旅客们也向他们频频挥手，那情景颇为感人。

车入江苏，豆大的雨滴撒进车窗，旅客们赶紧关窗，只得透过挂满水珠的玻璃窗观看车外。哗哗下着的大雨，使那里的积水不断加深。我见到一幢六层楼房，底层泡在水中，一艘小船正靠在那里，给楼里居民运送生活用品。大片大片的良田泡在水中，令人心疼不已！

南京与上海之间铺着双轨。司机加快了车速，在大雨中急驶，打在车窗上的雨珠变成了一根根向后甩去的斜线。

过了苏州，雨收了。虽然晚点一个多小时到达上海，旅客们毫无怨言——往常，每当火车晚点，旅客们总要埋怨一下的。

回到家中，翻开出差半个月积下的报纸，一条条抗灾、救灾的新闻映入眼帘。

浩大的水灾给我们造成了多年未遇的困难。然而，正像在滂沱大雨中依然呼啸前进的列车一样，我们的人民正在党的领导下“与天奋斗”，仍在社会主义的轨道上向前、向前……

上海的城市记忆

虽说我并不是土生土长的上海人，但是1963年从北京大学毕业“分配”到上海工作，已经整整半个世纪。我已经完全溶入上海这座城市，我的心跟上海的城市脉搏同步跃动。

在我看来，在中国众多的城市之中，上海具有自己鲜明的特色。上海自1843年开埠以来，便是中西文化的交融之城，是中国现代经济之都，是中国共产党诞生的摇篮，也是中国改革开放的前沿。

我寻找着上海的城市记忆，上海是那样的博大，又是那么的厚重。

从上海莫利爱路（香山路）29号小楼里的孙中山，到上海证券交易所里的蒋介石，从慕尔鸣路（威海路）甲秀里石库门房子里的毛泽东，到思南路花园洋房周公馆里的周恩来，到天蟾舞台附近留下的做地下工作时的邓小平脚印，从青浦练塘爱听评弹的陈云，到带有浓重浦东口音的宋庆龄、宋美龄、张闻天，还有环龙路（南昌路）渔阳里用青红砖砌成的陈独秀的《新青年》编辑部，以及张学良将军以夫人赵荻之名命名的皋兰路那幢精致的“荻苑”，上海与中国现代的历史进程息息相关。

隔江看浦东

从上海市政府里传出的陈毅市长爽朗的笑声，到“书迷市长”汪道涵在书店里轻轻的翻书声，从钱学森在交通大学乐队里吹奏的圆号声，到钱伟长在上海大学的侃侃讲课声，从“金嗓子”周璇动听的《夜上海》、《四季歌》，到王丹凤《护士日记》里家喻户晓的插曲《小燕子》，从解放上海时粟裕司令部发报机的嘟嘟声，到东海舰队司令陶勇面对海图发出的命令声，从基辛格博士在签署中美《上海公报》前反反复复的踱步声，到《上海合作组织成立宣言》六国元首签字的沙沙声，还有那上海世博会开幕时的鼓乐声、鞭炮声、焰火燃放声、掌声和笑声，声声入耳。

从上海大陆新村鲁迅书房里的毛笔，到江苏路傅雷先生书桌上的钢笔，上海向来是中国现代文化的半壁江山。从包玉珂的《冒险家的乐园》、茅盾的《子夜》、巴金的《随想录》、张爱玲的《金锁记》、周而复的《上海的早晨》、柯灵的《不夜城》，沈西蒙的《霓虹灯下的哨兵》，直至程乃珊的《蓝屋》、俞天白的《大上海沉没》、《大上海漂浮》，海派文化在发展，在延续。

上海，有着多少值得记忆的文化名人，有着多少已经定格的难忘的历史瞬间。然而上海又在不断变化，不断布新。上海以海纳百川的博大胸怀，接纳从天南地北、四面八方涌来的“新上海人”。

如今的上海，吴语侬音、“阿拉”之声已经不再是“一统天下”，参与“百家争鸣”的有京腔、秦腔、闽南语、粤语、客家语，还有川妹子、湘妹子的窃窃私语，具有高度“防窃听”功能的温州话，以及英语、俄语、西班牙语、韩语、日语、阿拉伯语……

在上海的餐馆里，那吱吱声既来自平底铁锅里的生煎馒头，也来自铁丝烤炉上的新疆羊肉串；沸水里的叶叶翻滚声，既来自荠菜大馄饨，也来自麻辣火锅里的毛肚和牛脊髓；那啵啵油炸声既来自油氽粢饭糕和春卷，也来自炸薯条和炸鸡腿；那蒸汽的嗞嗞声，既来自南翔小笼的蒸屉，也来自黄米面烤糕和白糖伦敦糕的蒸笼。

上海，成为拥有2400万人口的国际大城市。众多的“新上海人”为建设新上海做出了新贡献。

篮球巨人姚明成为上海人的新形象，不光是他那高大的身躯，而且还有他那谦和、热情、乐于助人。

不论我乘坐飞机时俯瞰上海西郊的红瓦黄墙别墅群，还是我乘坐轮船时在黄浦江仰望陆家嘴的玻璃幕墙摩天大厦，不论是我在高架公路上领略上海，还是在地铁中穿越上海，日新月异的上海每时每刻都在刷新着城市记忆。

上海人文纪念研究所、上海人文纪念博物馆举办“先贤与上海城市记忆”论坛，我写下我感受的上海城市记忆。从城市的记忆中书写上海的历史，传承后人，发扬光大，是继往开来的举措，是在今天把上海的昨天与明天牢牢“焊接”，是把记忆与梦想牢牢“焊接”，值得提倡，值得赞扬。

漫步上海兴业路

在上海长长短短、大大小小的4 000多条马路中，兴业路是很普通的一条。这是闹中取静的所在。这儿离车水马龙的淮海路不过几百米，而这条马路上却不通公共汽车，行人也不多。

我一回又一回来到这条马路，步入路北那座在青砖中镶嵌着红砖砌成的典型的上海民居——石库门房子。在二三十年代，上海的小康之家，喜欢住这样独门独户、既有小天井又有小楼的房子。石条门框，黑漆大门，黄铜门环，砚红色雕花门楣。这一切都给人古朴典雅的感觉。

虽说上海现今还有上千幢这种式样的石库门房子，然而，兴业路76号却成为万众景仰的革命圣地——墙上高悬大理石铭牌，上面刻着金色大字

作者在中共一大会场采访

作者在上海中共一大会址采访

“中国共产党第一次全国代表大会会址”。

中国现代史上划时代的时刻——1921年7月23日晚8时，在这幢房子底楼那间十几平方米的餐厅里，15个人（注：其中中共“一大”正式代表13人）围坐在长方形的餐桌四周，中国共产党第一次代表大会就这样开始。

穿长衫的，穿对襟中式纺绸上衣的，穿西式衬衫结领带的，留八字胡的，络腮胡子的，操英语、俄语的、讲湖北、湖南话的，聚首在这幢石库门房子里。

为了写《红色的起点》这部关于中国共产党诞生历史的长篇，我追寻着那围坐在大餐桌四周这15个人的足迹。

我揿着电子计算器上的按键，计算着代表们的年龄。我发觉，他们是那样的年轻，15个人的平均年龄只有28岁——正巧等于毛泽东的年龄！在他们之中，最为年长的是“何胡子”，他45岁。长沙共产主义小组代表何叔衡，因为留着八字胡，得了“何胡子”的浑号。最年轻的是北京大学英语系学生刘仁静19岁，担任大会的翻译。

我查阅着代表们的履历档案。我发觉，北京大学跟代表们有着很深的渊源。在代表之中，在北京大学学习或工作过的占了5位——毛泽东、张国焘、刘仁静、包惠僧、陈公博。此外，由于公务繁忙未出席大会而被人们一致认为中国共产党创始人的“北李南陈”——正在北京的李大钊、正在广州的陈独秀，都是北京大学教授。北京大学与中国共产党有着那么密切的联系，因为北京大学是五四运动的先锋，而五四运动为中国共产党的诞生准备了条件。

在15位代表之中，有两位外国人——荷兰人马林和俄国人尼克尔斯基。我细阅着关于他俩的种种档案。

38岁的马林，身材硕壮如同工人，而那副金丝眼镜表明他是知识分子。他是共产国际执行委员会委员，真接受共产国际名誉主席列宁的委派，从莫斯科经奥地利穿过苏伊士运河，坐远洋海轮来到上海。他带来列宁对中国共产党人的关怀。他是共产国际的正式代表。尼克尔斯基却是那么的年轻——23岁，他接受设在西伯利亚腹地伊尔库茨克的共产国际远东书记处的委派，经东北坐火车来到上海。他的任务也是帮助中国共产党人建党。

大会的组织者是“二李”——李汉俊和李达。“二李”是上海共产主义小组的代理书记（书记陈独秀当时在广州）。从档案中，我发觉“二李”有许多共同之处，他俩同岁——31岁，都曾去日本留学，李达懂日语、英语，李汉俊懂日、英、德、法四种外语，正是从一本本外文马克思主义著作中，坚定了共产主义信念（当时中译本甚少）。

李汉俊是兴业路76号的主人。他和哥哥李书城住在一起，人称“李公馆”。李书城乃同盟会元老。李书城夫人薛文淑健在，我请她留下珍贵的回忆。她说：“汉俊性格刚直。汉俊的朋友很多，在一起时经常发生争论，有时像在吵架，我以为一定是闹翻了，可是第二天这些人还是照常来，从表情上看不出有什么不愉快……”

李达是学者型的人物。我在北京寻访九旬高龄的李达夫人王会悟。她感慨忆当年：“中共‘一大’是秘密召开的。李汉俊家在法租界，法国警官和密探监视着那座房子。在闭幕式那天，幸亏马林警惕性高，发现情况异常，叫代表们迅速离开。几分种后，法国警察和密探就闯进了李公馆。后来，我建议改在我上中学的地方——嘉兴南湖举行，那里僻静，可以躲开密探的眼睛……”

中共“一大”本应由陈独秀主持。陈独秀缺席，“二李”又不擅长交际，便由十分活跃的人物——24岁的张国焘担任主席。会议的记录是毛泽东和周佛海。

马林在1935年8月19日接受美国教授伊罗生的采访时，曾谈及：“有一个很能干的湖南学生，他的名字我想不起来了。”这个“很能干的湖南学生”，便是毛泽东。这位28岁的湖南青年，在中共“一大”上，很认真地听取别人的发言，做着记录。虽然他言语不多，只作了一次发言，介绍长沙共产主义小组的情况。然而，他的“能干”，已引起了马林的注意——

尽管在当时他还不是“主角”。

我还对“兴业路”这路名发生兴趣。我知道在中共“一大”召开的时候，那条马路叫“望志路”。我猜想，一定是在解放后，为了纪念这革命摇篮，改名兴业路——大业兴起之处。我向上海市以及卢湾区的地名办公室请教，这才查清楚：望志，原是法国上海公董局总工程师的名字，最初用他的名字来命名——望志路。因为这条马路当年在法租界之中。后来上海收回租界，改名兴业路，那时上海一般采用中国各地地名来命名路名，兴业是广西一个县的名字。与兴业路相邻的马路叫兴安路。兴安也是广西一个县的名字。虽说是偶然的巧合，兴业路这路名却给那历史性的会址增添了纪念色彩。

我沿着中共“一大”代表们的足迹追寻，一直追寻到他们人生的终点。当年最年轻的代表刘仁静，最后一个离开人世——1987年8月5日清早，86岁的他持剑穿过马路，照惯例到对面一所大学里舞剑，被一辆疾驶而来的公共汽车撞倒，当即死亡。

在这15个人之中，壮烈地牺牲于刑场的是山东代表邓恩铭烈士（水族）和湖北代表陈潭秋烈士。李汉俊虽然后来脱党，也牺牲于敌人的屠刀之下。何叔衡在战斗中牺牲于战场。马林死于德国法西斯刑场。没有到会的李大钊，是中国最早的马克思主义者，他在“中国共产党万岁”口号声中壮烈地倒在刑场上。

山东代表王尽美为党工作，过度劳累，肺病不愈，年仅27岁死于医院，是第一个离开人世的中共“一大”代表。

毛泽东在1935年遵义会议上，确立了他在中国共产党的领袖地位，他领导中国人民推翻了三座大山，建立了新中国，开展了波澜壮阔的社会主义革命和建设，他永远是中国共产党人缅怀的伟大领袖。他的战友、湖北代表董必武，也在长期的革命斗争中建立了丰功。

人是变化着的，就在炼钢的过程中要不断除渣。张国焘后来叛党，成了国民党特务，最后冻死于加拿大多伦多养老院。陈公博、周佛海堕落为汉奸头子，一个被杀，一个死于狱中。

尼克尔斯基回到苏联后，则死于冤案，后被苏共中央平反昭雪。

中共“一大”宣布了中国共产党正式成立。

7月1日定为中国共产党的诞辰，是由于当时在延安的两位中共“一大”代表——毛泽东和董必武，都记不清“一大”开幕的确切日期，便用7月首日作党的生日。

现经党史专家多方面考证，查阅原始文献，已确定中共“一大”开幕之日为1921年7月23日。但“七一”沿用已久，现仍照惯例在7月1日庆祝党的诞生。

代表们在离开兴业路那张大餐桌之后，各自东西，走着不同的人生之路，最后的结局也各不相同。然而，中国共产党却在战斗中成长，在战斗中壮大，由最初的50多位党员发展到今日4 800多万党员。中国共产党是中华人民共和国的执政党，是中国人民革命事业的领导核心。

我漫步在兴业路上。我常想，历史是一面镜子，它会给人以深刻的启示……

红色密使隐居南京路

商铺林立的南京路，以“中华第一街”名震华夏。然而，鲜为人知的是，这里也是中国革命的红色起点……

1920年4月下旬的上海，毛毛细雨不住地飘飘洒洒。浑身水湿的黑色的蒸汽机车拖着一列客车驶入上海站。三个俄国人在一位山东汉子陪同下，走出火车站。他们登上黄包车，把车前的油布挡得严严实实的，看似挡雨，其实是为了遮人耳目。

20世纪30年代的上海南京路

打头的一辆黄包车里，坐着那位山东汉子，名叫杨明斋。虽说他是中国人，但是他的衣袋里放着苏俄护照。出身贫苦的他在19岁那年从山东来到俄国的海参崴做工，在“十月革命”时他参加了红军，参加了俄罗斯共产党（布尔什维克）。俄共（布）是苏联共产党的前身。这一回，他被俄共（布）远东局派回中国。上海对于他来说是一个陌生的城市。他平生头一回来到这中国第一大都市，那“阿拉、阿拉”的上海话，简直叫他难以听懂。不过，比较起同行的三位俄国人来说，他毕竟该负起“向导”之责。

他在北京时，便听说上海大东旅社的大名，所以下了火车，用他那一口山东话吩咐黄包车夫拉往大东旅社。大东旅社在上海滩享有很高的知名度，黄包车夫一听大东旅社，就知道该往什么方向拉。后头的几辆黄包车，也就跟着在菲菲细雨中鱼贯而行。坐在这种人拉人的车上，杨明斋心中真不是个滋味儿，然而他却必须装出一副“高等华人”的派头。

黄包车驶入繁华的南京路，在高悬“统销环球百货”六个大字的永安公司附近拐弯，便歇了下来。杨明斋撩起车前的油布一看，迎面就是“大东旅社”的招牌。

永安公司是上海南京路上的四大公司之一，大东旅社是永安公司附设的旅馆，就在永安百货商场的楼上。永安公司是在1918年9月5日开业，翌日则是大东旅社剪彩大典。在当年的上海，大东旅社名列一流旅馆之中。

杨明斋一行下车之后，便见到大门两侧挂着金字对联：“天下之大，居亚之东”。那“大东”之名，便是从这副对联中各取末一个字组成的。

进门之后，穿着白上衣、黑长裤的茶房便领着他们上了电梯。

五楼，一条长长的走廊，走廊两侧是一间间客房。客房里相当考究，打蜡地板，皮沙发，大铜床，既挂着蚊帐，又装着水汀。刚刚在沙发上坐定，茶房便送来滚烫的冒着蒸汽的毛巾，给客人们擦脸。

与杨明斋一起来到的三个俄国人，都带有俄国《生活报》的记者证。当然，那只是他们的公开身份而已。这三个俄国人一男两女。那男子27岁，乃是俄共（布）远东局派出的代表团负责人，名叫维经斯基。他还取了个中文名字叫吴廷康。两女之一，是维经斯基的妻子库兹涅佐娃。还有一位叫萨赫扬诺娃，俄共（布）远东局成员之一。他们被派往中国的任务是“考察在中国建立共产党的可能性”，也就是为在中国建立共产党作准备工作。当时，中国各地已经陆续建立了共产主义小组，内中的领袖即“南陈北李”。他们刚在北京拜访了“北李”——李大钊。经李大钊介绍，他们专程从北京南下上海，前来拜访“南陈”——陈独秀。

杨明斋安顿好俄国人在大东旅社住下，便下了楼。在南京路如潮般的

人群中，杨明斋打听着四马路在哪里。哦，原来跟南京路平行的、相隔不过数百米的马路，便是四马路。他在那里顺利地找到了亚东图书馆，从汪孟邹那里知道了陈独秀的地址，杨明斋便赶往霞飞路(今淮海中路)，拐进环龙路渔阳里。当杨明斋从怀中掏出一封信，一看信封上李大钊那熟悉的笔迹，陈独秀马上变得热情起来，连声说："请，请进！"。

紧接着，依然在雨珠潇潇之中，两辆黄包车从南京路来到渔阳里弄口。杨明斋撑开雨伞，维经斯基穿着雨衣，压低了雨帽，消失在弄堂里。初次的会晤，只在三人中进行。维经斯基讲俄语，陈独秀讲汉语，杨明斋当翻译。

此后，维经斯基在杨明斋陪同下，一次又一次拜访陈独秀，详细讨论了成立中国共产党的问题……

整整一年之后，即1921年4月，一个来头不小的"赤色分子"，从奥地利维也纳南下，在意大利"水城"威尼斯踏上"英斯布鲁克"号轮船，经过地中海，通过苏伊士运河，经红海、印度洋，朝西进发，前往中国上海。此人是荷兰人，38岁，熊腰虎背，身材高大，八字胡子，衣着随便。可那一副金丝边近视眼镜，开阔的前额，却又显示出知识分子的风度。他名叫马林，又叫斯内夫利特。他持荷属东印度(东印度即今印度尼西亚)护照。

马林与维经斯基不同。他不是俄共(布)党员。他是共产国际的执行委员，职务远远高于维经斯基。共产国际又叫第三国际，是列宁在1919年领导创立的，是全世界共产党的国际联合组织。马林直接受命于列宁，作为共产国际的代表，前往中国帮助建立中国共产党。跟维经斯基一样，他前往中国的公开身份也是记者——日本杂志《东方经济学家》的记者。

马林一上船，便惊动了北京的荷兰驻华公使、上海的荷兰代理总领事，惊动了海牙的荷兰外交大臣，惊动了荷属东印度总督府，也惊动了英驻华公使以及上海公共租界工部局捕房和上海警察局……他们之间，密电交驰，转告着"英斯布鲁克"号的动向，提醒着注意船上那个负有特殊使命的壮汉。那架势，真可谓如临大敌！这是因为马林作为共产国际的执行委员，早就受到荷兰警方的严密监视。

6月3日，意大利轮船"英斯布鲁克"号在上海靠岸之后，马林便跳上一辆黄包车，消失在十里洋场的茫茫人海之中。

"幸亏"如今荷兰外交部还保存着当年上海法租界公董局致荷兰驻沪总领事的信，即"G类档案"，清楚地记载着马林在上海的行踪："斯内夫利特乘意大利船阿奎利亚号到达上海，住在南京路大东旅社，化名安得烈森。"

20世纪20年代的上海

马林跟维经斯基一样，也住进南京路上的大东旅社，他在旅客登记册上用的名字是“安德烈森”。他在跟中国人打交道用的是中国式的名字“倪恭卿”。对于长期从事秘密工作的他来说，在不同的场合改名换姓，毫不足奇。

马林下榻于大东旅社32号房间。根据“G类档案”记载，马林在大东旅社住了41天，直到7月14日才离开大东旅社，住进麦根路32号公寓。麦根路，即石门二路。

与马林同时抵达上海的，还有一位名叫尼科尔斯基的俄国人。尼科尔斯基非常年轻，才23岁，是俄共（布）远东局派来的代表。他同样下榻于大东旅社，迅速与马林取得了联系。

永安公司的屋顶花园，名叫“天韵楼”，是个夏日的好去处。晚风徐徐，灯光淡淡，或谈情说爱，或洽谈生意，那里自由自在。只是收费颇高。要么洋人，要么“高等华人”，才会在这高高的花园里饮茶聊天。

住在永安公司楼上大东旅社的马林，自知可能有密探在暗中监视他，因此与人约会，几乎不请入房间，而是在华灯初上，约会于楼顶的花园。

有时，需要在白天约会，他总是选择“七重天”。七重天当时是上海首屈一指的酒楼，因设在永安公司大楼的第七层而得名。七重天里配置火车座、弹簧椅，每张餐桌上都有红色的台灯。这里是洋人和“高等华人”们聚餐之处。也有时，马林在人流如涌、热闹非凡的“大世界”或“新世界”，与人见面。

那时候，陈独秀到广州工作去了，马林、尼科尔斯基与上海共产主义小组的代理书记李达以及李汉俊秘密见面。“二李”都能讲英语，李汉俊还会讲德语，跟马林长谈。马林听了“二李”的汇报，建议召开中国共产党全国代表大会，以便正式成立全国性的组织。马林拿出了带来的经费，给每一位出席大会的代表发给路费100元，回去时再给50元。于是，“二李”发信给各地党小组，各派代表二人到上海开会——这便是历史性的中国共产党第一次全国代表大会。

各地代表陆续抵沪，以“北大暑期旅行团”的名义住在上海法租界蒲柏路上的博文女校。内中，唯有广州代表陈公博带着新婚的妻子李励庄一起来沪，不住在博文女校，而是住在大东旅社41号房间。

陈公博住进大东旅社，内中有一个特殊的原因：永安公司的老板郭乐、郭泉兄弟是广东人，永安公司1 000多名职工几乎是清一色的广东人。永安公司所属大东旅社，员工也清一色是广东人。大东旅社的总经理郭标，是陈公博的同乡。正因为这样，陈公博在上海诸多旅馆之中，选择了大东旅社。

1921年7月23日晚，中共“一大”在上海法租界望志路和贝勒路交岔口的一幢青红砖相间砌成的石库门房子里举行。这幢房子，人称“李公馆”——同盟会元老李书城的家。李书城的弟弟，就是上海共产主义小组成员李汉俊。来自全国各地的13名代表以及共产国际代表马林、俄共（布）远东局代表尼科尔斯基出席了会议。这一天，成为中国共产党的诞生之日。

7月30日晚，当大会在李公馆举行闭幕式的时候，一直跟踪马林的法租界密探突然闯进会场。马林当即决定马上转移。当大批法国巡捕赶到时，代表们已经离开，只剩下李汉俊和陈公博两人与巡捕们周旋，总算对付过去了。

深夜，陈公博回到大东旅社，洗完澡，汗水仍在不断地溢出。酷暑之中，那大铜床上像蒸笼似的。陈公博索性把席子铺在地板上。

下半夜，那积聚在天空的乌云终于结束了沉默、僵持的局面，雷声大作，电光闪闪，下了一场瓢泼大雨。凉风习习，陈公博总算得以安眠。

然而，清晨突然发生的一桩命案，把陈公博夫妇吓得魂不附体，睡意顿消。

陈公博在他当年的《10日旅行中的春申浦》一文中，如此记述：“那谋杀案就在隔壁42号发生。7月31日那天早上五点多钟，我睡梦中忽听有一声很尖厉的枪声，继续便闻有一女子锐厉悲惨的呼叫……”

42号房间住着一对青年男女，男的叫瞿松林，是在一个英国医生那里当侍役。女的叫孔阿琴，是一家缫丝厂的女工，22岁。这个瞿松林过去因私用客帐，曾坐牢4个月。这次趁英国医生去青岛避暑，便偷了他的一支手枪，和孔阿琴上大东旅社开房间。瞿松林在旅馆循环簿上，写了假名字“张伯生”，职业写成“商人”。

“两个人不知为什么不能结婚，相约同死”。这样，在7月31日清晨，瞿松林用32毫米口径手枪朝孔阿琴射击。一枪未死，又用毛巾勒死了她。他本想与她同死，后来却下不了决心……

在十里洋场、纸醉金迷的上海，像大东旅社这样的凶杀案，三天两头发生，原本不足为奇。然而，此案过去几十年，却引起历史学家们的浓烈兴趣。最早查考此案的是美国哥伦比亚大学教授韦慕庭。远在太平洋彼岸，他从英文的《字林周报》上查阅当年的报道《中国旅馆的奇异悲剧》，他所关心的不是案件本身，却是案件所发生的时间——因为它是一个时间坐标，确定了案件发生的时间，便可确定法国巡捕骚扰中国共产党“一大”闭幕的时间。

经过中共党史专家和历史学家们的仔细考证，终于准确地推定了法国巡捕闯入中国共产党“一大”会场的日子是7月30日，而翌日在浙江南湖举行中共“一大”闭幕式，当然也就是7月31日。由此往前按照会议议程逐日推算，最后确定中共“一大”的开幕日为7月23日。只是由于人们已经习惯于在7月1日纪念中国共产党的诞辰，所以没有加以更改。

80多年前，中国共产党在上海诞生，这一壮丽的开天辟地的一幕，其中诸多重要场景是在南京路上进行。正因为这样，南京路是中国商业第一街，也是中国革命的摇篮。

上海的周公馆

在新中国成立之前，中共领导人在国民党统治区拥有“公馆”的，除了周恩来之外，别无他人。

以周恩来的名字命名的“周公馆”，居然有两处：在重庆有了周公馆之后，又有了上海的周公馆。

周恩来怎么会拥有两处“周公馆”呢？

八年抗战终于结束。1946年5月3日，身穿特级上将制服、胸前佩带五枚勋章的蒋介石，以“凯旋”的姿态回到南京，发表“还都训辞”。从此，国民政府从陪都重庆迁回首都南京，称为“还都”。

同日，中共代表团也从重庆迁至南京，入驻南京梅园新村17号、30号、35 号。为了便于在上海开展工作，一个月后，中共代表团“顶”下上海马思南路107号（今思南路73号）的一幢三层楼花园洋房，设立办事处。然而，国民党政府不同意中共代表团在上海设立办事处。6月18日，从南京来沪的董必武说：“不让设办事处，就叫‘周恩来将军公馆’。”于是，在上海也有了一座周公馆。中共代表团的工作人员干脆在大门上钉了一块铜牌，上镌有“周公馆”三个汉字，下端刻了一行英文，直译就是“周恩来将军官邸”。这么一来，使得那些专门挑刺的国民党官员哑口无言。

跟重庆的中山四路相仿，马思南路也是一个闹中取静的所在。不远处是车水马龙的霞飞路（今淮海路），而这里却是那么的幽静，梧桐树像一把把巨伞撑在马路两侧。马思南路修建于1912年。这年8月13日，法国一位

落叶时节的上海

著名音乐家马思南（Massenet）在巴黎去世，便以他的名字命名。众多的花园洋房在这里陆续建成，使这里成为名流汇聚之处。在周公馆附近，便有孙中山、张学良、梅兰芳等名人故居。周公馆原本是一位法国商人所盖的法式的典雅别墅，坐北朝南，别墅四周有草坪、花园。

自从周恩来将军入住马思南路之后，周公馆群贤毕至，高朋满座。孙中山夫人宋庆龄来了，郭沫若来了，还有张澜、沈钧儒、马叙伦、马寅初、柳亚子、黄炎培、章伯钧、罗隆基、章乃器、陶行知、周建人、梁漱溟、许广平、沙千里、史良……群星璀璨，鸿儒咸集。周恩来还在公馆里接待了美国总统特使马歇尔将军，接待了国民党政府代表邵力子、吴铁城。

就在名士接踵而来的时候，清静的马思南路上小贩、闲人也骤然增多。不言而喻，那是化了装的特务在监视这里的一举一动。上海警察局黄浦分局根据特务们的报告每天上报《监视专报》。

国共之间的斗争越来越尖锐，战争气氛也越来越浓厚。1946年11月15日，蒋介石强行召开“国民大会”，和谈大门被关上了，周恩来于11月19日飞返延安。上海的周公馆由董必武负责。1947年 2月底，国民党政府限令中共代表团撤离。3月 5日，中共代表团驻沪办事处所有人员根据中共中央指示，撤离上海返回延安，周公馆也完成了历史使命。

1959 年，中共代表团驻沪办事处——周公馆被列为上海市市级文物保护单位。1979年，周公馆辟为中共代表团驻沪办事处纪念馆。

寻访傅雷故居

出生3个月的婴儿是不会记事的。傅雷先生的次子傅敏，从小在上海市区长大，听母亲说他在襁褓之中曾到过上海南汇周浦老家。此后整整60年，傅敏没有去过父亲的故居。岁月飞逝，年已花甲的傅敏退休了，偕夫人一起从北京来到上海。他给我打电话，说起上海的报纸曾报道过南汇要建立“傅雷广场”，问我知道不知道。我建议他干脆到南汇去一趟，他马上就同意了。

我给南汇县周浦镇政府去了电话，他们说，“傅雷广场”就建在周浦镇上，非常欢迎傅敏前去寻根问祖。镇政府派车来接。上车时，傅敏特别叮嘱车子不要走隧道，最好走南浦大桥，因为他已经7年没有来过上海，连南浦大桥都还没有见过！

车过大桥，才十几分钟，便进入南汇县境。同去的傅敏表姐朱佛容颇为感叹。她是傅雷夫人朱梅馥哥哥的女儿。朱家原本住南汇县城惠南镇。她小时候从南汇到上海，要坐脚划小船，吱唔吱唔划一天！至于傅敏则没有这种今昔“对比感”，因为他去南汇时出生才3个月……

周浦镇是南汇县的大镇，离上海最近，过去有着“小上海”之称。如今，老城厢已经陷入一大批釉面砖、铝合金门窗的新楼的包围之中。镇长送给我们一份印制考究的周浦镇容镇貌的彩色画册（据云这是为“招商引资”而印的）。我注意到，一开头就写道：“周浦镇是著名文艺翻译家傅雷的故乡。”不言而喻，这个“小上海”，已经把傅雷列为这里的第一号名人。正因为这样，这里新建的广场，将竖起傅雷先生的塑像，命名为“傅雷广场”。

离开新区宽广的柏油马路，走进窄窄长长的旧城老街，仿佛回到了当年傅雷先生生活的世界。从3米来宽的老街拐进一条1米宽的胡同，我们来到傅雷故居。那房子大体上还是当年面目。走过一座带着飞檐的大门，里面是一个大院。堂屋和厢房的木门、木窗、板壁，都已经呈深褐色。傅雷和他的寡母，当年就住在厢房里。房子是租的。据说，这房子当时经常闹鬼，别人不敢住，傅雷的母亲不信这一套，租了下来。

傅雷的母亲李欲振，虽然是文盲，但是非常重视对傅雷的教育。她请了私塾先生教傅雷，自己在旁边一面做针线活，一面听着。晚上，她要傅雷背课文，居然能够听出傅雷什么地方背错了！在寡母严教之下，傅雷小小年纪，把四书五经背得滚瓜烂熟。傅雷在1920年考入上海南洋中学附小之后，离开周浦镇，而她的母亲一直住在这座老房子里，直至1933年9月因风湿病在这里去世，终年只有45岁。

傅雷长在周浦，生在下沙。真巧，周浦镇的镇长是下沙人，而且是傅家邻居。他说，下沙镇的傅雷故居仍在。于是，我们又驱车前往离周浦不远的下沙镇王楼村西傅家宅，寻访傅雷的出生地。

傅敏也成了下沙镇的贵客。镇党委书记和村支部书记领着我们前往西傅家宅。西傅家宅的大部分居民都姓傅。走过一大片黄橙橙的稻田，来到一条小河旁。一座有着36间房子的大院，坐落在河边。那就是傅雷的祖屋。

一位88岁的姓邱的长者，事先知道我们的到来，穿了一身中山装，足登一双鞋底雪白的灯芯绒鞋，热情地迎接远客。他说，傅雷比他大1岁，彼此是少年朋友。他是“老土地”，告诉我们哪一间是傅雷父母的卧室，哪一处是傅雷的书房。他还领着我们来到一座小院，说这里是傅雷的卧室。没有他指点迷津，实在很难“考证”出这30多间老屋当年的用途。

傅雷的祖父傅炳清，有四五百亩土地，在傅家宅算是“大户”了。傅炳清生二子，长子傅胜，次子傅鹏。傅鹏即傅雷之父。那位邱老先生记得，当时喊傅雷母亲为“鹏飞嫂”，可见傅雷之父又叫傅鹏飞。1908年4月7日（阴历三月初七），傅雷出生在这座老屋里。傅雷4岁时，傅鹏飞因受土豪劣绅诬害入狱。经夫人李欲振多方奔走，终于在3个月后出狱，却在极度的郁闷中去世，终年仅24岁！

当时，李欲振也只有24岁，不仅从此守寡一辈子，而且带着四个孩子——傅雷为长子，除了他之外，还有两弟一妹。在蒙受丧夫的重大打击之下，李欲振没有精力照料这群年幼的孩子，竟然在短短1年内，连死3个孩子，只剩长子傅雷！

据邱先生回忆，“鹏飞嫂”——傅雷的母亲，为人刚强，又乐于助人，所以她虽然在傅家的大家族中算是小辈，但是很有威信，傅家人都听她的话。

傅雷的母亲个子瘦小，平常穿短褂黑裙。接连失去丈夫和3个儿女，她把所有的希望都寄托在唯一的儿子傅雷身上。为了使傅雷受到良好的教育，她迁居“小上海”周浦。傅雷先是在周浦镇小学上学。后来虽然去了上海，但是寒暑假都在周浦镇度过。

傅雷19岁时，由母亲作主，与朱梅馥定亲。朱梅馥小傅雷5岁，父亲朱鸿为清朝秀才。傅雷母亲的娘家与朱家是邻居，所以傅雷与朱梅馥从小就认识。

1932年，留法归来的24岁的傅雷，与朱梅馥在上海“一品香”饭店举行婚礼。据邱先生回忆，傅雷还曾在周浦镇摆喜宴，他从下沙赶往周浦镇吃喜酒，记得傅家摆了20多桌喜酒，朱家的亲戚们也纷纷从南汇县赶来……

如今，傅雷已经成了周浦的骄傲，南汇的骄傲。乡亲们对傅敏热情欢迎，使傅敏深为感动。傅敏说，他前些日子住在英国伦敦哥哥傅聪家，傅聪已经多年未曾回国，在明年可能应邀回来演出，届时请傅聪也回南汇老家看看。

上海弄堂

上海的早晨

床头电子钟的红色数字显示："6:30"。钟控收音机自动响了，传出播音员播报新闻节目的声音。我一边穿衣服，一边听新闻。上海的冬日是又潮又冷的。

许多北方人不敢在寒冬腊月前来上海，因为上海的民宅及普通旅馆里是没有暖气的。也正因为这样，上海人总是穿了三四件毛线衣、外面还要套一件鸭绒滑雪衫，靠着如此臃肿的冬衣抵御那凉入骨髓的朔重。

我打开房门，来到阳台呼吸新鲜空气。东方一抹红霞。逆光之中，高低错落的建筑群呈浓黛、深灰、黄褐各色。上海号称"万国建筑博览会"。当年，这里是"冒险家的乐园"，英、法、美、日在上海都占有租界，建造了一大批风格各异的花园洋房。那时上海的民居，则大都是一楼一底、小天井、高围墙、黑漆大门的石库门房子。在红砖砌成的花园洋房与青砖砌成的石库门房子之间，夹杂着一幢幢火柴匣式的居民楼，这些楼房大都是1949年后建造的，分布在市区四周，通常是四层、五层。

像鸡群里的仙鹤，那些几十层的高层建筑突兀于眼前。建于1934年的24层的上海国际饭店，曾号称上海第一高楼，如今只能忝居末座。拔地而起的新高楼，绝大部分是最近十来年间冒出来的。这些豪华的中外合资的四星、五星级旅馆，跟它脚下那些低矮的棚户，仿佛隔着一个世纪！

妻拎起红色的塑料提篮要去买菜，我随她一起出去走走。下了楼，我们便融入拥挤的人流之中。上海的特点便是挤。人，实在太多。马路上挤，商店里挤，医院里挤，而最挤的所在莫过于公共汽车。上下班时，公共汽车里挤得像沙丁鱼罐头。在拥挤之中，免不了你踩我一脚，我碰你一下。于是，车厢里便出现有趣的舌战："侬长眼睛伐？""唷，搭啥架子。侬要适意，坐小轿车去。""哼，侬为啥不坐小轿车去？"……说实在的，上海市民大都是"自行车阶级"，自备小轿车的如凤毛麟角。当各种各样的车辆在清晨醒来，声声喇叭如同鸡鸣一般此起彼伏，陈旧狭窄的街道像患了血栓症的血管似的东堵西塞，拥挤不堪。地下铁道正在开挖。我家正处于地下铁道起点站附近，站台已造得差不多。不过，造好一条横贯上海地下的街道要费四五年功夫，每前进一米需花费10万元人民币。

晨光熹微中的小菜场，也是个人头攒动的所在。我家楼旁便是一家国营菜场。在那里买肉、蛋、豆腐，都要凭配给票。国营菜场之侧，则是自由市场。那儿的水泥地地皮永远是湿漉漉的。几十个红色的大盆一字儿摆开，盆里盛满了水，空气压缩机在往盆里咕嘟咕嘟输送氧气，盆里的河鱼在悠然游动。上海人买淡水鱼，必定要买活鱼。鱼一旦死了，即便打对折，也未必卖得掉。自由市场上的青菜新嫩翠绿，价格高于国营。越是有虫孔的菜，反而越易出手，因为顾客以为菜上有虫，表明未施农药，没有化学污染。市场入口处放着一只电子秤，叫"公平秤"。买了菜，人们往往放在公平秤上秤一下，因为自由市场的个体户常常短斤缺两。公平秤一旦发现份量不足，顾客即可叫个体户补足所缺的分量。自由市场上最贵的，莫过于甲鱼和河螃蟹（上海人称"大闸蟹"）。

自由市场一箭之隔，是一溜小吃店。大饼正在冒出葱花、芝麻香味，红色的辣油在豆腐花上漂动，油条、粢饭糕在滚烫的油锅里氽着，小馄饨、水饺热气腾腾，有人退避三舍也有人嗜爱入癖的臭豆腐正飘来一阵阵特殊的臭味。袋装的牛奶，刚出炉的羊角面包，也在吸引着急于上班的人们，权且充当早餐……

旭日冉冉东升，喧嚣声渐渐平静。人们各奔东西开始一天的工作。我家也变得雅静：妻正站在学校讲台上给学生授课；次子在上海交通大学忙于编电脑程序；老母在厨房洗着新鲜的荠菜；我是“坐家”（人们封给作家的谑称），正“坐”在“家”中的书房里开始笔耕。至于我的长子，在美国攻读研究生，此刻也许正要就寝……

夜上海

温馨之中，夹带着潮润，盛夏的夜风轻轻地推开窗帘、轻轻地吹拂着……

家住高楼，而窗口又朝着东南，对于昼夜有着特别明显的感觉。夏日的清早，才5时多，耀眼的金色朝阳已经把光芒射进我家。到了傍晚，一轮夕阳西下，窗外开阔的天空从橙色转成淡灰。灰色不断加重，一幢幢高楼的轮廓变得模糊。窗外终于变成一片浓黛，五颜六色的霓虹灯闪烁。我家正处十字路口，俯瞰窗下的马路，车如长河，喧嚣不已。遥望远处，长长的黄浦江上的大桥亮起一串串明灯，像一条银色的项链挂在夜上海的前胸。

我的诸多夜晚，在书房中度过。特别是在赶写长篇的时候，往往夜以继日。书房里耀如白昼，我的十指在电脑的键盘上飞舞。

我也休闲。我喜欢与妻下楼，在夜色中漫步。我家楼下，就是一家1 000多平方米的大饭店，灯光一片雪亮。前后左右，20多家酒家、烧烤店、火锅城、小吃铺、泡沫红茶店、肯德基，组成“吃的连锁”。与二三朋友在餐馆小聚，边吃边聊。我喜欢雅静的所在。一家餐馆老板为了招徕顾客，在店堂里搭了T字台，时装表演队的小姐们在台上款款而行，音乐声震耳欲聋，我反而从不光顾。

夜色中的人行道，变得拥堵不堪。彩色地砖被各种各样的地摊复盖，卖“毛栗子”（上海话，即鲜荔枝）、手机皮套、长筒丝袜、沙滩裤的喊声响成一片。我最爱去的是盗版书摊。林林总总的盗版书装满“黄鱼车”（上海话，即三轮车）。据说“黄鱼车”高度“机动”，一有“情况”可以随时“转移”。在那里，我常常买到我的著作的最新盗版本——我已经“收藏”了整整一书架的盗版本。

夜10时之后，地摊收场，取而代之的是折叠桌、白色塑料椅，“大排档”上场了。虾肉馄饨、大排面，炒田螺、海瓜子、花蛤汤、白斩鸡，应有尽有。尽管许多人吃得津津有味，我却从来不敢做座上客。我一看那污浊不堪的洗碗水桶，就敬而远之。

离我家200米处，是一家电影院，而楼上则是图书馆。我只看“大片”、“名片”。有时，倒喜欢在图书馆里翻看各地报纸杂志，犹如在铅字间散步，名曰“文学散步”。

有时候与妻“打的”外出。很多朋友劝我买车。我们这座大楼里拥有“私家车”的人颇多，入夜，院子里停满各种牌子的轿车。我却喜欢“打的”，因为多了一辆车，还得花费不少时间“伺候”。上海的夜色是迷人的。我在欧洲，发觉商店在晚上6时就关门，而上海的商场往往在10时还人声鼎沸。自动扶梯、大理石地面、中央空调，上海商场的购物环境是一流的。在商场信步，也是一种休闲。

也有时就在家附近散步。家对过就是街心花园。50米处，是一条颇宽的河。往日，我们几乎不愿在河边走，这倒不是怕湿脚，而是受不了那臭气。这条河是苏州河的支流，直通黄浦江。随着苏州河的河水变清，臭味随之消失。河边漫步，成了夜晚的舒心事。当然，有朝一日河上开通小艇夜游，在皎洁的月光之下，银波粼粼，轻风徐徐，当会更舒心。

还有时在家休闲，泡在客厅里，在电视机前度过夜晚——当然，前提是有文化品味很高的节目。我不看“肥皂剧”，爱看根据名著改编的电视剧。

当一轮明亮的朝阳又一次早早照进我的卧室，新的一天开始了。

在上海上空飞行

平常，我坐民航班机，在上海起飞或者降落时，只在上海上空一掠而过。我很想从空中细细鸟瞰我们的上海城，一直没有机会。后来，我终于如愿以偿：一架执行科学研究任务的飞机，要在上海上空飞行。我搭上了这架运输机。

那天天气晴朗。飞机起飞之后，为了便于观察和摄影，打开了机舱舱门。我的腰间束着安全带，在敞开的舱门旁朝下看，绿色的格子般的农田迅速地朝后移去。不久，一条长长的黄色带子闯进我的视野。哦，是黄浦江!

上海黄浦江夜景

飞机降低高度，沿江飞行。它总是在浦东一侧飞。据领航员告诉我，高楼耸立的浦西市区上空，属于“禁空”。未得特别许可，飞机是不能飞入禁空的。

从飞机上看黄浦江，百舸争流，十分热闹。经过上海炼油厂上空时，一个个象棋子般的储油罐，给我留下很深的印象。

飞着，飞着，江面渐渐变宽。忽然，我看到一个竖立着的大圆盘——那是吴淞口表示水位的“钟”。喔，看见长江了。没一会儿，机翼下出现绿色的大岛——崇明岛。我记起从外滩坐船到崇明岛，要花将近半天时间。可是，飞机在上海上空盘旋，几分钟便从崇明岛上面掠过一次!

从空中看上海市区，红色的和黑色的屋顶相杂。最引人注目的是东方明珠电视塔，像一柱香插在那里。不过，市区上空仿佛罩着一层薄薄的灰雾，而在崇明岛上空看下去却变得清晰得多、明净得多。

运输机上装有红外摄影机。飞机一边飞行，红外摄影机一边拍摄。据科研人员告诉我，这种摄影机跟普通摄影机不同，是根据景物射出的红外线的强弱曝光。物体越热，射出的红外线就越强。红外线是看不见的光线。在漆黑一团的夜间，用红外摄影机也能拍出清晰的照片——因为景物在夜间仍不断射出红外线。

飞机降落后，科研人员就忙着冲洗红外照片。我对这些红外照片很有兴趣。过了几天，特地去看他们冲印出来的红外照片。

在一张红外照片上，有许多“棋子”，一望而知那是上海炼油厂的油罐。“棋子”的颜色有深有浅。科研人员告诉我，那几个颜色发白的油罐，说明里面装满了油，因为油的温度比较高。另几个油罐颜色发黑，说明油已经用得差不多了。嗬，用红外摄影居然能够判断油罐里油的多少!

在几张黄浦江的红外照片上，我看到有趣的现象：在江面当中的轮船，船上几乎都有一个亮点。靠在码头的船，个别的有亮点，大部分没有亮点。科研人员解释说，那亮点是机房，说明发动机正在工作。发动机发热，射出很强的红外线。正在江面行驶的轮船，发动机当然在工作着。至于江边的船，凡是有亮点的，便说明那艘船正在靠岸或启航。有两艘船，一前一后，前边的有亮点，后边的没有。这说明前面的是拖船，后面的是驳船。更有趣的是，江边有时出现一滩白色，沿江扩散。科研人员说，那是工厂排出的废水，温度高，在江中扩散。这用肉眼是看不出来的。用红外摄影却可查出哪家工厂往江里排废水，这些废水在江中怎样扩散的。

这次随机在上海上空飞行，使我增长不少见识。

春到龙华

说开便开，一夜春风，那粉红色的桃花犹如一团团轻云，忽地降落在路边成片的细枝嫩叶间。每逢这时节，我家楼前那条平日行人不多的马路，便突然人潮如涌络绎不绝。人们“定向运动”，朝龙华进发。人皆有“从众心理”。我也融入人流，去赏桃花，去听商贩们的吆喝声，去看五颜六色的商品—— 一年一度的上海龙华庙会，总是在春风送暖时开幕。

龙华乃上海有名的古镇。据云，早在明末清初时，已经开始举办龙华庙会。从我家步行10来分钟，就到达龙华了。一路上，桃花颔首道侧，令人赏心悦目。

各路公共汽车增加了班次，成千上万人云集古镇。在行人之中，银发皓首者尚穿棉衣，而新潮女子早已穿上红红绿绿的毛线衣，内中的“勇敢者”甚至穿起短裙，显得彩色缤纷。在黑发黄皮肤的人流之中，往往夹杂着金发白皮肤的高个子——“老外”们也有“从众心理”呢。

庙会区成了步行区。宽敞的柏油马路两旁，平地冒出密密麻麻的棚屋，各种商品像万国旗般挂起来，令人如入山阴之道，目不暇接。鳞次栉比的商摊，如同不见首尾的神龙。南京路、淮海路各名店都在这儿占一席之地，个体户们更是簇拥于此，真可谓“万商云集”。我在庙会漫步，发觉商品是那么的丰富：从最古老的油炸臭豆腐干到最新式的“蹦蹦糖”，从刚刚收摘的黄山毛峰、龙井新绿到法式羊角面包，从传统的台湾席到新式的经过化学处理的印尼竹席，从名牌风衣到电脑织花的羊毛衫……这儿几乎应有尽有，是世上难得的购物天堂。

上海龙华塔

公平交易，秩序井然，熙熙攘攘，一派太平盛世光景。

庙会中心，是那座直插云天的龙华古塔。逛庙会的人们一群又一群在古塔前拍照留念。那座古塔始建于三国吴大帝赤乌十年，迄今已有1 740多年历史。古塔阅尽人间沧桑，历经劫难。在“文革”期间，红卫兵们曾把古塔作为“四旧”，要用“铁扫帚”扫掉。周恩来总理闻讯，急急下令制止，才使古塔免遭横祸。如今，古塔含笑，因为在她漫长的生涯中，还未曾见过人间如此繁华。她的倩影，远传海外，因为日本NHK电视台，德国电视台等都前来拍摄龙华庙会电视新闻，镜头“千篇一律”是从她拍起。

龙华在海内外享有颇高的知名度，不仅仅因为这儿是蟠桃产地多桃花，不仅仅因为拥有古塔、古寺，不仅仅因为一年一度举办庙会，而且因为在1927年那“四•一二”阴风骤起之后，多少革命烈士血洒龙华！国民党淞沪警备司令部霸占龙华，在这里设立刑场。在一阵阵撕心裂肺的枪声响过之后，彭湃、林育南、李求实、何孟雄、胡也频、柔石、殷夫、冯铿等众多的先烈在这里倒下。我离开热闹非凡的庙会，在离上海缝纫机厂不远的地方，找到当年的刑场——一片荒草地，那般静穆，又那般神圣。

我记起董必武的龙华诗："墙外桃花墙里血。"我又记起艾青的诗句："春天来自哪里？春天来自龙华。"桃花灼灼，春满人间。七彩纷呈的商品是花，处处可见的笑脸是花。"不得春风花不开"。龙华的春风龙华的花，令人神往，令人羡慕，却又令人沉思，令人抚今追昔……

古刹老僧

峨嵋报国寺、西宁塔尔寺、西湖灵隐寺、厦门普陀寺、温州江心寺……凡名山大川，必有古寺翼然。黄墙红柱青瓦，蓊林翠竹掩映。"南朝四百八十寺，多少楼台烟雨中"。这些年来，我旅履处处，逢寺观光，常见金佛灿然，常闻香火扑鼻，常听鼓钹齐鸣，殿宇井然，佛事兴盛。僧人潜心修行，信徒顶礼膜拜，一片升平景象。

然而，徜徉佛园，常有一种陌生感、隔膜感、困惑感、无知感，那里一直是我采访生涯的空白点。虽然我极想与身穿袈裟的僧人们长谈，无奈我乃凡夫俗子，不知教理，不晓禅定，从未修定修慧，仿佛与他们隔着心灵的鸿沟。我在尘世，他在佛界，可望而不可及。

其实，我家离"上海第一寺"——龙华寺不算太远。晴明之日，站在阳台上，便可隐约觑见那座名闻遐迩的龙华古塔的塔尖。龙华寺乃江南名刹，始建于唐朝嗣圣四年，距今1 280多年，虽说不过一箭之遥，去过一二回，却不再去，究其原因就在于太近——远在天涯海角，偏要行行重行行，前去一游；近在眼前，反而觉得不足为奇。这种"舍近求远"，大抵也是人的一种反常心理。

暮春，当龙华古镇桃花含苞欲放之际，一年一度的庙会循例开张了。上海众多的个体户涌向古镇，就连五角场的西装个体户也雇了"大发"车驶了两小时赶来摆摊，于是使这次庙会盛况空前，打破了历史纪录。我也融入人流，去看桃花，去听个体户们的吆喝声，去看花花绿绿的商品。游罢庙会，一抬头，龙华寺就在跟前。索性买了张门票，信步踱入山门。

真个是"寺"别3日，令人刮目。古刹里里外外，粉刷一新，庙宇中增添了许多座新的佛像，香火鼎盛，游人甚众。大殿上挂着红色横幅，写着水陆道场字样。闲庭漫步，偶见两桩古庙新事，留下难忘印象：

一是一位年约20的小僧，身穿浅灰色新袈裟，戴着金丝眼镜，显得格外斯文。他胸前挂着一只DF照像机，正踮着脚尖，十分在行地忙着拍摄众僧佛事仪式照片；

二是庙内厕所墙上，那木牌上除了写着汉字“男厕”、“女厕”之外，还用英文标明“Man’s”、“Woman’s”，这恐怕是古刹有史以来未曾有达的……

从古寺归来，我便下决心去采访那里的僧人。一打听，大部分僧人都是近年新来的。总算有缘，经一位熟人介绍，我结识了龙华寺老僧心智法师——他早在1942年便来到了龙华寺，是如今在龙华寺内生活最久的一位僧人。

僧房在佛寺后院，一间单独的平房。我步入僧房之际，法师正端坐椅上，我合双掌，道了一声“愿你吉祥”。用这样的礼节开始采访，我还是平生第一遭。僧房里暗幽幽的。一张床，一张方桌，一张书桌，两把椅子，陈设简朴。老僧皮肤白嫩，精神矍铄，头发、胡子剃得光光的，当然无从看见半茎白发白须，倘不是脸上沉淀着一块块紫褐色的老年斑，很难相信他已八十有三。他穿一身黑袈裟，脸色严肃。按佛教礼节，居士来访，法师从不起立。居士即居家学佛之士。我乃俗人，直至法师赐坐之后方可就坐。

我们之间，隔着一张书桌。桌上放着闹钟，放着《新民晚报》，玻璃板下压着几张名片，塑料盆里放着一串香蕉。屋里静谧：“无丝竹之乱耳”，是个“阅金经”的好场所。我显得有点拘谨。我原以为，这次采访大抵是我毕恭毕敬问一声，他深思熟虑答一句，因为我们之间毕竟隔着僧俗之沟。很出乎意料，才聊上几分种，我们谈得那么投机，毫无隔膜。他一点也不把我当外人，无限感慨话沧桑。他用浓重的福建口音说起自家身世，而他的生命已与龙华古寺融为一体。老僧后半生走过的脚印，那便是龙华古刹的一部现代史……

老僧颇有来历，见过大世面。他20来岁出家修道，从福建渡南海，来到南洋大都邑新加坡，来到椰林丛生的槟榔屿，来到喧喧嚣嚣的香港。1941年底，当珍珠港突然出现翼上漆着红日的日军飞机，香港也响起日军的炮声。他不得不逃往上海，在龙华寺栖身。不料，竟在这里度过了将近半个世纪的岁月。

“墙外桃花墙里血……”回首往事，心智法师忽地吟诵起已故国家主席董必武的龙华诗句。吟罢，他说起初入龙华寺，夜夜心惊肉跳，枪声使他彻夜难眠。因为龙华寺这一佛教圣地后面，竟被国民党淞沪警备司令部所霸占，辟为刑场。彭湃、林育南、李求实、何孟雄、胡也频、柔石、殷夫、冯铿等等，多少革命英烈在这儿倒下，血沃龙华。日军侵占上海之后，也把那里当作屠场。“不杀不盗不淫不妄”是佛教徒的戒规，然而，腥风血雨却从墙外不时飘来，僧人们身居佛寺，心无宁日，又不敢伸张，只得忍声吞气在刺刀的寒光下念经修行。善男信女不敢前来烧香，众僧过着吃玉米粥、山芋汤的清贫生活。

总算熬到了解放，从此过着太平日子。在20世纪50年代，生活还算可以。寺院里搞绿化，种了一大片桃树。桃花灼灼，蟠桃累累，龙华的春日更加艳丽。

“难忘的是1966年8月24日……”心智法师虽年已耄耋，仍清清楚楚记得这个大灾大难的日子。那天早上刚过8点，一群戴着“红卫兵”袖章的凶神突然降临。把住山门，看住众僧，“红卫兵”冲进天王殿，冲进大雄宝殿。“红卫兵”越来越多，“扫四旧”的口号声震撼着古刹。

一场大浩劫开始了。千年古寺，毁于一旦。大院里火光冲天，500座木罗汉堆成小山一般，被熊熊烈焰所吞没，变成一堆焦炭；四大金刚被用铁锤砸得粉碎，泥块撒满殿宇；方丈厅楼上，12块明朝珍贵木雕，一面刻着《西游记》，一面刻着《三国志》。那是古代艺匠的心血结晶呐，却被无知的“红卫兵”从窗口扔下去，摔成了碎屑；大殿里，明朝洪武年间所铸的大铜钟，声音洪亮悦耳，曾被摄入多部电影之中，却被“红卫兵”拉往废品收购站……

“红卫兵”甚至扬言要砸烂龙华古塔，惊动了日理万机的周恩来总理，发来急电，这才保住这座千年宝塔……

洗劫一空的大殿，居然被用来展览抄家物资，成为“阶级斗争教育展览会”。展览会收场之后，那里成了进出口公司的仓库。

“您呢？”我关注着法师在浩劫中的命运。

“唉，派来了‘工宣队’，搞‘清队’，我进了‘牛棚’，成了‘牛鬼蛇神’！”双眉紧蹙，心智法师说出了一连串“文革”的“专有名词”。

原来，连这儿也“进驻”了“工宣队”，也搞“清队”，也有“牛棚”。难怪那时叫得震天响的口号，总是什么“扫除一切”、“领导一切”。这“一切”，连千年古刹也在劫难逃了。

“牛棚”里关了5个“牛鬼蛇神“。一位82岁的老僧受不了惊恐，死在“牛棚”里。一位老僧高血压，批斗时昏厥过去，送进医院不几日就呜呼哀哉。还有一位种菜的僧人受不了折磨，喝下农药敌敌畏，横倒在防空洞里，等人们发觉，早已凉了。只有心智法师和竺耀法师坚信“善有善报，恶有恶报”，总算熬过了那大劫大难的岁月……

“我的一生，尝遍咸、酸、苦、辣。做梦也没想到，我的晚年生活，那么的甜！”心智法师说起“人生五味”，说到了古寺的“新时期”，愁眉顿散，笑逐颜开。

一尊尊佛像重塑，一块块金匾重刻，宝镜重光，法炬复燃。僧人猛增了几倍，古寺充满青春活力。每日香客不绝，善男信女如云。特别是外国旅游者，游上海总希望一睹龙华古寺新颜。众多的海外信徒，不远万里，前来龙华古刹进香、捐助。

孙中山先生的孙女孙穗英，来华必来龙华寺。那是因为龙华寺设立了孙中山先生牌位，每逢先生诞辰或忌日，众僧举行隆重佛教仪式纪念大总统。一帧帧仪式彩照飞渡重洋，航寄孙穗英。她，合掌遥谢龙华众僧深情厚意……

龙华古寺已化为一座友谊金桥，不但与大洋彼岸的孙穗英心灵相通，也与成千上万海外佛教徒心灵相通，共庆今日中国春回大地。

心智法师还告诉我古寺的一桩大喜事：龙华寺方丈、全国政协委员明阳大法师已接受美国高僧的邀请，即将率代表团访问美国。倘若心智法师年轻20岁，也会有幸随团赴美神游。

“钟在寺内，声在寺外”。如今，龙华古寺名震海外。在改革、开放的浪潮之中，古寺也对外敞开了山门！

一席老僧长谈，使我从一个不为人们所注意的特殊角度，观察时代风云。老僧与古刹同命运，共甘苦。他中有寺，寺中有他，已难解难分，而僧运、寺运又与国运紧相依，密相连。在长谈中，不时有工友进屋，为他冲开水，为他倒畚箕，为他送粮票，为他送报纸。当工友为他送来了晚餐，我不得不向他合掌告辞：“祝您长寿！”

他的眼角皱起鱼尾纹，笑眯眯道：“如今，‘不再是人生七十古来稀’，却是‘人生八十不稀奇’，日子越过越甜，真是甘蔗老来甜！”

我缓缓迈出山门，几辆坐满外宾的轿车从古寺中鱼贯而出。在暮霭中，阳光给古寺披上了一片金鳞。我庆幸这次稀有采访的收获。我想，即使我的双脚踏遍天下名刹古寺，还不及与老僧的一席畅叙——见佛面不如识僧心！

乘热气球

乘飞机已是“家常便饭”。特别是我在大兴安岭加格达奇机场深入生活时，领到一张如同汽车月票似的登机证，可以登机场上任何一架即将上空的飞机。

这样，我乘坐过一般乘客难得乘坐的那些双翼飞机、“C-46”运输机以及各种型号的直升飞机。最近，我的“空中经历”又多了一页，便是乘坐热气球。

那是上海浦东开发区的重点中学——建平中学，举行规模盛大的“科技节”，邀请我出席。到底是开发区，气派不凡，校长居然把南京的热气球队请来了。

这支热气球队正在深圳进行表演，建平中学一次次打长途电话，邀请他们来校出席“科技节”。队员们乘飞机赶来了，一辆大卡车装着热气球风尘扑扑千里赶来，全部费用都由学校支付……

天公作美。“科技节”那天，晴空万里，微风吹拂，上千名学生穿着彩色校服，列队于操场。附近的小学、幼儿园及各色人等，闻讯赶来，争睹热气球升空的壮观场景。上海电视台及各报摄影记者，也早早在那里等候——因为这是热气球首次在上海升空，难得一见！

我也对热气球颇有兴趣，因为早在上中学的时候，就读过法国作家凡尔纳的小说《气球上的五星期》，向往着有朝一日也乘气球飞上天空。

在众目睽睽之下，一辆大卡车驶入操场。从车上卸下一只五斗橱那么大小的草绿色方包。打开方包，从中拉出薄如蝉翼的尼龙球囊，如同一个硕大无朋的大饼静静地躺在地上。驾驶员启动鼓风机，往球囊中吹进冷风，那扁扁的“大饼”渐渐丰满起来，膨胀起来，成了一支巨大的“萝卜”横卧在操场上。

驾驶员关掉了鼓风机，开动热气机，只听得一阵呼啸声，一股火焰直窜，强大的热空气流冲入球囊。才一会儿，横卧着的球囊立起来了，飘起来了。球囊底下挂着一个用杞柳条编制的方筐，驾驶员站在框里。这个热气球的最大直径为18米，可载重600千克。除去发动机及驾驶员的重量外，每回可乘着二三人。

1988年作者乘上热气球，体验凡尔纳当年的梦想

我有幸成了热气球的乘客。我蹬着柳筐上特意留好的方形小洞，爬进了筐内。驾驶员启动热气机，顿时，强烈的火焰在我头顶上方喷发，发出呼呼声。我的脚边是一只液化石油气钢罐，那是热气球的燃料。蓦地，柳筐在飘动。哦，热气球离开地面了，冉冉升空！

乘热气球，远比乘飞机有趣，因为乘飞机时只能从狭小的窗口遥望，而在热气球的柳筐里可以全方位俯瞰。上升的滋味有点像乘电梯，但电梯直上直下，而热气球随风飘移。那感觉，有点类似于坐直升飞机，但没有直升飞机发动机嘈杂的声音。我如同腾云驾雾，大有飘飘欲仙之感。举目四望，真个是“站得高，看得远”，令人记起唐朝诗人王之涣的名句：“欲穷千里目，更上一层楼。”

热气球又是“老古董”。早在1783年11月21日，法国蒙戈尔费埃兄弟第一次用充满热空气的布囊载人飞行，使人类头一回尝到了飞行的滋味。此后人类发明了飞艇，发明了飞机，发明了宇宙飞船，越飞越高，越飞越远。如今，热气球这“老古董”，依然保持着它的魅力。除了科学家们用它探测高空奥秘之外，驾驶热气球飞行已成了一项体育运动——“气球飞翔运动”。

热气球在空中飘了一会儿，徐徐下降，我终于又“脚踏实地”。柳筐里换上新的乘客。每次升空，都从气球上垂下一条长布，上面写着广告词句。据告，挂一次这样的广告，收广告费2 000元——怪不得建平中学会有经费请来热气球队！

傍晚，我在这所中学的食堂里，观看了一次饶有兴味的比赛：学生们对热气球很有兴越，自己动手，用塑料薄膜做了一个个小热气球，下面挂着一盏汽油灯。比赛时，规定每只灯加100克汽油，同时点燃，看哪个热气球在空中飘留的时间最久。比赛开始后，一只只无色透明的小热气球飘了起来，“停”在天花板上。此后，每掉下一只热气球，食堂里便爆发一阵哄笑。内中有一只热气球油灯没有做好，发出乌黑的浓烟，把气球变成一只“黑球”，令人笑痛肚皮。夺得冠军的，是一只不大的气球，灯的火焰不大，燃烧时间长，所以久久地“悬”在天花板上……

如此饶有趣味的“科技节”，使我想起爱因斯坦的名言：“兴趣是最好的老师。”用这样趣味盎然的方式诱导青少年的求知欲，是颇为高明的……

非常时期的上海

2003年，在SARS突然袭来的非常时期，上海处于层层设防之中：

一进电梯，就闻到一股漂白粉的气味。每天，电梯要消毒三次；

电梯的数字按键上，覆盖了一层透明薄膜，每天更换一张；

每家的信箱里，塞进了一份市政府印发的防治“非典”须知；

外出“打的”，必须上马路，因为的士已经不许进小区，以防传染“非典”。不许的士进小区的原因，据说是因为得了“非典”之后，病人总是“打的”去医院，所以出租车很“脏”。所有进出小区的访客也必须登记；

“打的”的时候，车窗玻璃上粘着“本车已消毒”的小纸条，车座前贴着防治“非典”热线电话号码。上车后，司机对乘客的上车地点以及下车地点进行登记，以便一旦发现“非典”病人乘车，可以马上追查；

所有的公共汽车、电车，只有贴了当天的“本车已消毒”纸条，才能出车；

上海车多路窄，为了防止车辆过多，上海私家车每个牌照在2003年时要花费近2万元人民币。有的人为了免交这笔费用，挂上了外地的车牌照。眼下这些私家车倒楣，成了重点检查对象。尤其是那些挂北京、广州牌照的私家车，屡屡被拦下检查，以为这些车来自疫区；

我去寄信，邮筒上也贴着“已经消毒”的小纸条。来自疫区如北京、

广州的信，寄到上海，要经过紫外线消毒，才送到收信人手中，比往日要晚一天；

往日熙熙攘攘的百货商店冷冷清清。餐馆也门可罗雀。2002年“五一”长假，上海各旅行社忙得四脚朝天，而2003年五一长假，旅行社也放假；

街上成了五颜六色的口罩的流动展示会；

本来我家访客频频，近来一个月，没有朋友上门，应酬也都取消；

记得，4月8日，我应上海图书馆之邀，举行讲座，座无虚席，而仅仅1个月，与读者的见面会便改在网上举行。5月14日，我应邀来到上海“东方网”聊天室，这是非常时期“最卫生”的交流方式；

不过，我一进“东方网”所在文新大楼（即文汇报、新民晚报集团大楼），一把“手枪”就对准了我。那是手枪式的红外线遥控测温仪，我看了一下液晶显示屏，33.5℃（这是体表温度，加上3℃就成了36.5℃体温），正常，放行！每一个进出大楼的人，都要经过这“手枪”的瞄准；

不论是电视、广播、报纸、杂志，“非典”、“SARS”成了高频词，连篇累牍，而一个多月前的高频词是伊拉克与萨达姆；

上海国庆之夜

本来我最近要去趟北京，考虑再三还是取消了。我倒不是怕北京的“SARS”，因为在美国“9•11”事件爆发的时刻我都会从上海飞往纽约采访，还怕小小的“SARS”？怕就怕在从北京回上海的时候，会被视为“从疫区回来”而遭到隔离，一隔离就是十几天，我受不了！

所有进入上海的旅客，不论是乘飞机还是坐火车、汽车或者轮船，一到达上海，面对的就是红外线体温计以及旅客登记表；

上海市政府对于随地吐痰的罚款，已经从50元人民币提高到200元人民币；

……

在随手往电脑中敲进我在上海的种种见闻的时候，我不由得记起毛泽东的一句名言，叫做“组织群众，宣传群众”。在应对突发的“SARS”事件，中国充分显示了“组织群众，宣传群众”的能力，对于“非典”的防范可以说渗透到每一个角落之中。

上海毕竟是训练有素的大城市，至今上海的“SARS”病人迄今只有7例而已，而且全部是输入性的。对于一座1 600万人口的大城市来说，概率是很小很小的，用上海百姓的话来说，“在上海得SARS简直跟中百万元彩票大奖一样地难得！”尽管如此，上海还是如临大敌，因为稍稍大意，广州、深圳、香港、北京就是先例！

“非典”终究是暂时的。抗击“非典”最重要的收获，是在于使普通百姓都养成了讲究卫生的好习惯。现在，上海百姓一回到家中，第一件事就是用药皂细细洗手，然后是开窗通风。随地吐痰的恶习，已经明显收敛。

对于我来说，无人打扰，这非常时期成为埋头写作与读书的最佳时刻。我庆幸在“SARS”到来前夕，我访问了台湾。这样，我从容地在这非常时期完成了《叶永烈目击台湾》一书。

就在这非常时期，我的一篇写于1978的科幻小说《演出没有推迟》，引起了人们的关注，在诸多媒体上作了报道。

这篇小说收入1979年2月由少年儿童出版社出版的我的科幻小说集《丢了鼻子以后》，这本书在当时第一次印刷就印了60万册。

《演出没有推迟》所写的，就是一场类似于“非典”的“旋风般的瘟神”、“闪电式的瘟神”突然袭来：

瘟神在我们广大的国土上游荡、徘徊，威胁着我们亿万亲爱的同胞。

工厂的烟囱停止冒烟；霓虹灯失去了光辉。飞机懒洋洋地在机场上打瞌睡；联合收割机在田头睡大觉。大街上川流不息的汽车，一下子变得冷冷落落，稀稀拉拉，屈指可数。

难道是爆发了核战争？难道是能源危机再次来临？难道是经济危机又一次发生？不，不，是瘟疫的魔影宠罩着我国！

这瘟疫像旋风般袭来。不，不，简直像闪电般袭来！在短短的几天内，数以万计本来非常健康的人，一下子全都病倒在床上。

到处可以听见人们痛苦的呻吟声，到处可以听见人们发烧时的胡话声，到处可以听见人们接连不断的咳嗽声、擤鼻涕声。

救护车日夜不停地开来开去，还不够用。医院连走廊上、院子里都躺满病人。学校停课。课堂里再也听不到琅琅书声。一张张课桌都被并起来，变成临时病床。几个幸运没有病倒的学生，变成了临时护士……

《演出没有推迟》里所描述的这样触目惊心的场面，正是今日遭受“非典”突袭的写照。

《演出没有推迟》描述的是一种名叫“A-1”型的病毒，通过呼吸途径“侵入人体后24到48小时内就会发病，人开始发高烧”。“戴上一个普通的五层纱布的口罩，可以把病菌挡住；可是，病毒却仍能钻进去”。

《演出没有推迟》写及“病毒是异常狡诈多变的家伙，它不断改变着自己的面貌——几年一变，甚至一年一变，使人们制成的预防疫苗失效”。造成“非典”的冠状病毒，不正是一种变异的病毒！

《演出没有推迟》写及，出差J国的中国红旗歌舞团副团长朱辉受到感染，发烧到40℃，回中国时“一下飞机，立即隔离。连他坐的飞机也被扣留了，不能起飞。”这不正是今日中国严防“非典”的写照！

《演出没有推迟》描述了中国科学家用特制的疫苗战胜了瘟神，J国发表评论指出：

“不仅中国的科学家、艺术家们是奇迹般的人物，中华人民共和国本身就是一个奇迹般的国家。他们不仅在这么短的时间里给所有公民注射了新疫苗，而且向几十个国家无偿赠送了新疫苗及新型注射器。他们甚至还向全世界公布了制造新疫苗的方法，邀请各国医学专家到中国参观新疫苗的制造过程，欢迎世界各国采用新的方法生产新疫苗、新型注射器，欢迎各国科学家对他们的方法提出改进意见。”

其实，这也是今日中国科学家与“非典”作斗争、与世界卫生组织

"WHO"合作的写照。

如果把《演出没有推迟》所写的"A-1"型病毒换成"非典"冠状病毒、把流感换成肺炎，那么这篇科学幻想小说就成了今日"非典"的纪实文学！

正是因为我在25年前就写了那样"预言'非典'"的小说，上海一家出版社约我写纪实长篇《"非典"在中国》。我意识到这一题材的分量，但是困难在于我失去了"行动自由"，因为在"9•11"事件爆发时我能够在美国自由穿行，而现在如果我到香港、深圳、广州、北京、内蒙、山西疫区跑一圈的话，我必须面对一次又一次的"隔离"！

老屋旧照忆故人

不见秋日的阳光，天上铺着一层铅灰色的浓云。从上海瑞金医院出来，时光尚早，下午三时许，便信步朝泰康路走去。熟门熟路，我踱进了弯弯曲曲而又窄窄小小的弄堂。按照门牌号，那里是泰康路210弄，然而如今人们都叫惯田子坊。其实这是新取的名字，命名者乃著名画家黄永玉。"田子方"原本是《庄子》中一位画家的名字，黄永玉取其谐音称为田子坊。

我漫步于田子坊，琳琅满目的画家、摄影工作室、咖啡吧、艺术品小卖部云集，成为名闻遐迩的"创意产业集聚区"。虽说小弄里雨后春笋般冒出形形色色商业广告，这儿的石库门依旧，老虎窗依旧。在四周那些用玻璃幕墙装饰的高楼围拥之下，这里仿佛成了一片时光倒流的"老城厢盆地"。诸多金发碧睛的老外，来这里"淘宝"。导游则带着外国旅游团来此品味"老上

上海泰康路田子坊

坐右起：叶永烈、作家卢新华、作家宗福先；站右起：导演宋崇、画家陈逸飞，在上海青联会议上，1980年。

海”风光。

这条小弄原本是石库门小楼跟弄堂工厂、小澡堂、小仓库混杂之地。至今，我仍在那里见到“1936年天然味精厂旧址”、“新兴皮革厂旧址”之类的牌子。1998年，率先进驻这条小弄的画家，是陈逸飞。独具慧眼的他，用这里的旧厂房，作为自己的工作室。此后，进入这条小弄的艺术家越来越多，形成中外艺术家聚居地。我在小弄里漫步，寻找着当年访问过的陈逸飞工作室。就在离弄堂口不远处，猛然间，我见到墙上挂着“陈逸飞工作室旧址”的牌子，下面的白色牌子上，则刻着陈逸飞的金色签名。

我在陈逸飞工作室旧址前留影，感叹良多，斯人去矣！尽管小弄旧屋是那么的简陋，陈逸飞却创作出非凡的画作。他虽然离开了人世，他的作品永存于这个世界。

我不由得记起，在2007年6月，文友陈村用电子邮件给我“E”来一张珍贵的老照片：陈逸飞手持速写本在给宗福先、卢新华和我画速写，我们仨坐在长椅上。陈逸飞之侧，站着宋崇，专心地看着他画画。

这张五人合影老照片，我还是第一次见到。可惜不知道摄影者是谁。这张旧照大约拍摄于1980年，在上海市青联开会的时候。当时我们都刚刚在文坛上崭露头角，成为上海青联委员。五个人清一色穿着当时最时尚的“礼服”——用“的确凉卡其”做成的蓝色中山装。我们仿佛是一群正在起锚远航的风帆。在此后的近30年间，各自在人生的海洋上留下不同的浪迹。

最年轻的是卢新华，1978年24岁的他还只是复旦大学中文系一年级新生，伏在一部缝纫机的面板上，从晚上6时一口气写到凌晨2时，写出了短篇小说《伤痕》。这篇小说在《文汇报》发表后，轰动了全国。从此，揭露"文革"时期痛苦经历的文学作品，冠以"伤痕文学"之名。卢新华后来去美国。1993年，我在美国西雅图机场曾经偶然见到一个熟悉的身影，定睛一看原来是他。他告诉我，他"下海"了，在美国赌场当发牌员，还赠我小诗。

宗福先原是工人。在粉碎"四人帮"不久，写出了话剧《于无声处》，《文汇报》分三天予以刊载，产生广泛影响，一时间全国竟有2 700多个剧团排演该剧！后来，他担任上海作家协会秘书长，成为我的"领导"。

我第一次知道宋崇的大名，是1965年在福建崇武发生海战时，宋崇冒着密集的炮火，勇敢地在战舰上拍摄了纪录片，成为上海电影界的青年标兵。后来，他担任上海电影制片厂导演，此后出任北京电影制片厂厂长兼党委书记。

陈逸飞当时在中国油画界刚刚崭露头角，属于"美术新秀"，尚未前往美国留学。后来，他成为兼跨于油画、电影、时装的"三栖明星"。

人生易老。转瞬之间，陈逸飞由于过度忙碌，突发急症，驾鹤西去。体弱的宗福先终于走出病魔的阴影，依然写作。宋崇已经退休。卢新华还在太平洋的此岸与彼岸奔忙着，前几年还出版新作《紫禁女》。

老照片与小弄旧屋一样可贵。那咔嚓的瞬间，仿佛是时间长河的"切片"，记录了人生的轨迹，记录了时代的风貌，也记录了历史的细节。

世博会是浓缩的世界

天天在倒计时，终于迎来上海世博会前10天，乘着预展的机会，来到了世博园。对于我来说，这已经是第二次来到世博园。2010年2月4日，受世博局之邀，我曾经来到这里。那时候各个场馆正在施工中，从脚手架的空隙中甫露美丽的面容，仿佛犹抱琵琶半遮面。这一回，虽说许多场馆尚忙于内部布展，但是千姿百态、五颜六色的各国展馆外貌，已如出水芙

上海世博会沙特阿拉伯馆

上海世博会马来西亚馆

上海世博会人潮

蓉，呈现在我的面前。

带了三架照相机，还带了录音机，我“全副武装”上了出租车，告知司机去浦东后滩。司机茫然。我拿出世博园地图给他看，这才明白。他说，他的车子几乎没有去过这个地方。我告诉他，从今天起，你恐怕要经常载客到那里了，那里是世博会8号门。我预料世博园东北角中国馆所在的A区游客最多，特地选择了从西南角的后滩入园。没想到，后滩也人山人海。还好，一溜几十道安检门同时启用，虽说安检比机场还严格，但是花费半个多小时，我就像乘地铁那样把门票塞进闸机，顺利进入园区了。

世博会是感受世界脉动、观察多彩世界的多功能平台。尤其是世博会办在家门口，机会难得。我打算多次去上海世博会。这次是“漫游之旅”，即走马观花，领略世界各国展馆外貌。从8号门进去，按照对角线斜穿整个园区。进门后第一个展馆就是美国馆。接着我在C区寻访欧洲馆、美洲馆、非洲馆，然后进入B区走访亚洲馆、澳洲馆，最后到达A区的中国馆以及其他亚洲馆。那天我背着相机起码步行了10公里，走访了80多个国家的展馆，而在中国馆内则遍访各省馆。在这次总体漫游之后，我将花费几天时间“下马赏花”，细细遍访各馆。

世博会是浓缩的世界，是真正意义上的地球村，也是建筑艺术的万花筒。世博会上的各国展馆，百花齐放，充分反映世界文化的多元性，令人目不暇接。最醒目、最壮观当然是中国馆。在各国场馆里，中国馆是永久性建筑。红色的“东方之冠”的造型，既富有中国民族特色，又显得庄重大方。以紫罗兰色充气膜作为屋顶的日本馆，金色尖顶的泰国馆，像一艘远航而至的巨轮（名曰“月亮船”）的沙特阿拉伯馆，矗立着能够迅速泄去热带暴雨的“A”型屋顶的马来西亚馆……争艳斗丽，各放异彩。

漫步世博会，如同漫步世界。世界富有多样性。我注意到，各种各样的外墙，也充分体现各国“文化元素”：捷克馆的白色外墙上，粘着一个个黑色“圆饼”。打听了一下，方知那是用硬橡胶做的冰球，因为捷克队屡屡在国际冰球比赛中夺冠。波兰馆的外墙，则是镂空成波兰民间剪纸图案，富有民族特色。尤其是到了夜间，灯光从镂空处照射出来，更加凸现剪纸的效果。西班牙馆也很吸引眼球，看上去像藤条篮子似的，其实内部是钢化玻璃结构，外面装饰了8 524块藤条板，以表现古朴的气氛。越南馆的外墙呈咖啡色，走近一看，是用一根根紫竹“武装”起来的，反映越南竹林特色。澳大利亚馆的外墙红棕色，是用很多块生锈的钢板装饰，而墙脚则堆放着一圈铁矿石，那是在宣示澳大利亚富有的铁矿。最具创意的是英国馆，看上去如同刺毛球或者蒲云英，那是用6万多只纤细透明的亚克力管组成的。亚克力有机玻璃灯管，在夜间射出鲜艳的彩色光芒，组成不断变幻的图案，可谓美轮美奂，精彩绝伦。

在中国馆里，我细细走访31个省市、自治区馆。北京馆以椭圆形的国家大剧院造型为外貌，而大门则是典型的北京宫殿大红门。上海馆则以石库门体现“海派”建筑风格。山西馆一望而知是乔家大院式的典型山西民居，而以太原钢厂生产的环保粉煤灰砖装饰外墙。湖南馆出奇制胜，用一个巨大的数学符号∞造型象征博大。蓝色的吉林馆看上去如同一片冰雪世界。橙黄色的广东馆则以南方“金色骑楼”亮相。天津馆以天津著名的“洋楼”——利顺德大酒店的造型为外观，展现天津作为中西交流的历史城市的特色……

参观世博会预展，我如同匆匆一瞥丰盛的世纪大餐。接下去，我要从历史、人文、科技、艺术的角度去一次次细细品尝，领悟世博会的博大精深。

东部沿海

崭新的上海南站

亲历沪杭高铁首运

巧真巧，我出差杭州的日子——2010年10月26日在半个月前就定下来了，没想到这一天正好是沪杭高铁开通之日。于是我也就成了沪杭高铁的首批乘客，得以躬逢其盛，目击了这一历史性的时刻。

大约是我平时出差大都乘坐飞机的缘故，在来到虹桥机场新建的T2航站楼时，看到过旁边同样新建的高铁火车站，却从来没有去过。这一回有机会来到这座用玻璃幕墙包裹的高大而明亮的候车楼，大厅里的电子屏幕上显示斗大的字："热烈祝贺沪杭高速铁路开通运营。"阳光、灯光洒落在大厅镜子般的地面上，一位位旅客拖着拉杆箱轻松地来来往往。上车时出现在我面前的不再是手持钳子的剪票员，而是一排像地铁入口处那样的自动验票闸机。候车楼"骑"在一条条高速铁路之上，乘着自动扶梯往下，便是月台。长着尖溜溜"脑袋"的流线型"和谐号"CRH380A子弹头机车，正带着长长的白色车厢在那里恭候。为了体验不同等级的座位，我从上海去杭州时乘坐二等座，82元人民币，左3右2一排5座。回来时乘坐一等座，131元，左右各2一排4座。相比而言，一等座稍微宽敞一些，与二等座相差不大。

高铁准点发车，启动快捷而平稳。上海的高楼大厦在转瞬间被远远甩在后边。坐在第4排的我，可以清楚看见车厢门框上方的速度显示表。我的目光被不断变化的数字所吸引。我注意到，当高铁行进在上海郊区时，速度为每小时100多公里。很快就上升到200、300多公里。后来速度保持在每小时350公里，这是设计时速。《水浒传》里的那个“神行太保”戴宗，把两个甲马拴在双腿上，作起“神行法”，日行五百里；把四个甲马拴在腿上，日行八百里，跟高铁相比差远了，何况戴宗所说的“里”是华里不是公里。时速350公里，相当于每秒钟前进100米，相当北京奥运会100米短跑世界冠军、牙买加的尤塞恩•博尔特奔跑速度的10倍！何况沪杭高铁最高时速高达416.6公里。我大有“贴着地面飞行”的感觉。透过硕大的玻璃窗朝外看，如同在观看宽屏幕电视上无穷无尽的横移镜头。我看到黄绿相间的整整齐齐的农田，看到一幢幢带着西式尖顶的别墅式的农民小楼。

沪杭高铁列车在飞速前进之时，一场与直升飞机的“赛跑”正在紧张进行。因为这天是首运，沪杭高铁列车成了媒体关注的焦点。电视台大阵杖加以报道，节目主持人在列车上现场直播，好几架直升飞机在空中拍摄我们这趟列车。不过，直升飞机很快就被飞速前进的高铁列车甩掉，因为高铁列车的速度是直升飞机的3倍！

沪杭铁路建成于1909年。1921年7月31日，中共“一大”代表从上海转移到嘉兴南湖开会时，乘坐的就是沪杭铁路上的快车。为了写作关于中共“一大”的纪实长篇，我查过当时的快车时刻表，代表们乘坐早上7点35分从上海开出的快车，10时25分到达嘉兴，花费2小时50分时间，而从上海乘快车到杭州则要近6小时。这一回，我从上海到杭州，总共45分钟——中间在余杭停了一下，如果直达的话只需38分钟！我也不由得记起，1978年10月26日，邓小平和夫人卓琳乘坐日本新干线（即高铁）“光－81号”超特快列车从东京前往京都访问，邓小平说了一句非常深刻的话：“乘坐新干线，使人有了追赶时代的感觉。中国唯有大步前进。”在邓小平的领导下，中国正是从1978年年底的中共十一届三中全会开始“大步前进”。今日国产的“和谐号”CRH380A高速动车组，已经成为目前世界上运营速度最快、科技含量最高的高速列车。中国的高铁技术令世界刮目，已经是中国出口的重要高科技项目之一，连美国总统奥巴马也对中国的高铁赞誉有就加。

乘坐普通列车，不断发出“咔嗒、咔嗒”的声音，车厢也不时晃动着。然而乘坐高铁列车，没有一声“咔嗒”，而且不摇不晃，非常平稳。当高铁列车中停余杭的时候，我注视着相邻的一条高铁铁轨，发现长长的铁轨之下不见一块碎石，那铁轨铺在水泥轨枕上，而水泥轨枕则直接铺在混凝土路上，看不见一块枕木，也看不见一块碎石。用铁道行话来说，这叫“无砟轨道”。所谓“砟”，就是碎石。水泥轨枕直接铺在混凝土路上，使铁轨平直又坚实。普通的铁路的铁轨的长度为25米，中间预留了铁轨热胀冷缩的缝隙，列车的铁轮每经过一个缝隙就发出一声“咔嗒”。高铁的铁轨每根长达500米，铺设时再把这些长长的轨道作无缝焊接，因此从上海到杭州是一根铁轨通到底！至于铁轨的热胀冷缩，借用一种新型温度力传递结构，把热胀冷缩产生的温度力分散到轨道上，巧妙地解决了这一难题。高铁的轨道精度在0.1毫米以内，而且非常光洁，保证了列车运行又快又稳。

高铁其实是一种“缩地术”，使上海与杭州产生“同城效应”——我从家“打的”到浦东机场要50分钟，所以杭州比浦东机场还“近”，杭州西湖成了上海的“后花园”。如今每天沪杭之间开行50对高铁动车，像乘公共汽车一样方便。我从杭州返回上海时，在车站的自助售票机上购票，手指轻轻触键，天蓝色的“G”字开头的高铁车票就从售票机“吐”了出来。20分钟之后，我就已经坐在返回上海的高铁车厢里。

面对西湖

我从上海乘火车前往“天堂”杭州。从宽敞的车窗望出去，嫩草茵茵，油菜花黄，满眼春光，赏心悦目。

如今上海与杭州之间交通便捷，乘特快火车用不了两小时就到了，加上近来不断应邀前往杭州采访，所以我多次前往杭州。不过，前几回在杭州，总是住在市中心的宾馆。虽说杭州城不大，从城里打的到西湖不过十几分钟，毕竟隔着一段路，. 未能终日与西湖面对面。

最近几回去杭州，东道主安排我住在西湖之畔，一回是住在西湖名景

春到西湖

“柳浪闻莺”的柳莺宾馆，另一回是住在西湖名景“花港观鱼”那里的花港大酒店。面湖而居，与湖为伴，波光水影，令我陶醉，有机会细细体验西湖之美。

柳浪闻莺乃西湖十景之一。这里在南宋时为帝王御花园，称“聚景园”。此间多柳，又有黄莺飞舞，竞相啼鸣，故称“柳浪闻莺”。

阳春三月，柳枝吐新绿，在轻轻和风中柔柔飘荡，似贵妃醉酒，人称“醉柳”；远眺则似少女浣纱，人称“浣纱柳”。

柳莺宾馆位于西湖东南岸，隔湖与雷峰塔、三潭印月遥遥相对。每日在湖边散步，顺便拍摄湖光山色，我总以阿娜多姿的垂柳为前景。雷峰夕照、三潭印月，也都是西湖十景之一。住在柳莺宾馆，十景中之三景时时展现在眼前，可谓饱了眼福。

久居沪上，推窗而望，柏油马路车水马龙，终日喧嚣，与碧波万顷、幽静安谧的西子湖畔形成鲜明的对比，判若两个世界。来到这里，心境舒广，生活节奏一下子变得缓慢，我这才有“闲情”观摩湖光山色。贴湖而居，那水与波，光与影，云与雾，风与浪，花与叶，草与树，蜂与蝶，莺与雀，组成了一支西湖交响曲。

清早，袅袅晨雾悠悠飘荡，轻风阵阵，吹动着雾气，仿佛一只无形的

西湖金牛

手在用洁白的棉絮拭擦着硕大无朋的玻璃幕墙——浅绿色的湖面。

当一轮旭日冉冉升起，霞光万道倾泻到湖面上，西湖顿时金波粼粼，充满了生气。西湖醒了。

随着阳光越来越明亮，驱散了薄雾，天空变得湛蓝起来，西湖变得透明起来。通红的朝霞变成了洁白的云朵，在瓦蓝瓦蓝的天幕上悠游。

到了中午时分，树荫躲到大树脚下，湖面变得平淡无奇。在我看来，只有太阳从头顶直射时候的西湖，最缺乏生气。这时候，我多么希望轻风徐来，摆弄着柳枝，算是在宁静中带来一份动感。

最为壮观的还是日落时分。“近黄昏”的夕阳把西湖染得通红通红，雷峰塔那黑色的剪影显得轮廓分明。然而，这“无限好”的时光毕竟短暂，转瞬即逝，浓重的暮霭扑了上来，最终把湖面漆成一片锅底一般。

就在这时，华灯初上，五颜六色的灯光，在波尖上滚动、跳跃，舞之、蹈之，使黑缎般的湖面闪耀着迷人的梦幻般的色彩。这遥遥长夜一直继续到翌日拂晓，袅袅晨雾又悠悠飘荡，喷薄而出的朝阳又宣告新的一

春风吹拂雷峰塔

春日的西湖

天开始了……

坐在屋里观湖，西湖如画。那窗口如同画框，窗前的柳叶成了翠绿的前景，远处的青山成了浓黛的后景，富有层次。特别是白篷轻舟不时缓缓驶过湖面，闯入画框，给画面添了几分诗意。

西湖也有刮风的日子。有风就有浪。不过，西湖没有惊涛骇浪，只有小小的浪花在轻吻着弯弯曲曲的湖岸。

只有在阴霾的日子里，西湖变得苍白。那浪尖上再也没有波光，那天空上再也没有蔚蓝，一切都变成灰溜溜的，失去了层次感。正因为这样，与西湖面对面，我总希望阳光灿灿。

花港观鱼也是西湖十景之列。住在花港，虽然也是贴湖而居，但是那感觉却不一样。

花港大酒店坐落在杨公堤之侧。往日游西湖，我只知白堤、苏堤，如今冒出了一条长长的与苏堤平行的杨公堤。下榻花港，方知今日杨公堤，乃昔日环湖西侧的西山路。其实，这西山路原本是堤，始建于明朝，因当时任杭州知州的杨孟瑛发起疏浚西湖堆筑此堤而得名。杨公堤本与苏堤、白堤齐名，号称“西湖三堤”。只是后来西湖西侧日益淤塞，变成陆地，杨公堤也就由堤变成路。

据考证，西湖在汉唐时浩浩荡荡，面积约为10.8平方公里；至宋元时

夕阳下的西湖

开始淤塞，面积缩小为9.3平方公里；明清时锐减到7.4平方公里；解放后，西湖面积仅为5.6平方公里，只及汉唐时的一半。

从2002年底开始，杭州市政府决心恢复西湖明清时的“版图”，实行“西湖西进”工程，使新西湖的水域扩大了三分之一。于是，西山路西侧又变成湖，路也就重新变为堤，杨公堤复出。如今杨公堤南起虎跑路口，北至北山路口，长3公里多，宽22米，铺了崭新的沥青路面。

漫步在杨公堤上，两边皆水，仿佛比在柳浪闻莺更加亲近水面。杨公堤上“环碧”、“流金”、“卧龙”、“隐秀”、“景行”、“浚源”六座风格各异的新老大桥，更增添了杨公堤的魅力。

在那些与西湖面对面的日子里，我喜欢在夜晚闲暇的时光，在杨、苏、白三堤之上，徐徐而行，倾听西湖的耳语。一路踏堤，一路春风，月光如洗，彩灯似花，桥卧清波，湖水澹澹，此情此景，人间天堂。

西子湖畔品茶香

交通越来越便捷，从上海到杭州乘坐火车就像乘公共汽车一般。尽管如此，过惯忙碌日子的我，难得从上海前往有着“天堂”美誉的杭州休闲。直到最近应浙江的邀请，到杭州做讲座，才算去了一趟杭州。不过，两天之内要做三次不同的讲座，时间表上排得满满的，唯一可以自由支配的时间是一个下午。

那天，我和妻在杭州大厦吃过中饭，便叫了一辆出租车，直奔西湖之畔的雷峰塔。杭州的出租车，往日大都是低档的红色“夏利”，如今差不多都是绿色“2000型桑塔纳”，座椅上铺着雪白的套子，令人精神为之一爽。西湖比往日漂亮多了，尤其是湖滨马路宽敞多了。另外，湖滨隧道也已经完工，全长1 300米，穿越西湖730米，双向四车道，隧道北起环城西路教场路交叉口，向南穿越西湖。湖底隧道的顶，特意做成蓝色，给人一种穿行湖底的感觉。湖滨隧道的开通，大大减少了湖滨马路上的车辆。据说，湖滨隧道上下都设计成水蓝色，车行其中，仿佛在西湖的水中飞驶。

年轻时曾多次游过西湖，那时候不见雷峰塔。雷峰塔倒坍多年，如今重建，成了西湖新景。我见到新的雷峰塔矗立在小山之巅，用水泥钢筋重建，塔前安装了卷扬电梯，给人一派“现代化古迹”的感觉。草草一瞥，拍了几张照片，我就“打道回衙”——因为约好当地朋友陈小姐在杭州大厦见面。

下午2时，回到杭州大厦，就响起门铃声。陈小姐准时来到。我原本以为，在宾馆见个面，谈一谈工作，就可以了。没想到，陈小姐却邀我和妻去茶楼聊聊。

茶楼有什么可去的呢？在广州，有的是茶楼，在那里我喝过早茶，也喝过下午茶，吃过宵夜。广州天气炎热，茶楼是朋友聊天、家庭聚会的所在。

在北京，茶馆是三教九流汇聚的地方，京韵大鼓、三弦之声在茶馆飞扬。作家老舍便通过《茶馆》透视社会，只是北京的茶馆如今越来越少，被酒吧、咖啡厅所替代。

在上海，茶楼虽说不像广州那样比比皆是，原本是“老虎灶”的所在，拎一只竹编外壳热水瓶，花几分钱可以冲满一瓶，市民们泡开水离不开“老虎灶”。说书的、唱评弹的，也以茶楼作为舞台。现在，“老虎灶”早已经在上海绝迹，年轻人甚至以为“老虎灶”是动物园里为老虎开的小灶！眼下上海的茶楼装修已经越来越气派，成了“小资”们一边用吸管吮吸泡沫红茶或者珍珠奶茶，一边天南地北摆龙门阵的场所。

客随主便，既然陈小姐约我们去茶楼，也就一起“打的”。拐了两三个弯，便在一家茶楼前下了车。

这家茶楼设在西湖边上一幢大楼的底层和二楼，门面好大。一进门，就有四位小姐分列两侧，在那里口中念念有词：“欢迎光临！欢迎光临！”通常，只有在大饭店才会见到这样的场面，这表明茶楼的规模不小。

进门之后，不见茶桌，迎面却是弯弯曲曲铺着鹅卵石小径和小小的喷水池，似乎刻意在营造一种“曲径通幽”的气氛。看得出，陈小姐是这里的常客，她带领我们走过这“曲径”之后，便直入一间小小的茶室。我打量了一下，这间茶室也就五六个平方米左右，屋里陈设非常简单，中间摆着一张方桌，四周是四把靠椅。不过，我注意到那木门、那木窗，仿古镂空，令人感到仿佛步入中国古代的茶楼。

刚刚坐定，服务小姐就送来三盏热气腾腾的茶水。陈小姐介绍说，这是“迎宾茶”，是用西湖虎跑泉水沏的。每一位来此的客人，店家都赠送一杯“迎宾茶”。

接着，服务小姐请我们点茶。杭州是龙井茶的产地，我平常在上海也喜欢喝龙井茶，当然就点了龙井茶。“先生是要‘一级龙井’还是‘极品龙井’？”当我还弄不明白“一级龙井”跟“极品龙井”的区别的时候，

杭州柳浪闻莺

陈小姐已经替我点了“极品龙井”。妻点了个“八宝茶”，而陈小姐则点了“菊米茶”。点完之后，陈小姐作为东道主抢着付茶款，那价格令我吃惊：每客“极品龙井”88元，而“八宝茶”、“菊米茶”则每客58元。

杭州的茶，怎么这样贵？直到陈小姐带我上楼，这才明白：在二楼，几张长案之上，放满各种茶点、糕饼、水果甚至还有许多小菜，像自助餐一样，听凭客人取用。原来，那茶资之中，包括餐费。

陈小姐告诉我，茶楼分两班，早班是从上午9时到下午6时，晚班是下午6时到午夜2时。也就是说，早班客人可以从上午9时喝到下午6时，而且“免费”吃中餐、晚餐；晚班客人则可以“免费”供应晚餐和宵夜。何况，在茶楼的小包房里呆上八九个小时，还应包括房间的租金以及空调费。如此说来，那茶资还不算贵。

正因为这样，我看了一下，茶楼里那一间间小小的茶室，几乎全部爆满。茶室里，或是一对情侣在低声细语，或是一家老小在吃吃喝喝，或是几位知已在高谈阔论，或是一桌牌友沉缅于扑克之中。陈小姐说，特别是在盛暑，杭州乃“火炉”之地，到了休息日，很多人宁愿带着全家在冷气开放的茶楼里“孵”上一整天。

我们去的是中档茶楼。大众化的茶楼，每位茶资通常是38元。当然，杭州也有高档的茶楼，收费不菲。高档茶楼往往紧靠西湖，开窗见湖。那里既是老板们品茶之处，也是进行商务谈判的好地方。

我们仨各捧着一盆水果、点心，从二楼回到一楼茶室。这茶室古而朴，小而雅，正是促膝谈心的好地方。

我开始喝那杯“极品”级的龙井茶。果真，茶香扑鼻，味道清新。那水也格外甘甜，远非上海的桶装水所能相比。我不由得连喝几口，不一会儿就喝完一杯。茶室里有一只热水瓶，可以自己动手续水。龙井茶茶质清淡，续了一回茶水之后，便显得淡而无味。陈小姐说，可以请服务小姐再沏一杯新的极品龙井茶，不另收茶资。也可以改沏同等级别的其他茶，比如极品碧螺春，同样不另收茶资。续过之后，再沏新茶，也还是不另收费，反正在规定的八九个小时之中，听任你敞怀啜饮。

正在聊着，忽然门外有人轻轻喊叫：“鹌鹑要吗？”原来，服务小姐送来刚刚炸好、冒着热气的鹌鹑。只要里面的客人答应一声“要”，服务小姐就送进来。费用已经算在茶资之中。如此这般，过一会儿，窗口又有人叫，什么什么点心刚刚出炉。如果屋里客人不呼唤，服务小姐通常是不进屋的，以免打扰客人。

杭州有“倾城倾国”的西子湖，是著名的旅游城市，而杭州的龙井茶又是中国名茶，所以茶楼在杭州有着悠久的历史。早在南宋时，城里便茶肆密布。明朝时，《儒林外史》第十四回记述这里卖茶情景：“城隍山就是吴山……这一条街，单是卖茶就有30多处，十分热闹。”杭州人喜欢喝茶，除夕过年，要以“三茶六酒”（即三杯茶、六杯酒）谢年神。如今，茶楼依然很受杭州人欢迎。外地游客也喜欢借茶楼歇个脚，这里又有茶水又有点心，解渴又解乏。还有人以为家是隐私之地，喜欢借茶楼约见外客。正因为这样，茶楼在杭州越来越多，大大小小、形形色色达500多家，特别是在西湖四畔，绿树丛中，碧波之侧，茶楼星罗棋布。

我从茶室望出去，见到门厅里挂着一个斗大的繁体“閒”字。古人把倚门望月谓之“閒”。如今人们闲暇的时间多了，才会有那么多的顾客坐拥茶楼休闲，“泡”在茶中。

只是我与“閒”字无缘。行脚匆匆，在茶楼里品茗个把小时，带着清茶余馨，走出茶楼大门，门口那四位小姐又念念有词：“谢谢光临，欢迎再来！”我告别了陈小姐，与妻赶回杭州大厦，因为晚上还有一场讲座在等着我……

饮茶思源访龙井

我向来烟酒不沾，不食辣不嗜咸，只喝一杯清茶而已。我喜欢清淡的绿茶，尤爱龙井。龙井茶向来以“色绿、香郁、味甘、形美”四绝称著。“饮茶思源”，喝了那么多年的龙井茶，2010年秋日在杭州终于得以走访中国“茶乡第一村”——龙井村。

龙井村不远，就在西湖西南，处于群山怀抱之中。从轿车里看出去，沿途的山坡上，密密麻麻全是茶树，真可谓“未进村，先见茶”。除了茶树之外，进入我的眼帘的是一幢幢装修考究的青瓦白墙楼房，或两层，或三层，掩映在绿树丛中。

龙井村并不大，常住人口约800多人，拥有近800亩的高山茶园。我的杭州朋友事先给龙井村的毛阿姨打了电话，直奔她家。毛阿姨家就在村口的公路之侧，住了一幢比普通别墅宽敞得多的三层楼房。她递给我一张绿色的名片，上面除了印着她的名字、手机号码，还印着一枚茶叶，茶叶上是“以茶会友”四个字。她告诉我，她并非本地人，是嫁到这里成了龙井媳妇。这里的茶农，家家户户都像她家这样，有茶园，自己制茶，售茶。她家还开茶馆——这茶馆兼餐馆。我问她，这么多的事情，忙得过来吗？她说，茶农一年之中，最忙的是收茶的时候，一边摘茶，一边炒茶。这时候，往往会从安徽来许多临时工，到龙井打工。忙过这一个月，就把茶馆开张起来。客人来此品茶，往往在此就餐，而且要买一些茶叶，所以这里是茶农、茶商、茶馆、餐馆四位一体。

龙井村一带叫做老龙井，这里背靠狮峰，这里的茶叶叫“狮峰龙井”，是龙井茶中品位最高的佳品，价格也最高。正因为这样，龙井村家家户户都很富裕。

如今，就连手机、手提电脑之类高科技产品都被“山寨”，何况茶叶这东西，更容易被“山寨”。自从龙井茶叶出名以来，市场上龙井茶叶比比皆是，令人真假难分。到了龙井村，我才知如今龙井茶叶按照产地的不同，区分为“西湖龙井”、“杭州龙井”和“浙江龙井”。所谓“西湖龙井”，是指西湖的狮峰山、梅家坞、翁家山、云栖、虎跑、灵隐等地一带所产的茶叶。国家质监总局于2001年实施了“原产地保护政策”，杭州市政府根据西湖龙井的实际产生范围划定了168平方公里的保护区域，只有在这个区域之内的，才能叫“西湖龙井”。在这168平方公里之外的杭州所产龙井茶，叫做“杭州龙井”。至于杭州之外所生产的龙井茶，则叫“浙江龙井”。所以在“西湖龙井”、“杭州龙井”和“浙江龙井”之中，“西湖龙井”为最佳。在“西湖龙井”之中，又以“狮峰龙井”为冠。

那天，风和日丽，阳光照在玻璃杯里碧绿的茶叶上，阵阵清香扑鼻而来，细细品尝着最正宗的龙井茶的滋味。正值中午，我们在那里既饮茶又吃中餐，毛阿姨说用餐的客人免去茶资。

我问，那168平方公里是怎么划出来的呢？原来在狮峰山、梅家坞、翁家山、云栖、虎跑、灵隐一带，东、北、西三面环山，尤其是北面的山——北高峰、狮子峰、天竺峰很高，而南面是九溪，溪谷深广，直通钱塘江，地形如同一张太师椅。这样冬日的西北寒风被挡在“太师椅”之外，而春夏季温暖而潮润的东南风不断进入山谷，使“太师椅”之内的这168平方公里云雾缭绕，最利于茶树生长。

毛阿姨手脚麻利，俄顷之间就和女儿一起把一桌农家菜端上来。给我印象最深的是“吃龙井茶长大的鸡”的土鸡，又鲜又嫩，是在上海餐馆里很难吃到的。这里的茭白也格外新鲜可口。毛阿姨还拿出自家做的杨梅酒招待客人，那酒通红，虽然我只吃了几颗泡过酒的杨梅，也分享了农家酒的芬芳。

餐毕，上山参观。从毛阿姨家走出数十步，便见刻着“老龙井”3个大字的石牌坊，那里便是龙井茶的发源地。

一过石牌坊，就见到一块石碑上刻着“龙井问茶”4个大字。我今日来此，其实也就是“龙井问茶”。

给我印象颇深的是那里的“三件宝”：

其一是那里的“御茶阁”正中，挂着一幅清朝乾隆皇帝的彩色画像。

乾隆皇帝的彩色画像原本并不稀罕，然而龙井人崇敬乾隆皇帝却是因为他下江南时，私访龙井，非常喜爱龙井茶。乾隆皇帝把龙井茶定为“御茶”，成为“贡品”，大大提升了龙井茶的名声，龙井茶从此成为中国名茶，并名列中国名茶之首。

相传乾隆下江南时，在狮峰山下欣赏采茶女采茶，并不时抓起茶叶鉴赏。忽然太监来报说太后有病，请速回京。乾隆一惊，顺手将茶叶放入口袋赶回京城。原来太后并无大病，只是惦记皇帝久出未归，上火所致。太后见皇儿归来，病已好了大半。忽然闻到乾隆身上阵阵香气，问是何物，乾隆这才知道原来把龙井茶叶带回来了。于是为太后冲泡了一杯龙井茶，只见茶汤清绿，清香扑鼻。太后连喝几口，觉得肝火顿消，病也好了，连说这龙井茶胜似灵丹妙药。乾隆见太后病好，非常高兴，立即传旨将龙井茶封为“御茶”。

其二是进入老龙井之后，在半山腰见到有一小片茶园，用青石栏杆围住。青石匾上镌“十八棵”3个大字。

相传当年乾隆皇帝在此观赏采茶女采茶。当乾隆下旨把龙井茶封为“御茶”时，当地就把乾隆皇帝观赏采茶女采茶的茶树用青石栏杆围了起来。数了一下，这里的茶树总共18棵，于是便得“十八棵”之名。年年专供乾隆皇帝、太后享用的“御茶”，便采自青石栏杆之内的“十八棵”。从此“十八棵”的茶成为龙井茶“精品中的精品”，直至今日。

有趣的是，游人站在“十八棵”青石匾前留影，总喜欢用脑袋把“棵”字遮去，成了“十八”，仿佛年年芳龄18。

其三则是“御茶”的大名——龙井。在“十八棵”之侧，有一六七平方米左右的清泉，泉中有一口用圆形井冈围起的小井，龙井之名便源于此。

据说，这一清泉在大旱之年不涸，古人以为此泉与海相通，其中有龙，故称龙井。又据说，三国时东吴曾来此求雨，龙井因此而得名。不管怎么说，龙井茶之名，龙井村之名，都起源于这一清泉。

至今，这龙井泉水仍汩汩而流，永不枯竭。

龙井之游，真可谓“龙井问茶”。从此我在家中每当端起茶杯时，便记起那“龙井问茶”之行。

悠悠摇橹游西溪

杭州是我去的次数颇多的城市。每一回来杭州，总是去西湖。恕我孤陋寡闻，我不仅没有去过杭州的西溪湿地，甚至没有听说过西溪湿地。2010年秋日，我又一次来到杭州，当地朋友谢昭光、赵宏洲、汪光年建议我不妨去西溪湿地一游，据说那里已经成为仅次于西湖的杭州游览胜地。

西溪湿地不远，就在杭州市区西部，离西湖不过5公里，距市中心8

公里。驱车沿着天目山路往西，过了蒋村，“西溪国家湿地公园”的巨幅园标就展现在眼前。西溪湿地冠以“国家”两字，表明了它的身份非同一般。在中国，西溪是唯一的国家级湿地公园。据传，西溪湿地与西湖、西泠并称杭州“三西”。西泠，即杭州具有百年历史的西泠印社。不过，在我看来，西泠印社无法与另外“两西”相提并论，倒是西湖与西溪这“两西”乃杭州的华彩所在。

我的朋友都是杭州本地人，多次来过西溪湿地，所以熟门熟路。他们告诉我，西溪国家湿地公园占地面积约10.08平方公里，目前开放区域3.46平方公里。环园游步道长约8公里，步行一圈需3.5小时以上。我们选择了最省力的旅游方式，即乘船游西溪国家湿地公园。

所谓湿地，其实也就是沼泽。西溪湿地约70％的面积是水域，六条河流纵横交汇于此，而河、港、汊、塘又互相交叉。虽说沼泽并不稀罕，而西溪湿地乃“沼泽之冠”，具有一般沼泽所不具备的三大优势：通常沼泽远离人烟，而西溪湿地坐落在杭州市区之中，乃“城市湿地”；通常沼泽一片荒芜，而西溪湿地之中有农民、有村落，乃“农耕湿地”；更可贵的是，西溪湿地拥有众多古寺、名胜，乃“文化湿地”，这更是通常沼泽所无从寻觅的。

进入停车场，司机告诉我，今天运气不错，能够顺利找到车位。倘若在周末或者周日，停车场常常爆满。

我们入园之后，来到码头。这里有两种船可供选择：一是游轮，二是摇橹小船。游轮可坐二三十人，而摇橹小船最多只容纳6人。杭州朋友说，摇橹小船更加富有诗意，选择了后者。摇橹小船通常要排队半个小时以上才能租到，今天游客不多，我们居然马上可以上船。

小船出发之后，我这才体会到杭州朋友的选择无比正确，因为大船只能航行在宽敞的主干河里，而摇橹小船却能出没小河汊里。小河汊两岸，长满原始状态的茂密树林、高高的野草，形成两道绿色的围墙。河水清清，在阳光下泛着粼粼波光。西溪湿地四季有着不同的风光：“春日踏青，夏日采菱，秋日观芦，冬日探梅。”当下正值秋日，又细又高的芦苇顶上长长的银色芦花迎风摇曳，而高大的柿树上悬挂着一个个红灯笼般的柿子。

摇橹的船老大很敬业，既能像导游一般向客人介绍西溪湿地的种种特色，又能熟练地拿起我的数码相机从船尾给我和朋友们拍“全船照”。他告诉我，他是本地蒋村人。自从西溪湿地辟为国家公园之后，蒋村农民不再种菜种粮，也不再捕鱼捞虾，而是转为旅游服务。他就转业为摇橹工，年收入在3万元以上。他对这里一草一木都很熟悉。他指着小河说，这里变成旅游景点之后，船进船出，水浪不断冲击河岸，最初打算在河的两岸砌上石块，但是这么一来破坏了西溪湿地的天然状态。于是就在河的两岸打松木桩，桩在水平面之下，看不见，而松木经久不烂，起码可以百年不朽。

船舱虽小，我们6人相对而坐，中间还放了一张小桌。船老大说，船上可以供应茶水、零食。于是我们泡上热腾腾的龙井茶，嗑着瓜子、花生。在水泥森林般的上海过惯快节奏的紧张生活，眼下在慢悠悠摇橹前进的小船上，慢悠悠地欣赏水、树、草、花，慢悠悠地品茶，慢悠悠地吃零食，仿佛换了人间，节奏一下子慢了下来。在这里，用得上两个字——“休闲”。

秋云多巧，蓝天白云倒映在水面上。空中不时有小鸟飞过，水下不时有鱼虾游过。小船在小河汊里晃晃荡荡，不时从一座座小桥之下穿过。

船老大忽然用手指着前方。我朝前望去，在一大片芦苇之上，露出一座两层古庙的屋顶。“那是秋雪庵！”船老大说，“在一座孤岛上，四周水浅，大船无法靠岸，只有乘坐我们摇橹船的客人，才能上岛。”

果真，在小岛的码头，清一色都是摇橹船。一上岸，迎面就是一大丛芦苇，顶上盛开着银白色的芦花，如同一片白雪。秋雪庵之名，便源于小岛四周浓密的芦苇。芦苇在秋天才绽开如雪芦花，故名“秋雪”。

秋雪庵始建于宋，最初叫“大圣庵”，后改名“资寿院”。到了明朝崇祯年间，乡绅沈应潮、沈应科出资重修，恰巧书画家陈继儒在深秋时节来此，题额“秋雪庵”。据说陈继儒看到小岛四周芦花似雪，依照唐诗“秋雪蒙钓船”之意，命名为秋雪庵，沿用至今。

不过，“秋雪蒙钓船”一句，出自哪首唐诗，何人所作，不得而知。倒是明朝诗人吴本泰所作《菩萨蛮•秋雪》，隐含“秋雪蒙钓船”的意境：“清秋爱看溪桥月，争如随喜僧庵雪。未染水枫丹，蒙蒙白满滩。蒹葭迷远望，空色元非相。香絮不寒天，渔翁卧钓船。”

就寺院建筑本身，在古寺如林的杭州，秋雪庵很一般。不过秋雪庵地处孤岛之上，而孤岛地处西溪湿地的中心，也就成为西溪首屈一指的名胜。我登上秋雪庵里一座二层楼，上层名唤“逍遥阁”，是那一带唯一的制高点，可以俯视西溪湿地，四周全是碧波、绿树以及一团团“秋雪”芦苇。

除了秋雪庵之外，西溪湿地还有泊庵、梅竹山庄、西溪草堂这样的古文化遗产。相对于西溪湿地巨大的面积而言，这样的古建筑只是小小的点缀。西溪自古就是隐逸之地，这些古迹大都是文人雅士隐居的场所。然而西溪湿地毕竟是一块美玉——虽然未经细细雕琢，也引来历代帝王将相诸如宋高宗、康熙、乾隆等垂爱，为之题字，为之赋诗。

西溪湿地比西湖还大得多，我们乘坐摇橹船只是管窥一角而已。即便如此，在我看来，把西湖跟西溪湿地这“两西”相比，西湖是经过人工精雕细刻的工艺品，而西溪湿地依然保持着原生态。西湖是细腻的，西溪湿地是粗犷的。西湖是精心SPA的，西溪湿地是本色的。西湖是张扬的，西溪湿地是低调的。正因为这样，人们用这样的话语来形容西溪湿地：“喜的是青山隐隐，乐的是绿水滔滔，看的是溪边无名草，听的是林间百鸟叫。”

西溪湿地早在汉晋就引起注意，在唐宋得到发展，在明清进入兴盛，在民国时期衰落，而在如今跃为国家公园，正在成为与西湖比美而风格各异的游览胜地。

杭州湾大桥先睹记

杭州湾是一个名副其实的“弯”。驾车从上海沿杭州湾的沪杭甬高速公路抵达宁波，走了“弯”路，大约为304公里。然而，从2008年5月1日起，可以“截弯取直”了，从上海直达宁波只有170公里，两小时左右就到了，这是因为新建的杭州湾跨海大桥通车了，大大缩短了上海与宁波的距离，仿佛宁波一下子“靠近”了上海。

这一回，我应邀到宁波、慈溪做讲座，听说杭州湾跨海大桥的一端就建造在慈溪境内，很想“先睹为快”。经过相关部门的同意，慈溪市的余先生便陪我驱车前往跨海大桥参观。

从慈溪市中心朝西北方向进发，路上一马平川，桃红柳绿，黄灿灿的油菜花铺满大地。我不断见到“一塘”、“二塘”之类路标。余先生告诉我，这“塘”，就是围海造田形成的土地。慈溪围海造田的历史可以追溯到公元10世纪以前。最初只是民间零打碎敲地在海涂上筑一条小坝，拦截海潮带来的泥沙，围造几亩田地，称之为“散塘”。从宋庆历七年（1047年）开始，由官府出面组织，建造长达80公里海堤，围造大批土地，形成了“一塘”。此后，一道道海堤像树木的年轮似地往北推进，形成了“二塘”、“三塘”……直至今日的“十塘”，变沧海为良田，大大扩充了慈溪的土地面积。杭州湾跨海大桥的南端，就建造在慈溪的“十塘”。

杭州湾跨海大桥（通车前夕）

从慈溪市中心大约行车半个多小时，远远的就看见杭州湾跨海大桥长长的引桥。桥上镶着粉红色的栏杆，格外醒目。在上桥之前，大桥建设指挥部的熊先生接待了我。他说，这座大桥北起浙江嘉兴海盐郑家埭，纵穿杭州湾，南至慈溪水路湾，全长36公里，是当今世界上最长的跨海大桥，比连接巴林与沙特的法赫德国王大桥还长11公里。从1994年开始，宁波市就进行大桥的可行性研究；1998年，设立工程筹建处；2001年，大桥工程指挥部正式成立；2003年4月30日，国务院总理办公室批准杭州湾跨海大桥立项，6月8日杭州湾大桥奠基。平展展的围海形成的塘田，成为建设大桥的大型工地，十几万建设者在这里摆开阵势，就近制造大批大型预制构件，其中最重的梁柱达2 000多吨。然后，按照图纸把大型预制构件像搭积木似的在海上搭建，大桥就不断往杭州湾延伸。经过5年精心施工，杭州湾跨海大桥终于屹立在万顷碧波之上。

熊先生指着桥头附近的一大片新楼告诉我，随着大桥的建成，一座新城在这里诞生，这里的地价、房价也随之翻了几倍。

在熊先生的带领下，通过了岗哨，开车上桥。展现在我面前的是一座双向六车道的宽阔的大桥。桥上的沥青路面一尘不染，跟崭新的白色标志线形成鲜明的反差。大桥之上，安安静静，没有一辆汽车。熊先生说，这是很难得的机会，你在参观时可以随意在大桥之上停车，下来拍照。在通车之后，大桥上的车辆如同过江之鲫，日夜川流不息，就再也无法在大桥上如此“惬意”散步。预计开头几年的日车流量为4.5万辆，2015年增至8万辆，到2027年将增加到9.6万辆。这座大桥将成为上海与宁波之间的大动脉。

在空荡荡的新桥上行车，令我兴奋、陶醉。阳光灿烂，透过车窗见到桥下先是泥涂，然后是浅浅的海水，渐渐海水的颜色变深变蓝。大桥上栏杆的颜色也在不断变化，从最初的粉红色，变成橙色，然后是黄、绿、靛、蓝色，最后是紫罗兰色，令人赏心悦目，大桥如同七彩长虹横卧海面。据说，设计者这样的创意，一是为了使司机在长桥上避免视觉疲劳，二是使司机有了彩色路标，看见什么颜色的标杆就知道行车在大桥的哪一段。另外，虽说两点之间直线最短，大桥却设计成“S”形，这一方面为了使大桥具有美感，另一方面也为了避免驾车时的视觉单调感。这座大桥是我国自行设计、自行建造的，设计师吸收吴越文化的滋养，从西湖苏堤的“长堤卧波”中汲取美学理念，把杭州湾大桥设计成“长桥卧波”。

驱车向前，桥面渐渐升高，前方出现圆规状（或称“A”字型）的高大桥塔和斜拉索。这是为了轮船能够从桥下通过而设计的，桥下的南主航道，能够通过3 000吨级轮船。在过了桥塔之后，我见到大桥右侧有一个巨大的平台。据说，那里原本就有一片沉积的淤滩，设计人员利用这天然地势建造了面积达1万平方米的海中平台。在建造大桥时，这里成为施工平台。大桥建成之后，这里成了观光平台，可以饱览大桥和杭州湾的迷人风光。

大桥通车之后，车辆在桥上的行驶速度可达每小时100公里。大约花了20多分钟，我到达大桥的北端——海盐。我见到那里的桥头两边，同样新楼崛起，显然在大桥的带动下，那一片原本荒芜的盐碱地，如今也成了投资的热土。余先生告诉我，大桥本身也引发投资的热潮，大桥总投资额为118亿元人民币，其中民间资本占50.26%。按保守的估计，在12年内即可收回大桥的全部投资，而大桥的收费期将长达30年之久，大桥的使用寿命则长达100年。

杭州湾跨海大桥平均每公里就有一对监视器，整座大桥都处于中央监视系统监控之中，成为一座先进的“数字化大桥”。

杭州湾大桥的建成，大大密切了上海与宁波的关系。据统计，三分之一的上海家庭起源于宁波，80%的宁波人有上海亲戚。如今，上海与宁波是比翼齐飞的经济大鹏，杭州湾大桥把宁波以及浙东地区都纳入上海经济圈。

临别时熊先生送我珍贵的礼品——刻有杭州湾大桥图像的镇纸。从此，我在书房里见到这金光闪闪的镇纸，便记起那横卧在万顷海浪之上的长桥。

在东海水下度过的日子

能够前往潜艇部队做客，使我异常欣喜。

我坐过汽车、火车、轮船、飞机，对于陆地、海面、空中的生活是熟悉的。然而，我从未坐过潜艇，对那“水晶宫”中的生活十分神往。

终于，我获准随某舰队的一艘潜艇出海，心中甭提有多高兴了。

我坐了一天火车，又换乘汽车、轮船，来到小岛已经夜深了。过度的劳累，使我一躺到海军招待所的床上，便进入梦乡。

第二天清早，我在洗脸时，从窗口望出去，发觉码头就在招待所不远的地方，黄浊的水面上停着好几艘像梭子般两头尖的灰色的东西。

潜艇！我匆匆洗好脸，就朝码头奔去。

正巧，一艘潜艇正在操练。我第一次亲眼看见潜艇下潜时的情景：

潜艇四周忽然白泡翻滚，艇身便渐渐下沉。只过了1分来钟，整艘潜艇便淹没在黄浊的水下，什么也看不见。过了一会儿，忽然看见远处有一个黑点。渐渐地，黑点越变越大。哦，原来潜艇已经钻到那边，从水下冒出！

我巴不得早一点踏进潜艇，到“水晶宫”中游历一番。

早饭后，我接到通知，一艘潜艇要出海执行任务，我可以随艇出发。

我赶紧来到码头。潜艇正氽在水面。我沿着光滑、狭长的艇背，走向塔台，然后，从塔台入口处钻进艇内。

我沿着铁梯一格一格往下走。那铁梯就像普通的竹梯那样狭小。竖道只容得一个人通行，比起普通的水井要小得多。

我曾读过法国作家凡尔纳的科学幻想小说《海底两万里》，那艘潜艇是非常宽敞的，有很大的餐厅、图书室。然而，那究竟是作家幻想中的巨型潜艇。实际上，潜艇内极为拥挤、狭窄，连“门”都没有。所谓“门”，是一个个圆洞。人们要从这个舱到那个舱去，必须弯下腰，从圆洞中钻过去！

两个人面对面在过道上相遇，一个人必须朝旁边让开，另一个人才能过去。

在交通工具之中，最宽敞的可以说是海轮，其次是火车，再次是飞机，而潜艇内最挤了。我睡的床，相当于担架那么狭小，起床后要把“床”朝墙上一翻，收起来。其实，这是因为潜艇在水下承受莫大的压力，所以不能造得很大，要尽可能节约空间。

潜艇内没有一扇窗，无法看到外边的景色，分不清究竟在水上还是水下。海军战士告诉我，现在刚刚启航，潜艇在水面航行。他指着一只“深度表”说，从这只表上的指针可以看出潜艇在水中的深度。他还告诉我，潜艇在水面航行时，是用柴油机作动力。潜入水中，改用电动机作动力，由蓄电池供电。核潜艇则用原子能反应堆作能源。因为柴油机要消耗氧气，只能用于水面航行，在水下是无法供给大量氧气的。

“深度表”上的指针渐渐偏转，潜艇下沉了，4米，5米，7米，8米……海军战士让我看潜望镜。呵，一看，水面上的景物，清清楚楚。我想动一下潜望镜，看看四周，想不到，用双肩顶着潜望镜的横杆，好不容易才把它转动。原来，用潜望镜观察，也挺费劲呢。

艇内越来越闷热。那是因为在水下航行，全艇密闭，热气排不出去。战士们热不可耐，光着上身，只穿一条短裤在那里操作。我本来以为“水晶宫”里挺凉快的，谁知战士们个个汗流浃背。尤其是机房，更像蒸笼，而值班战士在那高温之中一直认真地工作着。

在潜艇内，只响着发动机的声音，分不清白天、黑夜，也不知道正在什么地方航行，一点也看不到“水晶宫”的景色。艇内没有电视，连收音机也成了“哑巴”。我开始感到寂寞、单调。

我这才明白，每次出航，战士们要在又小又热又单调的潜艇内度过数不清的日日夜夜，那是多么艰辛。他们以苦为荣，以苦为乐，又是多么感人！

南湖行

走下埠头，我坐进宽敞的船舱，舱里的一半座位还空着。船老大在张望着。忽地，一大群年轻人跳进船舱，占领了所有的空座，渡船便突突地在明净似镜的湖面上前进。

展现在我眼前的，便是嘉兴的南湖。1921年，中国共产党在这里诞生。我正在创作的一部新的长篇《红色的起点》，写及党的诞生。所以特地赶到这里采访。

比起杭州西湖来，嘉兴南湖显得小巧而精致。湖面不大，过去虚称800亩，最近经航空摄影测定，南湖水面积624亩。它是一个平原湖。放眼望去，湖四周镶着一圈依依垂柳和高低错落的建筑物。

南湖之妙，妙在湖中心有一个小岛，岛上亭台楼阁掩隐在绿树丛中。南湖原本一片泽国，并无湖心岛。那是明朝嘉靖二十七年(1548年)。嘉兴知府赵瀛修浚城河，把挖出的泥用船运至湖心，堆成了一个人工小岛在南湖之滨。吴越国国王钱镠第四子广陵王钱元璙于五代之后，便把烟雨楼从湖岸拆移至岛上，使小岛顿时变得秀丽动人，增添了几分姿色。

渡船约莫开了二三分钟，便驶抵小岛。沿着石阶拾级而上，步入烟雨楼。据云，在江南细雨霏霏的日子里登楼远望，四周如烟似云，故名烟雨楼。清朝那位“旅游皇帝”——乾隆，六游江南，曾八次登南湖烟雨楼，赋诗近20首！他甚至带走烟雨楼的图纸，在皇家园林——承德避暑山庄的青莲岛上，仿建了一座烟雨楼！

如今，烟雨楼前挂着邓小平手书“南湖革命纪念馆”横匾，江南名胜成了革命圣地。烟雨楼内陈列着中共“一大”15位出席者的照片。我在去南湖之前，曾赴北京访问了91岁高龄的王会悟老人。她的丈夫李达是中共“一大”代表之一。如今，中共“一大”15位出席者都已作古，王会悟成了唯一健在的知道会议召开情况的历史见证人。中共“一大”原本自1921年7月23日起在上海望志路106号李汉俊(“一大”代表)家中举行。7月30日夜，法租界巡捕突然搜查李寓。幸亏代表们及早转移，未遭逮捕。但是从此会议不能再在李寓召开。改到哪里呢？有人提议去杭州西湖开会。王会悟虽不是代表，从丈夫

嘉兴南湖

李达那里听说情况之后，出了个好主意——改在嘉兴南湖开会！王会悟在嘉兴上过学，对南湖很熟悉。她说，嘉兴离上海很近，南湖比西湖幽静，何况湖上有大型游船——画舫，在船上开会很安全。代表们同意了王会悟的意见，转移到南湖开会。

在南湖，我访问了革命纪念馆馆长金泉。他跟我谈了整整一下午。他告诉我，从1921年的火车时刻表查证，“一大”代表们是上午7时35分坐快车离沪，10时25分抵达嘉兴站，下车后前往张家弄鸳鸯旅馆小憩，在那里订一艘游船。他们先上一艘小船，由船娘摇船，送上大船。代表们在大船上开会，包了一桌午宴。就在那艘船上，通过了中国共产党党纲、决议。并选举了中央领导机构，宣告中国共产党诞生。当天晚上，代表们便坐火车返回上海。

我登上了湖心岛畔的画舫。那是根据船工们回忆仿造的。据“一大”代表董必武生前来此看后，认定为当年那艘画舫很相近。在船内，见到雕龙画栋，十分精致。客厅里挂着一副对联：“龙船祥云阳宝日，风载梁树阴场月。”船在湖中微微摇晃，仿佛摇篮，中国共产党便是在这个“摇篮”中诞生。举目四望，轻波如鳞，在阳光下银光闪闪，仿佛有千万颗珍珠在清涟上滚动。一位哲人说：“在美好的环境之中，会诞生美好的事物。”我想，用这句话来概括江南胜景南湖与中国共产党的关系，是最恰当不过的了。

我在岛上漫步，见到一块葱绿的草坪上，鲜红的团旗在飘扬。一群年轻人围在团旗下，正在为新团员举行入团仪式。哦，他们就是与我同船上岛的那群欢声笑语的青年……

秋雨绵绵访绍兴

浓云低垂，金风轻拂。汽车一进绍兴地界，迎面便是飘飘洒洒的秋雨。绍兴三日，竟然一直在秋雨绵绵中度过，就连夜间也是雨声潺潺，无休无止。

如今从上海到绍兴，竟然是那么地便捷，一路是平直的高速公路，只用2小时20分钟，就踏进绍兴市区，出现在我眼前的是跟高楼大厦林立的上

雨巷

海全然不同的画面。

绍兴的老房子大都白墙、黑柱、青瓦，就连商店的招牌，也往往是黑底白字。绍兴处处可见曲曲弯弯的小河，碧波之上穿梭着两头尖、黑色顶蓬的乌蓬船，连船工所戴的也是黑色的乌毡帽。河道两侧的青石板，铺上细雨，泛着柔和的树影。雨中游绍兴，使色彩凝重的绍兴益发像幅由白、灰、黑三色组成的水墨长卷，更加彰显江南水乡的风韵，大有“云千重，水千重，身在千重云水中”的意境。

绍兴乌蓬船

绍兴南屏会稽山，北濒钱塘江，西连杭州，东接宁波，乃是一片风光秀丽、舟楫便利的渔米之乡。正因为这样，早在春秋战国之时，越王勾践便建都绍兴，卧薪尝胆，终于报了吴王夫差之仇，成为千秋佳话。

唐朝时改称越州，南宋时改为绍兴府，沿袭至今。绍兴历史悠久，人杰地灵，具有浓厚的文化底蕴。数绍兴风流人物，当首推鲁迅。

我漫步绍兴，“百草园工业园”、“三味臭豆腐”、“鲁迅中路”、“长妈妈土特产商行”之类的招牌映入我的眼帘，绍兴仿佛处处有着鲁迅的影子。在公共汽车的车身上，漆着“跟着课本游绍兴”的广告，其实那是因为鲁迅的许多关于绍兴的散文、小说被选入中学语文课本，“跟着课本游绍兴”也就是游览鲁迅笔下的绍兴。一位作家能够对一座城市产生如此巨大的影响，在中国并不多见。当年，鲁迅用他的笔记述了他的故乡绍兴，今日游绍兴成了鲁迅文化的怀旧之旅。尽管当我来到绍兴之际，中国教育界正在争论是否应当从中学语文课本中删去鲁迅的《狂人日记》、《阿Q正传》，绍兴人对此有些“愤愤”，他们始终对鲁迅怀着一颗崇敬之心，视鲁迅为绍兴的骄傲。

我在绍兴图书馆做了讲座之后，便在蒙蒙细雨中来到不远处的鲁迅故里。入口处，一堵白墙之上，画着鲁迅黑色的木刻画。从那里开始，一条石板路之侧，便连绵着诸多鲁迅纪念地，从鲁迅祖居到鲁迅故居，从三味书屋到百草园，直至介绍鲁迅一生的鲁迅纪念馆。

三味书屋坐落在两条小河之间，走过一顶石板桥，我来到这个当年周家的私塾。我见到里面大约只有四五张书桌，其中鲁迅的书桌上刻着一个“早”字——那是鲁迅一次上课迟到挨了老师批评之后刻下的字，从此他再也没有迟到。

百草园其实是周家的后花园，一片半个足球场大小的地方，看上去平平常常。这对于少年鲁迅而言，是难得的接近大自然的所在，所以深深充满怀恋之情。

不论是走访鲁迅祖居，还是参观鲁迅故居，都是黑漆大门里的三进深宅大院，足见周家当年是绍兴的名门望族。虽说到了鲁迅父亲这一代，周家开始败落，毕竟未曾破产。周氏三兄弟——周树人（鲁迅）、周作人、周建人都从小在三味书屋得到良好的中国传统文化教育，然后又先后到日本留学，接受西洋文化的洗礼。正是出自这样的“大宅门”，周氏三兄弟都有所成就。特别是鲁迅，成为一代文学巨匠。

在鲁迅故里尽头，有一家咸亨酒店。店堂门口，是一尊黑色的孔乙己塑像。在大雨中，雨水正沿着孔乙己的手臂和长长的辫子往下流淌。孔乙己的手指着盆里的茴香豆，仿佛在说“茴”字有四种写法。进入酒店，迎面的一块牌子上写着 “孔乙己欠十九钱”。这家以鲁迅笔下的酒店和人物开张的饭馆，生意兴隆，已经一再扩大规模。绍兴朋友请我在那里吃饭，他们告知，倘若不提前预订的话，这里的包间临时是订不到的。

离鲁迅故里不过一箭之遥的一座大宅门，是秋瑾故居。秋瑾乃绍兴女中豪杰，巾帼英雄，别号“鉴湖女侠”。她“身不得男儿列，心却比男儿烈”，在1904年毅然只身东渡日本求学，成为同盟会评议部评议员和浙江省主盟人。回国之后组织反清起义，无奈身单力薄，悲叹“秋风秋雨愁煞人”。1907年7月15日凌晨，她在绍兴就义，年仅32岁。我在秋瑾故居的书房里，见到端坐在那里的秋瑾蜡像，手持书卷，眉宇间透出一股豪杰之气，可敬可佩。

在鲁迅纪念馆里，我见到一帧1933年在上海拍摄的照片，中间站立着英国著名戏剧家萧伯纳，左为鲁迅，右为蔡元培。鲁迅和蔡元培都是绍兴人。在绍兴城里一条长长的小巷里，找到了蔡元培故居。略微弯曲的巷道给人一种深邃感，雨水把巷子里的石板冲洗得发亮，令我不由得记起中央电视台春节晚会上的那个优美的舞蹈节目《江南雨巷》。

蔡府同样是黑色门台的大宅门。所不同的是，鲁迅和秋瑾的家都是平房，而蔡家是二层楼。对于蔡元培，毕业于北京大学的我有一种亲切感，因为他曾经担任北京大学校长。正是蔡元培在北京大学兼容并蓄，倡导学术民主，纳百家于校园，所以北京大学在他的领导下人才济济，拥有众多的名教授。我从客厅旁的一个木楼梯上了楼，参观了位于二楼的他的卧室和书房，在那里蔡元培住过27个春秋。

离蔡府只有一巷之隔的是周恩来祖居，灰墙黑门的大宅。周恩来小时候曾经在这里居住。正因为这样，周恩来留学日本时填写籍贯“浙江绍兴”。1939年，周恩来曾经回绍兴祖居看望亲友，并住在这里。周恩来这个“周家”，跟鲁迅那个“周家”之间，还有着一点亲戚关系。

走访了绍兴城里这四家大宅门，还走访了城里的沈园。沈园原本是南宋时期沈氏的私家花园，所以我在园门口见到“沈家园”横匾。雨中沈园，游人寥寥，显得格外安谧。荷花刚谢，满池荷叶上滚着银色的水珠。这个私家花园成为绍兴名胜，其中的缘由是因为陆游在这里写了一首令人击节而叹的《钗头凤•红酥手》。陆游的这一首词，使沈园名留千古。

陆游与唐琬曲折哀切的爱情故事，令多少人为之扼腕：陆游在20岁的时候迎娶才女唐琬，却因陆母不满唐琬而拆散这段美好的姻缘。后来唐琬改嫁给赵士程，陆游也另娶了妻子。公元1155年春天，陆游到沈园去游玩，偶然遇见了唐琬，两个人都极度难过。陆游感伤地在墙上题了一首《钗头凤》：“红酥手，黄藤酒，满城春色宫墙柳。东风恶，欢情薄，一杯愁绪，几年离索。错！错！错！春如旧，人空瘦，泪痕红悒鲛绡透。桃

绍兴沈园

花落，闲池阁，山盟虽在，锦书难托。莫！莫！莫！”唐琬也和了一首《钗头凤》：“世情薄，人情恶，雨送黄昏花易落。晓风干，泪痕残，欲笺心事，独语斜阑。难！难！难！人成各，今非昨，病魂常似秋千索。角声寒，夜阑珊，怕人寻问，咽泪装欢。瞒！瞒！瞒！”此后不久，唐琬便郁闷而死。

在沈园，我见到了石壁上刻着这两首《钗头凤》，为之感叹，撑着雨伞在石壁前拍照留念。

之后，绍兴友人驾车陪我前往城外探访。

我先是来到离绍兴市区约五公里的大禹陵。大禹并非绍兴人，却是“绍兴女婿”。大禹在绍兴娶涂山氏为妻，新婚第四天，便离家治水去了。他婚后离家13年，三过家门而不入，这个公而忘私的故事脍炙人口。

大禹陵依山傍水，陵、祠、庙三位一体，气势宏大。其中的核心景观是明人南大吉书“大禹陵”三字巨碑，游人到此，大多摄影留念。大禹是中国第一个王朝——夏朝的开国之君。大禹的陵墓在绍兴，表明了绍兴历史的悠久。

接着，走访了兰亭。兰亭位于绍兴市西南14公里处的兰渚山下，相传春秋时越王勾践曾在此植兰，汉时设驿亭，故名兰亭。然而，正如沈园因陆游的一首词而名闻天下，兰亭则因“书圣”王羲之的一纸《兰亭集序》而名震华夏。

兰亭是东晋著名书法家王羲之的寄居处。兰亭的核心景点是“曲水流觞”。那是一条曲里拐弯的狭窄小溪。相传在东晋穆帝永和九年三月三日，王羲之和当时名士孙统、孙绰、谢安、支遁等41人，列坐于曲水两侧，把酒觞置于清流之上，飘流至谁的前面，谁就即兴赋诗，否则罚酒三觞。这次聚会有26人作诗37首，王羲之把这些诗编成了一本诗集，取名《兰亭集》。王羲之为《兰亭集》写了一篇324字的序文。这篇一气呵成的《兰亭集序》，运笔如行云流水，是不可多得的中国书法极品，也是王羲之书法代表作。从此，兰亭因王羲之的《兰亭集序》名声鹊起。

如今，兰亭成为中国书法圣地，那里建有“兰亭书法博物馆”，还有“兰亭书法艺术学院”。

漫步兰亭，引人注目的是茂林修竹，一片翠绿。万杆细竹，在秋风秋雨中摇曳，别有一番景致。

领略了绍兴众多的人文景观，品尝了“黄酒+霉干菜+茴香豆”的绍兴菜馔，我喜欢这古色古香的江南鱼米之乡，连日的秋雨更增添绍兴水蒙蒙的水乡气氛。

绍兴沈园陆游题字碑

在西施的故乡

“欢迎你来到西施的故乡！”刚下火车，我便在出站口见到醒目的红地白字巨大横幅。

我来到浙江诸暨，恰逢当地盛事——自从秦始皇二十五年（公元前222年）置县以来，诸暨县已有2 000多年的历史。然而，在1989年秋经国务院批准，诸暨撤县设市，那里举行了隆重的典礼。这意味着诸暨的发展已进入一个崭新的阶段。

诸暨在春秋时，乃越国之首都。越国的巾帼女杰、绝代佳人西施，便是诸暨浣纱之女。虽说西施香骨委尘泥已24个世纪，但迄今仍是诸暨最受推崇的“大名人”。在诸暨，处处可见西施的“影子”：我所住的市委招待所毗邻两条主要马路，一曰“西施大街”，一曰“范蠡路”。这倒不是今日才用此路名，据云唐朝时已称“西施坊”、“范蠡坊”。穿城而过的那条大江，相传西施曾在江边浣纱，便称为“浣纱江”，简称“浣江”。江上的大桥，也就叫“浣纱大桥”。至于城里“西施饭店”、“西施旅馆”之类，到处可见。啤酒也称“西施牌”。西施殿、西子碑廓、浣纱亭，则是当地名胜。

我原以为西施是名字。经当地友人介绍，才知西施姓施，名夷光，因家住诸暨苧萝山的西面，人称西施。如今，“施夷光”这名字鲜为人知，倒是“西施”家喻户晓。诸暨人崇敬西施，并不仅仅因为西施之美能够沉鱼落雁，更重要的是她的爱国主义精神——她在越王勾践兵败，越国面临覆灭之际，挺身而出，救国救民。因此，西施成了形象美、心灵美的“双美人”，成了美的化身。

为了让人民能够瞻仰西施的风采，诸暨筹划建立西施塑像。这下子，给雕塑家出了一道难题。因为在遥远的古代，既没有照片，也没有录像，而“沉鱼落雁”、“闭月羞花”只是美所产生的效果，凭此怎能判断西施是窈窕还是丰满？是丹凤眼还是杏眼？雕塑家傅进安凭借自己的想象，终于雕刻出一座浣纱美女的塑像，矗立在诸暨人来人往的火车站。我漫步在塑像前，见到那石铸的西施双眉微蹙，心中似有无限忧愁。我不敢说这西施已够得上“国色天香”的水平，但是却可以说，雕塑家表达了西施忧国忧民的精神世界。

西施美，西施的故乡也美。我坐“招手车”（招手即停的旅游车）来到诸暨西南，那里山峦起伏，山间水库清波荡漾。上了山。一道飞瀑直下，跌成五段，名曰“五泄”（“泄”，越语中的“瀑布”）。银珠溅散水声哗哗，如同一条蛟龙在那里飞舞。山岩上，刻着唐伯虎的题字，表明这里早已是文人墨客神游的所在。

当地谚云：“诸暨湖田熟，天下一餐粥。”西施的故里乃米粮之仓。我前往诸暨北部湖田区农村采访。那里水网交错，连“招手车”都难以通行。

我在友人陪同下，骑着自行车在狭窄的江提上前进。一边是碧如翠玉的浣江，一边是平展展的湖田，我在崎岖的泥堤上骑车，车子发出一阵阵噼噼啪啪的抖动声。

沿途，一个个小湖静静躺在堤旁，湖里搭着一排排养蚌网架。

据告，这儿平均三户农民就有一户养珍珠，珍珠年产量已近20吨！须知，这里在1980年起才开始学习养珠，如今已成了珠乡宝地。以“西施美”为厂名的珠宝加工厂系列产品，如珠宝项链、手镯、珠串等等，已经越过太平洋，打进美国市场。“西施”的大名，连“老外”们听了，也“如雷贯耳”一般……

“火腿之乡”新貌

一提起金华，人们的“第一联想”便是金华火腿。然而，金华给我印象最深的却不是火腿，而是火车！

金秋，金华，金光璀灿。1995年10月，我从上海坐了6个小时的火车，来到浙江中部的金华，出席在那里举行的盛会——“95中国民间艺术节”。如今，我不知坐了多少回火车，可是我平生头一次坐火车——第一次见到火车，是在金华。

记得，在1957年，我考上北京大学。我从家乡温州坐了十几个小时的木炭汽车，来到金华，由金华转乘火车到北京。当我背着行李走近火车站时，忽地听见一声尖叫，一个冒着黑烟的庞然大物呼啸着奔了过来，我扔下行李跑过去，目不转睛地看着……这便是我第一次见到火车。温州没有铁路，自然见不到火车。何况我小小年纪，从未出过远门，所以在金华头一回见到火车，就给我留下不可磨灭的印象。

后来，由于上海跟温州之间通了海轮，如今又通了飞机，我回家乡再也用不着坐火车，也就30多年没有来过金华了。

金华的火腿现在依然名闻遐迩。这一回金华举办中国民间文化艺术节，便加了一句“暨火腿之乡经贸洽谈会”。在街上，火腿门市部比比皆是。这里的餐馆挂着“火腿宴”的大字招牌。在超级市场上，可以见到“瘦子牌火腿水饺”之类新的“火腿派生产品”。就连房地产的广告上，也写着“欢迎您加盟金华‘火腿心’”。起初我不明白这“火腿心”怎么“加盟”？一打听才知道，原来那商品房在金华的黄金地段，而“三句不离火腿”的金华人便比喻为“火腿心”！

不过，这座有着1 800多年历史的城市的“拳头产品”已不再是火腿。在一幢高楼楼顶，我见到一条巨幅广告，曰：“无限风光在尖峰。”不言而喻，这是把毛泽东的诗句“无限风光在险峰”改了一个字。一问，才知金华北面有一座平地拔起的山峰，叫“尖峰”。

那里办了个很大的水泥厂，生产的水泥取名“尖峰牌”，已成为金华的重要工业产品。金华的南方摩托总厂，也是实力雄厚的大型企业。卫星导航仪表这样的高科技项目，也成了这“火腿之乡”新的“拳头产品”。

我漫步在市中心的人民广场。四周崛起一座座铝合金门窗、釉面砖外墙的高楼，一望而知都是这几年新盖的。广场中心是一片嫩绿的草坪，上面插了一束束彩色绢花，组成8个大字：“冲出盆地，开放金华。”那后一句的意思是明明白白的，我却不解“冲出盆地”是什么意思。向当地朋友请教，方知其中的含义：金华四周环山，坐落在盆地中心。这种盆地环境，造成封闭意识。所以在改革开放大潮之中，不如沿海城市温州那样思想解放。针对这种情况，金华市领导提出了“冲出盆地，开放金华”的口号，要使金华成为浙江中部的中心城市。

金华是座30万人口的城市。我在那里应邀举行签名售书仪式，一下子签售了2 000册，出乎我的意外。据云，在南宋时，金华就有30多所书院。所以，金华有着悠久的文化氛围。如今，在金华街头，书报亭、小书店颇多，也表明这里拥有一支庞大的读者群。

这里首创“生态公厕”，全国打响。所谓“生态公厕”，是指在公厕顶部及四周种满花草及树木，使公厕处于清新幽雅的环境之中。这里的解放门垃圾中转站，也特意种满绿树，使往日的又脏又臭的面目改观，受到好评。

民间文化艺术节开幕那天，成了金华盛大的节日。那天夜里，我来到新建的金华体育馆，硕大的打蜡地板球场倒映着辉煌的灯光。在喧天的锣鼓声中，一批批民间舞蹈表演队依次上场，内中既有陕北安塞矫健的腰鼓，又有哈尔滨满族热闹的大秧歌，还有来自云南阿诗玛故乡优雅的舞蹈以及金华富有民间风情的“花儿喜迎春”……我注意到，在观礼台上，坐在我旁边的一位来自美国的金发姑娘，从头至尾全神贯注，被瑰丽多彩的中国民间舞蹈所深深吸引。

我是在深夜11时到达金华的。在黝黑的夜幕中，没有看清金华火车站的模样。离开时是下午3时，在金色的秋阳之下，我见到火车站仍是当年的两层楼，但是不远处已盖好一座十几层的大楼，据告是新火车站，很快就要以新换旧了。

上了火车，车厢里有十几位“老外”，都是为观看民间艺术节来到金华的。我的邻座之中，经我一问，得知一位是韩国人，一位是法国人，另一位黑皮肤的小姐来自南非。内中的那位法国小伙子居然还能讲一口不错的中国话。在我30多年前第一次来到金华时，没有见到一个“老外”。如今，“老外”们进进出出，已经司空见惯。我不由得又记起金华市中心人民广场上那8个大字：“冲出盆地，开放金华。”

看山人

说实在的，在三百六十行之中，我跟看山人打交道，还属平生头一遭。

1987年我和妻子、孩子趁春节一起回到故乡——温州。岳母离世已经17个春秋，我们还从未上山扫墓。因此，到了温州，便打算到墓上看看。妻子的大哥领我们去，他提醒我们，该给看山人带点什么。

温州人所说的看山人，其实就是看墓人。我想，他一定是个胡须邋遢、白发蓬松、披件破蓑衣的瘦老头儿，逡巡于荒壕之间，过着柳宗元所说的“以白云为藩篱，碧山为屏风”那般生活。晚间，蹲在山上的小窝棚里，地作床，磷火为灯……我跟妻商量，送点上海糖果给他尝尝。

坐了半个钟头汽车，我们来到温州市郊一个山明水秀的小村。村头，一颗如云似盖的大榕树下，一座古朴的石板桥。过桥，沿着小河走着，清波之上漂荡着青翠似玉的水葫芦。入村，在绿树掩映之处，闪出一幢幢粉墙白壁的新楼。大哥带着我们来到一幢三层新楼前，说看山人就住在这里。我不胜惊诧，我想象中的小窝棚，怎么会成了上海西郊别墅般的小洋楼？前廊矗立着四根颇有气派的水泥方柱，上面嵌着一层碎石英，在阳光下璀璨夺目，仿佛笼罩着珠光宝气。

看山人不在家。我急于上山，便把礼物交给他的妻子，朝他家斜对过的一座山走去。她再三关照，下山时一定过来坐坐。

当我们扫墓归来，双脚有点发酸，便在看山人的家中小歇，仍未见到他。他的妻子40多岁模样，手脚非常利索。她飞快地给我们沏上一杯杯热茶，一转眼又拎来一竹篮黄橙橙的瓯柑，哗啦啦倾泻在八仙桌上，说道：“吃呀，吃呀，自家种的柑，吃个新鲜，吃个痛快！”

她推开后门，往外一指，又说：“你们看，这儿就是柑园，有的是柑，你们吃三天三夜也吃不光！”我朝外望去，真的，柑树青枝绿叶，树对树，行对行，像检阅台前战士的方阵，齐刷刷的。

我掰开手中的瓯柑，那柑皮像打了蜡似的亮闪闪，那柑汁甜津津的，胜过任何名牌桔子水。吃完柑，我端起了玻璃茶杯，杯壁上印着红花，在碧绿的茶叶映照下，大有“万绿丛中一点红”的意境。在我的记忆中，温州农村向来在茶壶里泡茶，来了客人便在粗瓷碗里洒上一碗，如今早已成了“老皇历”了。那茶馨香扑鼻，我细细一瞧，发觉玻璃杯里漂着桂花。茶水甘美清醇，用的是山里的水。往年，人们要用水桶到远处挑山水，如今村里装了自来水，把山水送到家家户户。

我才吃了一个柑，呷了几口清茶，她旋风一般从厨房里出来，端着几大海碗热气腾腾的粉干，浇在粉干上面的肉丝、虾米、木耳散发着诱人的香味。

吃饱，喝足，我信步参观着看山人的新居。三层，六间，起码有200多平方米。

此外，那单独建造的灶间，至少有20多平方米。每层楼还有一个10来平方米的阳台。显然，看山人富起来了。屋里大都空荡荡的，只有几件破旧的家具。看得出，他家刚把新屋造好，还来不及置办新家具，而那些老掉牙的旧箱破柜正是他家往昔生活的缩影。

在二楼，我遇见他的小女儿，不满20岁，正埋头于踩缝纫机。她的身后，挂着七八件刚做成的鲜红色的呢大衣，款式比上海的还新颖，大有“领导服装新潮流”的气概。腼腆的她，只是简简单单地告诉我：两年前，她还不会使用缝纫机呢！如今，看了电视、电影、画报上的新式服装，就能琢磨着剪裁。难怪，她成了小村里的“新派裁缝”，求她做衣服的人越来越多。

临走，看山人的妻子拿出满满一竹篮的瓯柑送我。我再三推辞，她不高兴了。

她领着我来到一间新屋，从窗口看进去，喑，一屋子的瓯柑闪着金光，足有齐膝那么深！我只得收下她所说的：“小意思。”细心的她，还在竹篮里铺了一层新鲜的松针，说是可以使柑久藏不烂，便于我带回上海。那山上，青松苍翠，松针成了农家天然的“防腐剂”。

我们踏上归程。唯一遗憾的是，此行竟未见着看山人。我正在郊区公路上等候公共汽车，忽见一个壮年男子背一袋东西，三步并成两脚踏过石板桥，疾奔而来。他，个子矮矬而结实，穿一件敞着领口的旧中山装，裤脚管上满是泥巴。

走近了，我看见他头发黑中带棕，脸色粗黑，皱纹像深沟一般。大哥迎上前，紧握着他的手。他笑了，露出几颗镶金门牙。原来，他便是看山人！他正在河那边一片柑园里忙碌，闻讯赶来，从家里拿了一袋自己种的糯米送我们。

一边等车，我一边跟看山人聊天。我这才得知他家的大致情况：他是伺弄果树的能人，有一套科学的种柑方法，承包了大片柑园，年产7 000斤。

他还种桔子、水稻，养猪。忙得够呛却又忙得高兴。他的两个儿子，一个是泥水匠，一个是漆匠，眼下温州农村到处“大兴土木”，两个儿子天天早出晚归，大显身手，也是忙得够呛忙得高兴。正因为两个儿子是内行人，全家自己动手造房，只花了两万多元便盖好三层水泥楼房。他的两个女儿，一个在工厂做工，一个在家当个体户裁缝。全家没有一个人手脚闲着。他还告诉我，承包之后，他在山上新开了一大片柑园，明后年可以收摘新柑，这样，他家的柑年产量可超过万斤。看山，如今只是他家的一点“小意思”。

“柑熟时你要睡到柑园里吗？”我记得，童年时在柑园里玩，常见到一座座看柑人的小木屋，夜夜有人值班。他笑了，又露出金灿灿的门牙：“现在村里的人都富了，没人偷柑，用不着‘困柑园’了！”

哦，我记忆中的印象，又成了“老皇历”。

公共汽车来了。我跟憨厚的看山人握别，我发觉，他那长满老茧的手是那样的有力——他是一个浑身是劲的人！

温州江心屿

泛泛江上鸥

朝阳把一片金光撒在瓯江上，一颗颗闪光的金珠在浪尖上滚动。举目凝视，江水围绕着的那个美丽的小岛——江心屿，已遥遥在望。

阔别故乡温州多年，我常在梦中思念着这颗镶嵌在瓯江中的明珠。1987年我终于趁春节从上海回到温州。翌日清早，便朝江边进发。

多么遗憾，到了渡口，渡轮刚刚离去。驶抵江心屿之后，泊在那里等候归客，久久地停在对岸。我只好耐着性子斜靠在渡口的铁栏上，眼前的天、云、岛、塔一动不动，唯有江水在缓缓流动。呆滞的画面给人一种凝固感，我不由得等腻了，看倦了，心烦了。

不知是谁叫了一声“涨潮了”，我看见江上翻起碎银般的浪花，“哗哗”的浪潮声也加快了节奏。就在这时，碧空下，白浪上，闯来一大群海鸟，在那里欢快地翻飞着，顿时使画面变得富有生气。我的视线跟随着鸟儿时上时下。

看清楚了，看清楚了，那鸟儿浑身裹着洁白的羽毛，像晴空中飘荡着的雪花。尖嘴，长翼，机灵，活泼。唯有翅膀上有几根灰黑色的长羽，更显得矫健多姿。哦，那不是江鸥吗？！

唐朝诗人刘长卿写的《白鸥歌》：“泛泛江上鸥，毛衣皓如雪。朝飞潇湘水，夜宿洞庭月。归客正夷犹，爱此沧江闲白鸥。”其实，说江鸥“闲”，并不尽然。它们时而在空中如仙女般翩翩起舞，时而在水面上如浮萍般随波逐流，悠哉悠哉，真是个“闲白鸥”；然而，它们的双眼一直在作“全方位扫描”，一旦发现“浪里白条”，便像闪电般俯冲下去，刹那间叼出一条小鱼，囫囵吞枣般咽进了肚子。接着，又是怡然自得地作“空中散步”，而双眼始终在“扫描”，诚如唐朝诗人朱庆余所言：“浪起白鸥沉。”

我被款款而飞的江鸥迷住了。不知道什么时候渡轮已经悄然开来，游客们已纷纷上船，直到听见开船的鸣笛声我才急急地奔上渡船。人刚站定，船便启动了。江鸥似乎十分领情，知道我那样喜爱它们，便尾随着渡轮，戏逐着螺旋浆搅起的朵朵浪花，不时猛然扎下去，衔起活蹦乱跳的小虾、小鱼……

从故乡归来，一卷记录着我故乡之行的彩照印出来了。我惊喜地发现，我摄于江心屿的一张彩色照片上：身后瓯江东去，而波涛之上恰有一只奋飞的江鸥！

哦，江鸥永远与我在一起，再也不会从彩照上飞走！

每当来了亲友，我便拿出相册，请他们欣赏温州风光。每当翻到那张江心屿留影，我就指着那只展翅翱翔的江鸥，津津有味地说起我的见闻。不过，有人问我，江鸥跟海鸥有什么区别，我一时答不上来。

我的一位友人是海员，他指着照片，讲起了一连串有趣的故事，解答了这一问题。他说：“鸥，其实是一大类水鸟。人们把在海上飞行的叫做海鸥，在江上飞行的叫做江鸥。实际上它们既在海上飞，也在江上行。

“我们在航行的时候，如果看见一大群海鸥老是在一个地方低空盘旋，就避开了。这倒不是因为我们怕海鸥，却是因为海鸥喜欢成群结队在礁石附近找鱼。”

海鸥群飞而不离，成了礁石的活标志。

“渔民也注意海鸥。如果成群的海鸥不是在固定的地方低旋，而是向前移动，说明鱼群在那里游过。渔船便追了过去——海鸥成了寻找鱼群的侦察兵。

“在迷航的时候，我们很注意观察海鸥群飞行的方向。因为海鸥常常成群从大海飞往港口，顺江而上，它们的飞行方向成了港口的活路标。当然，这时候它们飞得比较高，不像追逐鱼群时总是擦着海面飞翔。

"不过，海鸥不是那种随遇而安的'旅客'，它们爱挑挑剔剔。哪个港口，哪条江，如果受到污染，江面上漂着油花，水里有着异味，它们就不敢问津，宁可继续沿着海岸线飞行，遇见清洁的港口、干净的江水，这才飞了进去。这么一来，它们成了各海港的'环境检查员'。哪里的海鸥多，就说明哪个港口的环境保护工作做得好……"

本来，我喜欢江鸥，只是因为它为江心屿锦上添花——增加了动态美。听罢那位海员朋友的一席言，我才知道江鸥是人类的挚友。于是，我加倍地珍爱江鸥！

青苔颂

久居上海，成天只在柏油路、水泥高楼奔忙。1987年，趁着春节，和妻子、儿子回到乡间，顿觉耳目一新，心宽情悦。

我们去看望年逾古稀的舅父。他住在浙江平阳县的小镇上。虽说人老屋旧，但是那久经风雨的褐中带黑的木栅栏门，那种满花草的宽敞的庭院，那抬头便可望见的门外青山，那枝头的唧唧喳喳声，都给我一种新鲜感。

我漫步在小院里，满目青翠，令人陶醉。绿色，是世界上最美的、最富有活力的色彩。我站在小院中，仿佛被青春的世界所包围。我注意到，那用青砖铺成的过道的每一条缝隙，那石板台阶的下沿，那石灰斑驳的围墙上，都浸润着葱绿的颜色——哦，台藓！树下，草间，檐头，缸边，处处青苔可见，生机盎然。我的脑海中，蓦地翻跳出刘禹锡《陋室铭》中的名句："苔痕上阶绿，草色入帘青。"

说实在的，苔藓无花无果，无香无息，总是默默地匍匐在墙脚屋角，不登大雅之堂，从来未曾引起我的注意，一直处于我的视角的"盲点"之中。人们常常用"没有树高、没有花香"的小草比喻平凡，而苔鲜比小草更不起眼。"丹庭斜草径，素壁点苔钱。""苔钱"，亦即青苔，向来默默无闻。几年前，我第一次细细地打量起苔藓来：我的一位友人自安徽来，手中捧着一只纸盒。他小心翼翼打开纸盒，从中拿出一盆文竹送我。我非常喜欢这小小的礼品，把它置于案头。顿时，堆满文稿、书籍的书桌上，出现了赏心悦目的葱茏绿意。尤为令人珍爱的是，那文竹之下、土壤之上，披了一层翠色可餐的青苔，更增添了春色。

然而，遗憾的是，不多日，那文竹的顶梢出现黄斑。黄色渐渐扩大，吞噬了可爱的绿色，就连青苔也不青了。就在文竹枯黄之日，青苔也成了“黄苔”！

后来，我随一支科学考察队乘着直升飞机进入大兴安岭原始森林。我来到了满目苍碧的绿色海洋。诚如唐朝诗人王维所描绘的：“青苔石上净，细草松下软。”那里树高，花香，草盛，苔厚。在茂密的林子里，很容易晕头转向，当地人叫“迷山”。考察队里一位植物学者告诉我：你看一看树干上的苔藓，哪一面苔藓多，哪一面朝北。于是，苔藓成了“指北针”。从东北归来，我带回一块树皮，上面长像了绒毯似的青苔。

我想用那块树皮作为“天在盆景”，给书房增添翠色。谁知没几日，又变成一片焦黄，只得扔进垃圾箱。

树难栽，花难养，就连地上爬、缝里钻的苔藓，也这么难伺候？真是“春色留不住”，仿佛天意难违。

偶然，有一次我采访一位生物学家，他谈起了苔藓，使我恍然大悟。他说，上海市的十个区，找不到一棵地衣植物，苔藓植物在上海也极罕见。本来，这些植物耐瘠薄、抗风寒，在地球上四处可见，为什么在上海却成了罕见的植物？

原来，苔藓、地衣之类最怕含有二氧化硫的空气。它们很善于吸收空气中的二氧化硫，积聚在体内，却使自身遭到毁灭！它们如此富有“自我牺牲精神”，使它们成了监视环境污染的哨兵。哪儿空气中弥漫着二氧化硫，它们就发黄、枯萎，“以死相抗”。上海多高楼，也多高烟囱。从家家户户的煤炉，从大工厂锅炉房冒出的浓烟，夹杂着许多二氧化硫——因为煤中常常含硫，燃烧后变成二氧化硫。我家那文竹下面的青苔，那“天然盆景”的青苔，全都毁于空中飘逸的二氧化硫！

从此，我每到一个地方，便注意起脚下那些无声无息的青苔。我发觉，青苔确实是位忠实的哨兵，向我报告好信息：青苔盛，则花木兴，蜂蝶众，飞鸟成群……

正因为这样，我在舅父的小院中流连忘返。我吟哦着唐朝诗人柳中庸《幽院早春》中的诗句：“草短花初拆，苔青柳半黄。”是的，满院苔青，江南春早。

不多日，便会百花放，燕呢喃，春烂漫了。

我爱青苔。我期望着有朝一日，坐在我的书房里，也能悠然而见“苔痕上阶绿，草色入帘青”。

雁荡朦胧夜

温州流行一句话：“不游雁荡是虚生。”意思是说，没有去过雁荡山的人，这辈子算是白活了。这话当然十分偏颇。不过，从这句话中，倒也可以看出雁荡山在温州人心目中的分量。

我早在上中学的时候，就参加了学校组织的暑假游雁荡活动，在那里住了好几天，细细观赏了雁荡山的“七十二胜景”，回来后还写了一篇作文《游大龙湫》，所以早已不是“虚生”了。

1995年初秋时节，应邀赴温州签名售书。承主办者的美意，在签名售书之后，又邀请我和妻去游雁荡山。不过，由于日程安排很紧，决定当天来回，不住在那里了。

从温州到雁荡山，汽车大约要开3个多小时。一早，6时多就出发了，10时许到达雁荡山。走马观花般游了雁荡山的主要景点。正值枯水季节，原本“飞流直下三千尺”的大泷湫瀑布，那水变得像一只消防龙头在喷水，失去了多水时的壮观和气势。

令我感到意外的是，在游小泷湫时，尽管那瀑布如同家中打开的自来水龙头一般，可是导游告诉我，那里安装了电梯，可以直上崖顶。虽说眼下城市里高层建筑比比皆是，电梯毫不稀罕，然而在那山间，倚着笔直陡峭的悬崖，居然安装了电梯，一下子把游客载到一百来米的崖顶，却也真不容易。上了悬崖，往下俯视深谷，也真有点“恐高症”的味道。

如今还新增了走钢索的节目。那是在两座各为数百米的山峰间，架起一条长为300多米的钢索。表演者从这钢索上时而走过，时而滑行，到了中点，还来个前滚翻、后滚翻，令观众为之捏了一把汗。

到了下午5时，游兴已尽，去吃晚饭。饭后，便打算回温州了。谁知导游小姐说，还要看雁荡山夜景。我想，黑古隆咚的，有什么可看？我在雁荡山住过，记得，入夜便不再外出，因为外面一片漆黑，看什么呢？可是，导游小姐却说，雁荡山最美的是夜景！就连司机也说，他每一次总是要走夜路回温州，为的是旅客们要看雁荡山夜景，谁都称赞雁荡山的夜景是最迷人的。经他们这么一说，我的心给说动了。于是，随着导游小姐驱车上山，来到观夜景的“最佳景点”——群峰怀抱中的山谷。

雁荡山

下了车，一片黑茫茫。大约是为了不破坏这种黑夜效果，连公路两侧的路灯都特地紧贴路面，灯很小，灯光幽黄。我跟着影影绰绰的导游小姐，在山路上向前走去。我们来到了山谷中心。导游小姐忽地要求我们仰起头往后看。我按照她的话，仰着倒看那黑黝黝的山峰，酷似一只展翅的雄鹰！

接着，导游小姐带着我们到另一处，面前是熟悉的双笋峰。所谓双笋峰，是拔地而起的天柱一般的两座石峰，紧挨在一起，像两只崛起的春笋，故名“双笋”。我曾在双笋峰对面的北斗洞住过，一出门就见到这双笋峰。可是，此时此际在夜色中看双笋峰，朦朦胧胧，却酷似一对情侣，那姑娘一头瀑布般的长发，而小伙子则披着一件风衣，含情脉脉地对视着。我在白天看双笋峰无数次，从未有着这样的印象。双笋峰眼下居然变成了“情人峰”！

我不知道是谁第一个发现了雁荡山的夜色美景，从此成了游雁荡山的最精彩的节目——因为在我那时游雁荡山，人们还不知道观赏雁荡山的夜景。尽管曾有上万上亿次夜幕垂落于雁荡山，曾有多少文人墨客游过雁荡山，但是谁都未曾发现雁荡山夜色之美。所以，熟悉的东西未必真的熟悉，在熟悉的东西之中也往往能够发现不熟悉的一面，有待于有心人去“另眼相看”……

在导游小姐的指点下，我一一观赏那些奇峰异石，那些悬崖峭壁，虽然在白天都已看到过，可是在夜色中全然不同，变成了截然不同的另一种景象。导游小姐按照这些奇景讲了一个又一个神话般的故事，使雁荡山的夜色变得益发动人。

我陶醉于雁荡的夜。在白天，在灿烂的阳光下，一切都清晰可见，一览无余，反而失去了想象的余地。眼下，在幽幽黑夜之中，一切都变得朦胧模糊，那硕大的苍穹却成了想像力驰骋的广阔无比的疆场。这种朦胧之美，充满诗意，充满神话的魅力，只有身历其境，才能深深领略……

这一回我从雁荡山归来，我说，那句“不游雁荡是虚生”，应该加一个“夜”字，改成“不游夜雁荡是虚生”。

三游平阳

我游历欧洲十国，在各国“唐城”，处处可闻温州乡音。温州人在欧洲名气很大，以至欧洲人“只知有温州，不知有浙江”！

不过，在国外，温州人并不只指温州市区的人，而是一个泛称，包括温州郊县。

在温州各郊县之中，有四个县跟我有着特殊的关系：一个是乐清县，家父出生在那里；一个是瑞安县（如今已经县改市），家母的故乡；一个是平阳县，岳母的家乡；一个是苍南县，岳父的老家。不过，岳父当年总是称自己是平阳人，因为他家所在地张家堡当时属于平阳县。平阳是一个大县，后来一分为二，分出一个新县——苍南县，张家堡被划入苍南。

我在温州市中心长大。小时候只随父母去过乐清县和瑞安县。高中毕业之后，我离开故乡温州，远赴北京大学求学，后来定居沪上。

自从1963年结婚之后，我成了“平阳女婿”，一下子拉近了我与平阳的距离。我的耳际常闻平阳乡音，因为妻、岳母以及她们家的亲友，都讲一口平阳话或者平阳口音的温州话。

我头一回去平阳，是在1987年。

昆阳镇是平阳县政府的所在地。那个时候的昆阳，还是一副古老的面貌。昆阳镇给我十分遥远的感觉。因为我从温州来到瑞安，一条宽阔的飞云江拦住了去路。在冷雨中等了许久，才登上渡轮，慢吞吞地在浑黄的江水中行驶了20来分钟，这才终于到达彼岸。

记得，上了岸，我要“打的”，乘的是三轮摩托车，平阳人叫它“狗儿车”。“狗儿车”在颠簸的道路上蹦蹦跳跳，真的像是一只撒欢的小狗。

我住在舅舅家。屋里四周的板壁已经是深咖啡色，不言而喻，老屋的年岁比满头飞霜的舅舅还要大许多。

10年之后，我再度来到平阳，那种遥远感不复存在。新建的飞云江大桥，使大江变通途。“狗儿车”已经不见，代之以满街奔跑的“富康”牌出租车。

我下榻在落成不久的平阳宾馆。古镇上能够有这么气派的宾馆，给我宾至如归的感觉。跟舅舅家的老屋相比，仿佛隔着一个世纪。不过，小镇上到处在拆建。就在平阳宾馆之侧，正搭着高高的脚手架，不时传来一阵阵轰鸣声。整个昆阳镇，仿佛成了一个巨大的工地。

我当时是应邀前来讲学，到了平阳县好多学校。一座座学校几乎都新建了校舍。平阳人对于教育的热情，表明了这里文化底蕴的深厚。

又过了3年——2000年金秋，我应邀来到平阳采风，第三回来到这里。

一下车，我几乎不认识昆阳镇了。当年的脚手架，如今变成一幢20多层的平阳大厦。我下榻于平阳大厦的“阳光假日酒店”。从窗口望出去，紧邻的平阳宾馆成了相形见绌的小弟弟。

我注意到一个小小的细节：欧洲人习惯于喝冷水，在欧洲宾馆的客房里没有开水；中国人喝惯开水，中国的老式宾馆在每间屋子里放一个热水瓶，服务小姐进进出出灌开水，常常干扰旅客的休息；如今的中国内地宾馆，学习香港的办法，在客房里放个“热得快”，让旅客自己烧开水；这家“阳光假日酒店”则在每间客房里安放了桶装矿泉水以及热水器，又方便又干净。尽管现在家家户户用上桶装水和热水器，但是常年在外奔波的我，还是头一回遇上喝水如此方便的宾馆。

3年前的大工地，如今变成了一座现代化的新城。舅舅家的长满青苔的院子连同古屋已经成了历史陈迹。内子度过童年时代的老街已经变成一条新楼鳞次栉比的现代化大街，尽管街名依旧，但是面目一新。

使我惊讶的是，在晚上9时多外出，昆阳镇上商店灯火辉煌，海鲜餐馆、新潮服装、进补药铺、数码相机、好莱坞大片光碟，比比皆是，就连书店也明亮如昼。看来，“夜上海”之风已经吹入这座海滨小镇。

这回金秋采风，使我有机会广泛“触摸”平阳，细细浏览着洋溢江南风光的《平阳上河图》。在这迷人的长卷之中，我特别喜欢两颗熠熠生辉的明珠与三个不同凡响的小镇。

山东有平阴县，浙江有平阳县。“平阳”这名字，给人以一马平川之感。所谓“虎落平阳”，是说老虎从深山来到平原，失去了倚恃。其实，平阳既有平展展的大片沃土，也有突兀青山。南雁荡山秀峰异，洞幽溪清，乃平阳明珠，名列国家级风景名胜区金榜。雁荡山分北雁荡与南雁荡。南北各有特色，北雁荡以奇峰取胜，而南雁荡则以奇洞闻名。

镶嵌在平阳画卷上的另一颗明珠则是南麂列岛。黄沙，碧海，白浪，配以奇岩怪石，南麂令人心旷神怡，流连忘返。这里有着“东方夏威夷”的美称，是游览平阳的首选之地。在中国东南沿海，南麂是最美的海滩。

除了南雁、南麂这一山一岛之外，平阳还有一溪：乘竹筏在顺溪漂流，坐水观山，也是人生乐事。两岸竹林如翠，脚下碧波似玉，良辰佳景似浓浓醇酒，令我陶醉不已。

在平阳的诸镇之中，我很喜欢山门、腾蛟、水头这三个各具特色的小镇。

“山不在高”。在离南雁荡山不远的山门镇，尽管山不高，山间翠竹掩映的一座看似普通的黄墙寺院。

在这座小小的寺院里，沿着木扶梯爬上小小的阁楼。一举手，我就能摸到天花板。走过门框时，不能不低头。在阁楼板壁上，我见到一个蓝色的方布袋，上面缝着一颗红色的五角星。据友人告知，这是粟裕大将当年用的挎包。阁楼里的小房间，便是粟裕的卧室。一张木板床，一张小木桌，一盏煤油灯，便是房间里的一切。

这里山深路远，又临近福建省，成为浙闽两省交界的所在。在20世纪30年代，粟裕领导的中共浙闽边临时省委以及中国工农红军挺进师，就在这里点燃了星星之火。粟裕在这里的畴溪小学，创办了闽浙边抗日救亡干部学校，粟裕担任校长。

这里成了温州的“井冈山”，温州的“延安”。蓝色布袋上的红色五角星，在战火中锤炼成鲜艳的红旗，飘扬在温州城头。至今我仍清楚记得，在1949年5月，温州不是由中国人民解放军正规军攻克，而是由穿灰色军装、戴八角帽的浙南游击纵队一举扫平。浙南游击纵队的前身，正是当年活跃在平阳山区的中国工农红军。

于是，在平阳山门镇建起了“红军亭”，建起了巍峨的“中国工农红军挺进师纪念碑”，建起了“中国工农红军挺进师北上抗日出征门”……当年粟裕每日取水的寺前小井，也被命名为“红军井”。

1984年粟裕大将病逝之后，粟裕夫人手捧将军的骨灰盒，把将军的部分遗骨安葬在平阳山门“闽浙边抗日救亡干部学校”旧址，因为平阳是粟裕将军浴血战斗过的热土。

平阳另一个名叫腾蛟的小镇，也给我留下难以磨灭的印象。

这个小镇，藏蛟卧龙。且不提这里历代的文状元、武将军，光是当代的“数学泰斗”苏步青和“百岁棋王”谢侠逊，便是从这里腾飞的两条巨蛟。

我采访过苏步青，并为他写过报告文学。他是一位风趣的长者。记得，我称他为“苏老”，他笑道：“‘老’而又‘酥’，不妙！不妙呀！”

我问他：“您的名字苏步青，据说取义于‘数不清’，从小就要当数学家。”

“哪里，哪里。”他连连摇头，“我的名字，是我父亲取的。‘步青’，就是‘平步青云’嘛，就是‘出人头地’的旧思想，跟数学毫无关系。我的哥哥苏步皋，也就是‘步步高升’。什么‘数不清’，完全是瞎编瞎传。我小时候生在穷山沟，做梦也想不到当数学家。”

他告诉我，他在1902年9月23日出生于平阳腾蛟。父亲苏祖善种地为生，母亲徐氏生了13个孩子，其中11个是女孩，他是最小的一个男孩。

我又问他，温州出了许多数学家，据说是温州靠海，从小吃黄鱼，脑子特别聪明。听了这话，他不笑了。他很严肃地说：“在旧中国，温州条件很差，没办法研究物理、化学，而研究数学只需要一支笔、一张纸。这与黄鱼无关。”

这一回，我在腾蛟参观了苏步青故居。故居背靠卧牛山，面对开阔的田野。故居保存完好，如今已经成为旅游者参观的必到之处。

谢侠逊的大名，我早已从内子的舅舅那里听说。谢侠逊少年时曾与他在昆阳对弈，后来以弈为业。谢侠逊十分感叹地对内子舅舅说：“小时玩玩，临老当饭。”

谢侠逊6岁从父习棋，13岁棋冠温州，31岁夺冠上海，41岁成为中国“棋王”。

在腾蛟，见到规模盛大的“中国棋王碑林”。置身碑林，仿佛置身于名人之林。李济深、林森、冯玉祥、章士钊、梁启超、于右任……都曾与“棋王”对弈，弈毕题词相赠。这些题词刻于碑上，济济一堂。居中的巨碑上，镌刻着江泽民在“棋王”百岁之际所写题词：“百龄高手，永葆青春。”巨碑背面，则刻着1939年仲夏“棋王”与周恩来对弈的残局，更是妙趣横生。

我注意到，“中国棋王碑林”四周护栏的青石柱上，刻着一颗颗圆圆的棋子，富有特色。

受“棋王”影响，腾蛟人人善弈，有着中国“棋乡”的美誉。

水头镇跟山门、腾蛟截然不同，这里一片浓浓的商业气氛，皮革厂聚集于此，成为中国新兴的“皮都”。这里的皮夹克、皮包、皮带、皮鞋名闻遐迩，畅销国内外。

我下榻于虎豪宾馆。这是虎豪皮件公司附设的宾馆。一进门，就见到两颗“★”。虽说只是二星级宾馆，但是在我看来，可以与欧洲的四星级宾馆比美。每间客房大约有30多平方米，明亮而干净。宾馆中的小花园，曲径通幽，满目苍翠，赏心悦目。入夜，以大理石装饰的宽敞的餐馆，座无虚席，杯斛交错。在小镇上能有这么豪华的宾馆，从一个小小的角度反映这里商业的发达。

山门是星火燎原之处，腾蛟乃文化之镇，而水头则是商家云集。三个小镇，三个面貌。在平阳的这三个小镇之外，敖江镇已经是规模超群的现代化“大镇”，集渔港、工业、商都于一身。

往日，虎望平阳而却步；今朝，虎游平阳而欢欣。在新世纪的阳光下，平阳一片璀璨。

雨中南雁

江南多雨。春日潇潇春雨，夏日以雷鸣夏，秋日绵绵秋雨，冬日冷雨纷飞。

我从上海赶往浙江平阳，参加“相约平阳•金秋文化采风”。不料，就连这原本天高云淡的金秋时节，竟然也连日细雨飘飘。特别是在游南雁的那天，通宵豪雨如注，清早依然大雨滂沱。我想，雨中登山，泥泞路滑，原定今天登南雁，一定被“雨婆”取消——泡汤了。

然而，当地的朋友却说，雨中游南雁，别有一番风情。何况南雁路况甚好，石阶经雨水冲刷，纤尘不染，不泞不滑，轻步上山，无忧无虑。

于是，一人一顶花伞，在雨中朝南雁进发了。

南雁，也就是南雁荡山的简称。相传古时山顶有仰天湖荡，芦苇丛生，引来无数南飞雁，遂以雁荡为山名。雁荡山奇峰俊秀，逶迤数百里，南北对峙。北雁在温州乐清境内，南雁则在温州平阳境内。

我曾多次游北雁。北雁雄伟壮阔的七十二奇峰，飞流直下的大泷湫瀑布，令人流连忘返。难怪清朝诗人江弢叔深深感叹：“欲写泷湫难着笔，不游雁荡是虚生。”

3年前，我曾途经南雁镇。天色已晚，只在山前匆匆一瞥，见到山前横着一条清溪，两座青山夹溪而立，留下如此朦胧的印象，便忙于赶路了。

这一回，终于圆了南雁梦。我来到3年前站过的地方，朝前走去，脚下是一大片鹅卵石河滩。被雨水淋得湿漉漉的鹅卵石，五彩斑斓，因此得名“五色石子滩”。

其实，这石子滩是横亘于面前的雁溪的一部分。据说，发大水的时候，这一大片石子滩全被淹没，雁溪成了浩浩荡荡的大江。大水甚至淹没岸边房屋的底层，所以这里的房子底层通常只用作客厅，而厨房、卧室都

设在楼上。

雨中的雁溪，依然蓝中带绿，但是从山上冲下的溪水则一片黄浊。在交会处，清浊分明，形成一条明显的分界线。

夹溪而立的两山，东山名曰狮子山，西山曰蒲尖山。上山必须先渡溪。清清溪水之上，竹筏翩然而至。撑伞站在筏上，徐徐渡过碧溪潭，犹如从一块硕大无比的玻璃上滑过，俄倾便抵彼岸。

又走过卵石滩，见滩边有亭翼然，笑迎每一位上南雁者。

这是一座石亭。亭子的石横匾上刻着用绿漆勾出的“爱山亭”3个大字。我一望那字体，很熟悉，不由得一怔，那不是岳父杨悌先生的手笔吗？！

我与内子上前细看，见到横匾落款处虽被刀斧凿过，但是依稀可辨“杨悌”两字。

“爱山亭”三字写于“戊寅清明”，即1938年4月5日。

石亭的对联“石径入丹壑，清泉洁崖襟”，同样出自“泰山”手笔。

岳父杨悌是离南雁不远的小村张家堡人氏。张家堡原属平阳县。前几年新建苍南县，张家堡划归苍南。我到过张家堡规模宏大的杨家祖屋，内有18个院子、200多间房子，乃当地大户人家。

岳父是清末举人、第一批留日学生。他专攻历史，曾著书数十种，又擅长书法。解放初受到不公正待遇，不幸弃世。恶名竟然累及他的字，平阳名胜多处留有他的墨迹，均被一一铲去。这“爱山亭”三字以及对联尚得保存，只是作者的名字遭铲。

同行的平阳县旅游局负责人得知此事，当即表示恢复历史原貌，在爱山亭重署杨悌大名。我和内子当即深表感谢。

我在雨中拍摄了这南雁上山第一亭的照片，拍摄了“爱山亭”三字。我不由得记起欧洲的一句格言：“笔写下来的，斧头是砍不掉的！”

大约因为有了“爱山亭”这一亲缘，使我对南雁有了更多的亲切感。

从“爱山亭”漫步上西山——狮子山。确实，山上的石阶路宽敞而又平稳，不滑不陡。在急转弯处，设有青石栏杆，栏杆顶部刻着莲花，没有一朵的样子是重复的。

雨时大时小，如黄豆，若疾箭，似细针，像牛毛。大时雨滴砰砰敲打着雨伞，小时飘飘洒洒满天飞舞。雨中游客稀少，除了溪水奔腾之声外，万籁俱寂，可以非常专注地观山赏景。

一顶顶花伞，鱼贯于万绿丛中，给雨中南雁增添了艳丽的色彩与盎然的生机。

山道弯弯，步移景迁，一步一景，回味无穷。

往前看，一条水湿的石径淹没在葱葱绿树丛中；往侧看，对面的蒲尖山在雨中罩上一层袅袅薄雾；往下看，雨水泄入小溪，一路横冲直撞，白浪翻滚，水声潺潺。山间的空气本来就很新鲜，经过雨帘细细淋洗，益发清新可人。

南雁的特色在于洞。三个巨大的山洞，成了“儒、释、道”三教荟萃所在。

在狮子山腰，仙姑洞里别有洞天，神龛里供奉着道教天尊。下了西山上东山，始建于北宋的“会文书院”矗立于东洞之中，成为历代名儒讲学之处。东山高处的观音洞，慈云古刹依洞而建，释迦牟尼安坐于大雄宝殿正中。这样的三教并立于同一景区之中，各敲各的鼓，各念各的经，兼蓄共存，并不多见。

雨中进洞，收起雨伞，目击香火缭绕，耳闻锣钹齐鸣，不由得令人肃然起敬。

南雁这种“两山夹一溪”、“三洞立三教”的格局，比起北雁来，显得紧凑而精致。

在会文书院中餐毕，雨住了。下山时轻轻松松，这倒不是因为不必打伞了，却是乘上了缆车。我与内子共乘一车，越过悬崖，翻过竹林，飞过雁溪，一转眼就到了山下。

回眸南雁，回眸爱山亭，吾爱此山，情系此亭。

不识故乡路

“少小离家老大回，乡音无改鬓毛衰。儿童相见不相识，笑问客从何处来？”

唐朝诗人贺知章的这一名诗，是从“客观镜头”的角度写的。我这一次回故乡，以“主观镜头”看故乡，大有“故乡相见不相识，要问路从何处走”的感慨。

我的故乡温州，原本只是一座普通的海滨之城。然而，市场经济大潮中，随着“温州模式”在新闻传媒中的广泛传播，温州在全国的知名度大

温州新貌

大提高。温州已成为全国“先富起来”的城市。

我并非“少小离家老大回”，7年前，我曾回过故乡，为温州写过一篇报告文学《中国改革的试验区》，被《新华文摘》全文转载。

那时，正是“温州模式”初兴之时，全国各地前往温州“取经”的代表团纷至沓来，以至国务院不得不发文各地，要求严格控制前往温州参观学习的人数。

那时，温州虽然说到处可见小商品市场，经济繁荣，可是城市面貌依旧，只在望江路出现一幢高楼，如此而已。

短短七年间，温州变得“面目全非”！

从上海到温州，向来是坐轮船或者长途汽车，要花十七八个小时，这一次我却能乘飞机回去，只用了50分钟！虽说每日两班以至三班飞机，但机票仍显得紧张，因为温州人忙于做生意，“时间就是金钱”，乘飞机者比比皆是。

飞机在瓯江口降落，离市区有几十公里。进城途中，我见到一大片新楼。我问弟弟，才知那里是龙湾经济开发区——那里几年前还是一片田野。一座用混凝土浇成的三足鼎立的纪念碑，据告是这一开发区的标志。那三足，象征着国营、集体、个体三种经济。

我住在妹妹家，她刚刚迁入小南门的迎祥大楼。这是一座新盖的八层大楼，下面两层是商场，第三层上有花园式的平台。这样的大楼，在往日的温州是没有的。妹妹家在五楼。我从窗口眺望，新楼拔地而起。毗邻的温州大厦，颇有气派。

对于小南门一带，我原本是很熟悉的。可是，我一出门，居然不认识路了！因为这一带“鸟枪换炮”了，一幢幢新楼，一条条新路。

满街跑着的“的士”，跟上海的不同。那出租车比“夏利”还小，叫“菲亚特”。我一招手，就有一辆“菲亚特”停了下来。进车时，要翻起前面的座椅，我不得不缩着脑袋，才钻了进去。一车最多只能坐三位乘客。据说，温州有上千辆这样的“菲亚特”。

我很快就发现，温州选用这种微型车作为出租车，显示了温州人的精明。因为温州路窄车多，“菲亚特”车小灵活，可以在小巷中“钻”行；何况温州城小，“菲亚特”车费低廉，反正一上车，交6元钱就行了。实在远的，再加一二元。所以，“菲亚特”生意红火。上海的“桑塔纳”出租车，起步价便是14.6元，这样的车在温州“吃不开”，就连“夏利”在温州也无法跟“菲亚特”竞争。

坐了几回“菲亚特”之后，我倒是宁愿坐三轮车。温州的三轮车也很多，车价和“菲亚特”差不多。不过，坐三轮车可以细细地观看四周，便于认路，何况要比“菲亚特”凉快——“菲亚特”是没有空调的。

街上，摩托车极多。不光是小伙子骑摩托已成时尚，小姐们骑摩托也是一种时髦。

初来温州，我便闹了笑话。我和妻去看望她的大哥。大哥家在水心——在我的印象中，那里本是郊区农村，如今已是一片新楼。大哥说，妙果寺的服装市场不可不去。于是陪着我们走了好久，到了那里。过了几天，我在妹妹家附近散步，忽然发现妙果寺就在咫尺之遥，根本用不着内兄走远路陪我们去！

到了市中心，我能认识路了。那里正在着手改建。市中心的一条热闹的大街——府前街，居然整条街拆掉，以求拓宽，成为交通干道。这样的改建，显示了温州人的大气魄。

整个温州，沉浸在浓浓的商业气氛之中。给我的印象是三步之内必有一家服装店，五步之内则必有一家饮食摊。温州的服装，满目琳琅，如春日百花，令人目不暇接。论样式，比上海新潮；论价格，比上海便宜。向来，上海的服装为温州人所垂青，往日我回故乡总是买上海服装馈赠亲友。这一回，我们也送上海服装给内兄。他笑道：“如今不比往日了。你这回成了往农民家中送米！”内嫂反而找出几件新式的衣服送给我的妻子。妻很感叹地说：“以后回温州，不买上海服装送亲友了。”

温州外滩夜景

温州的专业商场颇有特色。比如，那妙果寺服装商场，就专买服装，云集了数百家服装店，光是走马看花跑一圈，也得个把小时。这么多服装店集中在一起，花样品种繁多，便于顾客挑选。在那里，我见到门口停着一溜外省牌照的车子，显然是外地客商前来采购。在问价时，店主总是反问："批发吗？"很多人拎着"蛇皮袋"，拖着行李车，穿行于服装店之间，不言而喻，他们是批发商，一买就是几十件。我和妻只是随便看看，却在"挡不住的诱惑"面前，妻买了好几件衣裙，我也买了四件短袖衫，还买了一些打算回上海送朋友。这下子，完全颠倒过来了——从温州买衣服送上海人！

在小南门附近，以及在环城东路，我还见到"鞋市"。一进去，如同置身于鞋子的海洋。各式各样的鞋子，应有尽有。我喜欢白色的皮鞋，有一间鞋店居然清一色全是白色鞋。在那里，我一下子就买了三双白皮鞋。妻也买了一双白皮鞋，另外还买了一双漂亮的金色拖鞋。

在这样的专业市场，全是"同行"在一起。常言道："同行如冤家。"可是，我发现，温州的专业市场里，同行颇为友好。比如，我买衣服，嫌颜色深了点，或者说太小了点，店主会说，你到那边看看，也许你会喜欢。

入夜，温州的街上车灯如潮。尤其是摩托车，仿佛比白天更多。夜深，店铺关门之后，人行道上搭起了帐篷。在彩色的篷布下，热气腾腾的小吃上市了。我注意到，几乎家家生意兴隆。

我也来到市中心的旧居。我的童年，是在铁井栏一幢三层楼房里度过的。那时，该算是温州很气派的楼房，可是，如今跟那些新大楼相比，显得寒碜。我来到初中母校温州四中，只认得门口的八角亭仍是原样，整个校舍全是新建的了，我已很难寻觅记忆中的踪影。

温州在大变。随处可见的是脚手架。如果说，7年前“温州模式”热热闹闹，还只是忙于积累资金，如今这些资金已经化为一幢幢高楼大厦。

难怪，我不识故乡路了……

“质量兴市”

身处新时期，新观念层出不穷，听到的新词儿也格外的多。这回，从上海飞到故乡温州，便听到一个新词儿，叫做“质量兴市”。

产品的质量，关系到工厂的声誉，倘若叫“质量兴厂”，那就算不上新词儿，而是“老生常谈”。“质量兴市”，倒是颇为新鲜的。

对于温州来说，质量成了这座海滨之城能否兴旺发达的关键。

在20世纪80年代，温州是够红火的。“温州模式”名声响遍大江南北。前往温州取经者络绎不绝，使温州市政府招架不住，以致国务院不得不专门发了一个通知，对于到温州学习参观的人数加以限制。

确实，温州既不是经济特区，又不是一个有着雄厚工业基础的城市，只是一座普通的中等城市而已。在商品经济的大潮中，温州的名声大噪，知名度远远超过同等大小的城市。

善于经商的温州人凭借着自己的力量，以家庭的单位，生产小商品，把小商品推向全国，居然大大地富有起来。全国每五颗纽扣有一颗是温州生产的。各大学的校徽大部分来自温州，就连美国军队的肩章、帽徽，不少是由温州生产的。在海外，人们称温州人为“中国的犹太人”。温州人特别能够吃苦耐劳，又有灵活的脑筋，所以很会做生意。

然而，前些年，温州从高峰跌入低谷，温州货曾一度声名狼藉。温州皮鞋被称之为“晨昏鞋”，也就是一双新皮鞋早晨才穿，到了黄昏就破了。杭州市技术质量监督局把几万双质量低劣的温州皮鞋堆积在武林广场，用一把火烧了！

这把火震动了杭州，震动了温州，震动了浙江。

据上海黄浦区工商局负责人告诉笔者，当时上海南京路拒绝销售温州货，原因是温州货假冒伪劣太多!

不光是上海对温州货亮起黄牌。有一回，我和妻在北京商店买东西，彼此用温州话商量着。营业员发现我们是温州人，便说道："你们是温州人吧，回去告诉你们的市长，温州货太糟糕!"

"温州模式"，受到了严峻的考验。

温州市政府明白，质量不仅是一家工厂的生命线，而且是一座城市的生命线。假冒伪劣，虽然只是温州部分工厂所为，或者说是家庭式小作坊所为，但在外地造成的影响却是"温州货假冒伪劣太多"。这"温州货"的概念，不再是指哪一家工厂，不再指哪一个家庭，而是涉及整个温州市。

诚如常言所云:"一粒老鼠屎，坏了一锅粥。"一部分温州工厂、温州家庭所生产的假冒伪劣产品这些"老鼠屎"，坏了"温州模式"整锅粥。

温州人从黄牌警告中吸取了深刻的教训。于是，"质量兴市"这一新的观念，也就在这种情况下提了出来，逐渐成为全市人民的共识。温州开始第二次创业，第二次飞跃——"质量兴市"。

经过狠抓质量，温州货的声誉开始回升，黄牌取消。原本下令把温州货逐出南京路的上海黄浦区工商局负责人，把温州企业家"请"进黄浦区，开办了规模宏大的温州商城，成为温州货进军上海的大本营。

温州的皮鞋以质高价廉在市场上重新赢得了良好的声誉。温州生产的打火机、皮包、皮夹克、服装，也因为重视质量，受到欢迎。

这次回到温州，我发现温州产品的专业化程度越来越高。

在温州地区平阳县的萧江镇，我见到那里到处在生产聚丙烯编织袋。那里被称为"中国编织袋城"。这种袋用来代替麻袋，包装化肥、大米、玉米、白糖等等，是一种用量甚大的包装袋。小小的萧江镇，竟成了中国的这种包装袋生产中心，产量占全国的三分之一以上!

在平阳的水头镇，我见到皮革加工厂鳞次栉比，成了一座"皮革镇"。这里生产的皮夹克、皮包、皮箱，不仅畅销全国，而且出口美国。中国的几位"皮王"，都出在这座小镇上。

这样高度的专业化生产，形成一整套专业化的生产经验，也就使产品的质量有很大的提高。

温州由于原先的工业基础很差，只能以生产小商品起家。如今，温州除了仍生产各种在全国占优势的小商品外，而且已经开始生产大件产品。温州生产的“月兔牌”空调，由于重视质量，已经“挤”入全国的名牌行列。

20世纪80年代，我在温州乐清采访，见到那里舶着整船的旧电机。由于我是温州人，用温州话问清了“底细”——那里以廉价购进上海工厂换下来的旧电机，重新油漆，作为“新产品”出售。这些电机，是道地的劣货。如今，这些劣货已不见踪影。那里电器工厂林立，产品质量上乘，在全国打开了销路。乐清柳市已经有33家企业，持有机电部颁发的低压电器生产许可证。一个柳市镇这么多企业持有部颁许可证，这在全国是很少见的。

温州已经走出假冒伪劣的阴影。质量兴厂，质量兴市，质量兴国，是一条金光大道。质量第一的意识，是永远不可稍懈的。

“教育兴市”

步入一幢童话般色彩鲜艳的大楼，便听见欢乐的琴声、歌声和孩子们游戏的笑声。

这是一所新建的幼儿园。园长是一位俊俏的姑娘，穿着一身墨绿色新潮的时装，陪同我参观。

一进门，便见到贴着幼儿一周的菜谱，每餐都翻花样，而且标明着每餐的“卡路里”多少以及维生素、蛋白质、脂肪的摄入量多少。

令我惊诧的是，幼儿园设有电脑控制室。园长只消往那里一坐，面前的一大排电视屏幕，把大班、中班、小班以及电子琴室、舞蹈室等活动场所的情况，一清二楚显示出来。

在这所幼儿园里，还设有游泳池。游泳池的入口处是一个巨大的西瓜形绿色小屋，富有童趣。孩子们在浅浅的铺着彩色瓷砖的游泳池里，尽情戏水，从小学习游泳。

这样设施先进的幼儿园，在上海都不多见，然而这所“小童洲幼儿园”却设在温州远郊的敖江镇。

更令人惊异的是，这所新建的幼儿园是私立的，“老板”就是那位幼儿园园长和她的丈夫。

这对小夫妻都不满30岁。据告，园长原先当过幼儿园教师。她和丈夫卖掉自己家中的房子，拿出所有资产，再加上集资，建造起这所幼儿园。建造工作由丈夫主持。落成后，主持幼儿园业务的则是她。这所新颖的幼儿园，尽管收费高了些，但是在经济发达的敖江镇，还是有许许多多家长把自己的孩子送到了这里。因为家长们意识到要让孩子受到良好的教育，第一步就是进入一家优秀的幼儿园。

为了进一步提高教学水平，她正准备自费前往美国考察那里的幼儿园呢!

这所"小童洲幼儿园"，是温州教育新貌的缩影。

我回到故乡温州，从幼儿园到大学，访问了10多所学校。温州正处于大建设之中，到处可见脚手架，整座城市仿佛是个大工地。我回到故乡后的第一件事，就是赶紧买一张温州地图。虽然我从小在温州长大，但是如今温州已经变得面目全非。在新屋林立的温州，最漂亮的房子往往是学校。特别是在温州平阳，我见到几乎每一所学校都在建新楼。

我问他们，资金从哪里来？答曰："政府出一点，银行贷一点，集资集一点。"这三个"一点"，就解决了资金来源问题。家长们富了，深知下一代受教育的重要，所以都乐于为学校奉献资金。

在学校的雪白的走廊上，我见到高挂爱因斯坦、居里夫人、华罗庚、李四光、邓稼先等著名科学家的画像，表明了孩子们对于知识的渴求。在平阳水头镇第一中心小学，孩子们最崇敬的人，是著名数学家苏步青，因为那里是苏步青的母校。当年，苏步青家中并不富裕，父母省吃俭用，从远处的小山村里把苏步青送入水头小学求学。如今，人们的生活水平比过去大为提高，更加注重下一代的培养。

有一次访问一所中学，结束时正值中午。我从校门出来时，见到校门外的一条街，两侧的餐馆一家挨着一家，里面挤满穿着校服的中学生。我很奇怪，学校里有食堂，为什么学生们到外面餐馆来吃饭呢？据告，是因为学生们家庭的经济条件好了，家里给的零用钱多了，也就不愿在学校食堂里吃饭了。

还有一件事，给我留下难忘的印象——那是在我离开平阳县前往温州市时，县里给我派了一辆车。一路上，要开近两个小时，我便跟司机聊了起来。令我吃惊的是，他告诉我，他原本是一所公立小学的校长!为什么不当校长，去当司机？那是因为在他看来，小学校长的收入，远不如司机。他有两个儿子要上大学。他说，他是教师，深知让儿子受高等教育的重要性。他不会做生意，为了供养儿子上大学，宁愿改行当司机!

除了公立的学校之外，温州这几年兴办了许多私立学校。私立学校全

靠社会集资，不花国家一分钱。当然，私立学校的学费远比公立学校贵，但是那些“先富起来”的家长，还是非常乐意把自己孩子送入私立学校读书。比如，私立的外语学校、艺术学校，校舍很气派，教学质量也不错，培养外语、艺术人才，在温州颇受欢迎。

尽管家长希望孩子能够受到高等教育，但是富裕家庭的弟子也有不少缺乏学习自觉性，成绩不如人意，高考也就名落孙山。为了使这些孩子能够跨进大学校门，温州的两个县和上海华东师大合作，在华东师大专门开办了自费班，招收温州自费生。我来到华东师范大学，在其中的两幢楼里，到处听见温州话——温州自费生集中住在那里。他们在华东师大有的学习两年，有的学习四年。毕业后不包分配。其实，绝大部分自费生毕业后都回到温州工作。有的继承父母开创的产业，成为受过高等教育的新一代企业家。

常言道:“富不过三代。”温州人说:“没有文化，只能富一代。有了文化，代代富裕。”富起来的温州人深知教育的重要性，所以充分重视教育，称之为“教育兴家，教育兴市”。

温州有了“铁老大”

来来去去，不知到温州去过多少回。温州是我的故乡，所以一回回去温州。然而，今年春节，我却是头一回乘火车从上海前往温州。

温州坐落在东海之滨，原本没有铁路。随着温州经济的迅猛发展，直至1998年才终于建成了金温铁路——金华至温州。从此，温州有了火车站。

记得，在1957年，我考上北京大学，从温州前往北京。那时，唯一的通道是从温州坐长途汽车，前往金华，然后从金华乘火车到北京。

那时候，温州的长途汽车是烧煤的。汽车“背”着一个炉子。在炉子里，煤变成煤气，煤气开动汽车。这种“老爷车”，常在半途出事，开不动。乘客们只得下车，看着司机用手摇杆摇着，好久好久才听见发动机一声轰鸣，大家欢呼着上车……从温州到金华，要开十几个小时。

本来，从温州是可以坐海轮到上海的。只是由于当年海峡两岸剑拔弩张，海路不安全，也就不通海轮。

到了1960年，我从北京回温州，可以从上海乘海轮了。虽说要花一昼夜时间才能到达，但是毕竟比乘那种“老爷车”好多了。

我从北京大学毕业之后，分配到上海工作。从上海回老家，来来去去，我都乘坐海轮。虽然海轮慢吞吞的，好在那时并不太讲究效率。

在改革开放的年月，温州大变，经济起飞，温州商人足迹遍华夏，“温州模式”名震全国。在“时间就是金钱”的年代，落后的温州交通，显然无法适应经济的腾飞。

进入20世纪90年代，温州建成了机场。我头一回乘飞机回温州，仿佛尚未在座位上坐稳，飞机就开始下降了——整个航程只不过45分钟。比起海轮20多小时的漫长航行，飞机的快捷给我一种“痛快感”。

温州是一座“小型的中等城市”——在中等都市中偏小，在小城市中偏大。尽管如此，温州的航线伸向全国各个角落。大抵由于温州人的消费水准高，温州的机票票价，也比同等距离的其他航班要贵。尽管如此，温州航班的上座率相当高。特别在春节期间，温州机票爆满，要早早预订，才能买到机票。

唯一例外的是：1999年2月24日，也就是已卯年正月初九，下午4时，一架从成都飞往温州的西南航空公司“图-154”班机，在离温州机场只有20公里处机毁人亡，机上61人全部遇难……不幸的消息震撼着温州。顿时，退飞机票者众多。温州人固然珍惜时间，但是更珍惜生命。

温州有了汽车、轮船、飞机，唯缺火车。温州人早就筹划着要建铁路。但是，谈何容易。因为温州与金华之间多山，众多的隧道使建造成本陡增。后来，争得香港南怀瑾先生投资，金温铁路才得以破土动工。

在1998年夏日，金温铁路终于竣工。从此，温州结束了没有火车的历史。

“铁老大”给温州人带来了莫大的方便。就拿上海到温州来说，火车“夕发朝至”，即晚上9时上车，翌日清早8时便到达温州。也就是说，在火车上睡一觉，醒来就到温州了。

“铁老大”一出现，便深受温州人的欢迎，对长途汽车、轮船、飞机都构成莫大的“威胁”：

从上海坐长途汽车去温州，一路风尘，颠颠簸簸，乘车时间比火车长，而且没有火车舒适；

坐轮船虽说舒适（当然除了台风季节之外），但是路上的时间比火车整整长一倍！自从金温铁路开通之后，向来生意红火的温州海轮一下子变得冷落，几乎处于被迫停航的状态；

比起飞机来，“夕发朝至”的火车除去睡觉时间之后，跟乘飞机花费的

温州街景

时间差不多，但是火车票远比飞机票便宜：上海至温州火车硬卧只160元，而机票要520元，如果再加上机场建设费、航空保险费，还有“的士费”（机场比火车站远得多），乘一趟飞机的花费相当于乘四趟火车。

我是在正月初三从上海乘火车前往温州。原本以为卧铺车厢一定空荡荡的，因为人们很少在这个时候出门。谁知一踏进车厢，人头攒动，无一虚席！

新铺、新桌、新地毯，崭新的车厢使人为之一爽。据说，北京开往温州的车厢更好——把国际列车的车厢调来了。尽管票价贵一些，温州人乐于享受。

上车后不久，我就睡着了。一觉醒来，已经到了丽水。这时，再过青田站，就到达温州了。从车窗望出去，山峦起伏，清澈的瓯江在静静流淌。火车不时钻进山洞。每逢拐弯的时候，看见红白两色的长长的列车在铁轨上飞奔，脑际不由得浮现20世纪50年代乘坐那种“老爷车”的艰难情景……

温州火车站非常气派，看上去不比上海新火车站逊色。我刚下火车，便有身穿黄马甲的搬运工帮我运行李。我问运费多少，他转过身来给我看，原来背心背面印着红字“每件三元”。一路上，我用温州话跟他聊天，他却听不懂。他说，他是从安徽来的“打工仔”……

温州火车站离市区不远，“打的”不过十几元就到了。据说，由于火车站的建成，使那一带的房价猛涨。

故乡的温馨

自从考上大学，离开故乡温州，我就从未在老家过春节。己卯正月初三，我却和妻一起从上海赶往温州，为的是给母亲庆贺90大寿——她的生日是正月初五。

往日，我常跟母亲开玩笑说：“你的生日没‘选’好。正月里本来就‘油水’多，在这时候过生日，什么好东西都吃不下。”母亲则笑道：“‘生’不由己嘛！”

这一回，母亲90大寿，却充分显示了她的生日的“优越性”：正值大家休假，亲友们都有空，也就从四面八方赶来，为她庆寿。我的哥哥、嫂嫂、姐姐、姐夫都在外地工作，这一回都来到温州。就连在深圳的外甥，也赶来了。所以，母亲90大寿，成了全家从未有过的大团圆的日子。

母亲原本在上海我家生活了10多年。十年前，我在上海为她庆贺八十大寿，全家的合影上了《人民画报》，母亲非常高兴。

母亲身体向来不错，却突然飞来横祸——那是在1993年9月11日清早，母亲已经起床，正坐在沙发上，忽然站不起来，说双腿麻木。接着，又说头昏。我一看不对头，和妻决定马上送她到医院。我背着母亲下楼，妻拦了一辆“的士”。几分钟之后，便到了附近一家医院。在急诊室经过大夫检查，说是“中风”！

我和妻都感到奇怪，因为母亲从无高血压，怎么会中风呢？大夫说，老年人脑血管硬化，即使没有高血压症，也会血管破裂，造成中风。

经过CT检查，果真是脑溢血。当晚，我的表哥前来看望，母亲不认人，问她床前站的是谁，她不知道，表明她已经神志不清。医院开出了病危通知。我从家中拿来躺椅，那天夜里，一直守候在她的病床边。

翌日清早，母亲睁开了眼睛，问我怎么会在这里？我明白，她已经清醒了。

大夫说，脑溢血很危险，迟一步的话就会大出血，难以挽回，幸亏你们及时送来……经过大夫们的精心治疗，妹妹、姐姐、嫂嫂先后赶到上海照料，终于使母亲迈过了“八十四”这个坎儿。

此后母亲完全恢复正常，不仅能够自己上下楼，而且能够外出散步。大病之后，毕竟想叶落归根，她回到了温州老家。我为她在温州买了房子，请了保姆。只是保姆为她穿衣的时候不慎摔了一跤，腿骨骨折，从此只能坐在轮椅上。

母亲早早就念叨着90大寿。其实，她是想借这一机会，把所有的子女都叫回身边，一起团聚。

90大寿那天，说定是在中午为母亲摆寿宴，而母亲在清早3时就喊醒保姆，说是要起床！保姆实在拗不过她，只得扶她起来，替她穿上一身红缎新衣。那是妻特地给她买的，缎子上织着一个个“寿”字。料子寄到温州之后，妹妹请裁缝为她做成“礼服”。

母亲穿好“礼服”，梳好头，在轮椅上坐等。原来，她以为自己腿脚不灵便，生怕误了时辰，所以早早穿戴整齐，坐着等候。

这时，她才发现，那缎的“礼服”太滑，以致她坐在轮椅上不断往下滑，不时要请人帮她往上拉一下。

母亲从清早好不容易盼到中午，身强力壮的妹夫和外甥把她连同轮椅一起抬上一辆二吨卡车——她的一条腿关节无法弯曲，不能坐轿车。当她来到维多利亚酒店，30位亲友为她庆贺。她一个个叫出亲友们的名字，记忆力很不错。亲友们一个个向她敬酒，她以笑容相对。一直到下午2时，寿宴结束，母亲才兴高采烈地依然乘坐那辆卡车回家……

温州人的风俗，颇有意思：寿宴毕，各家离去时，赠一条棉被。所以，我家事先准备了好多条棉被。原来，送棉被的含意是“送人温暖”。

此外，还给没有出席寿宴的左邻右舍们，各送几包方便面以及一个带寿字的蛋糕。生日送蛋糕，各地皆如此，这不难理解。干吗送方便面呢？原来，按照习俗，是应该送一碗热气腾腾的长寿面。如今加以“改进”，改送方便面，为的是图“方便”：一则是送煮好的面，很麻烦；二则是煮好的面得当场吃，而方便面可以放在那里，什么时候想吃，就什么时候吃。我开玩笑地说，这一“改进”，使方便面的生意大为兴隆。

回到温州，我便处于亲戚朋友的包围之中。我的童年朋友戈觉特的女儿结婚，请我出席婚礼。于是，那天中午为母亲庆寿之后，晚上又去参加婚宴。在婚宴上，又遇上诸多朋友。一位朋友对我说，自从大年三十以来，每天忙于应酬、宴请，已经近一星期没有吃过一粒米饭！温州在经济发达之后，宴请风气之盛，可见一斑。

虽然忙碌，我还是去了一趟温州新建的图书馆。馆长和几位朋友陪我参观，从底楼一直走到五楼。我见到许多读者在专心致志地看书，窗外的鞭炮声，声声未入耳……我仿佛在温州喧闹的商海中，见到了一片安静的绿洲，闻到了浓烈的文化气息。

温州不大。在温州街头，我遇上中学时的班主席。他马上拉住我，要我与老同学们一聚。如果不是我再三说明很快要离开温州，我又免不了要出席老同学们的宴会。

在温州住了3天，我赶紧回上海去。不然，在那里，我会陷入一连串应酬和宴会旋涡之中——虽说故乡的种种亲情给了我无限的温馨……

特殊的窗口

我踏上飞往温州的飞机，刚刚放好行李，忽闻一声温州话呼唤："叶永烈！"我循声望去，见似乎是从头等舱里一位中年男子发出这一呼唤，可是他却转过脸，没有看着我。我细细打量着他，那张脸虽说已明显发胖，却仍可辨别出当年的模样。我马上用温州话喊了声："老蔡！"

一听我的叫唤，那男子惊喜地回过头，跑了过来，紧握着手。我问："你还吹笛子吗？"他大笑："你还记得我吹笛子？"

他，我的高中老同学。多年未见，他看见我不敢贸然相认，所以他在喊了一声之后，赶紧转过了脸，以免陷于认错人的尴尬之中。

他，当年吹得一手好笛，曾迷醉于音乐之梦，以至他的儿子如今也进了上海音乐学院。可是，他却告诉我，他已经多年没有摸过笛子了。在温州的市场经济刚刚起步之际，他就敏锐地投入商海。他居然做起弹簧生意。他是个聪明人，生意当然做得不错，也就迅速进入了"先富起来"的阶层。最近，他买了温州一处很不错的商品房。

自从高中毕业分手后，他跟我曾在"文革"中见过一面。那次见面也很偶然。

我父亲在抄家时因抑郁而过世，我从上海赶往温州。那时我手头拮据，只能坐统舱。在轮船上，遇见过他。他也记起那次船上相会。他说，那天，我看到一个人在埋头读报，有点面熟，认出来是你！那时，你很瘦，跟上高中时变化不大，不像现在，"发福"啦。我说，你也"发福"，彼此彼此……

在飞机上跟老蔡的邂逅，使我沉浸在昔日“同学少年，风华正茂”的回忆之中。于是，来到温州之后，我去看望当年的班主席老孙。他在一所大学中文系当老师，一派为人师表的风度。他的妻子，也是我的老同学，能歌善舞，当年班上的文体委员。她也是教师。不过，她是特殊的教师，专教聋哑孩子。她在特殊教育方面曾是浙江省的姣姣者。不过，教师的收入在温州算是菲薄阶层。他们只得“变通”：老孙给那些考大学的孩子上课，每节课30多元；妻子已经退休，在家中开班，教孩子写作文，也算是有了一笔收入……即便如此，他们的生活，仍无法和“下海阶层”相比。

老孙富有组织能力。当年，我们班在他的领导之下，以苏联英雄奥列格命名，在全校颇有声誉。今日，虽说那“奥列格班”已经远逝37年，老孙俨然仍是班主席，仍是全班的联络中心。他提议老同学们趁我回乡一聚。于是，他四处打电话，翌晚十来位老同学便应召而至。每到一位，第一句话就是：“你还记得我是谁？”有的一眼就可认出，我脱口喊出了当年的绰号；有的端详了半天，才敢怯生生地说：“你是……”

哦，就像一支船队，当年一起离开港湾，驶向大海。在战风搏浪之中，各奔东西。老同学们聚会互诉这30多年的人生历程，我仿佛打开了一扇特殊的窗子见到了社会的缩影，仿佛在读一部多卷本小说《七彩人生》。

我见到另一位班主席，立即喊他“长人”。奇怪的是，当年个子很高的他，今日看来却跟我差不多。“长人”是骑着他的摩托车而来，手持“大哥大”。看得出，他的生意做得很顺手。他送给我的名片上，印着一家厨房用品公司总经理的头衔。这位当年篮球场上的健将，如今成了商海中的游泳能手。

老周也是当年的篮球好手。今日的他，还是那么清瘦，模样在30多年间几乎没有多大的变化。他给了我两张名片。一张是他的，印着某某房地产公司；另一张则是他儿子的，印着某某开关厂。我记得，当年他考上一所大学电机系。他说，自从“温州模式”名震全国，他也就设法调回温州，下海了。他现在一边做房地生意，一边也做电气产品生意。他告诉我，他的房地产公司只有8个人，在3年中盈利800多万元。最近，他的公司给每位职工分配一套“优惠房”作为奖励。

小徐在我的印象中是小个子，总是坐在课堂前排。他和我是全班年纪最小的两个。今日的他，看上去还是小个子。他考上一所大学水产系。他说，他原本就是吃“海洋饭”的，今日他仍在“海”中。他的气派不小，不久前买下一艘立陶宛4 500吨的散装货轮，正着手跑运输。那艘船在福州，他聘请了一套航海班子，前往福州洽淡，光是船长的工资，每月就得支付5 000元。那是一艘原苏联的军用船，钢板很厚，质量不错。他买了下来。现在先跑国内运输，将来跑韩国及东南亚。

很可惜，老娄没有来，他正在雁荡山开会，无法赶到。他在同济大学建筑系毕业。如今，温州大兴土木，进行旧城改造，成了他大显身手的大好时机。他担任温州市建设局局长。温州市的城市建设规划，皆由他运筹帷幄。同学们无不称他为建设温州的大功臣。

另一位老同学小陈，因为在郊县，路远不能赶来。当年他是二胡好手，跟老蔡一拉一吹。我那时学二胡、笛子，全然是受他们的感染。好在前些日子他曾到上海我家晤面。那天，他穿一身笔挺西装来访，为的是要我帮他在《新民晚报》上登一则他的商品广告。他不光在温州做生意，而且在上海包了店面……

看来，男同学们“八仙过海”，在商海中大都不错，“大腕”、“大款”者不乏其人。女同学们则几乎都是在“陆上”生活。有的是中医，有的是化验工程师，有的是教师，尽管温州商潮澎湃，她们浑身不湿。我注意到，她们在聚会时，彼此在“比”谁先当奶奶或者外婆……

老同学们也都说起当年的我，是个“瘦瘦的、不声不响的人”。我说，我迄今仍是“陆地动物”，他们大笑不已。

“相见时难别亦难”。我不知再过10年、20年、30年，老同学们再相聚，又将是一幅怎样的人生画卷。不过，那画卷上所涂的，将是时代的油彩，这是毫无疑义的。

温州的打工仔

飞往上海的飞机还有半小时就要起飞，我正坐在成都双流机场上等候。这时，扩音器里传出成都飞往温州的班机要起飞的声音，我见到一大群温州人排着长队，操着那特殊的温州话，叽哩呱啦上飞机。他们的衣着，大都比当地人新潮。不少人手拎密码箱，不言而喻，其中很多是生意人。我很惊讶，会有那么多温州人在这大西南腹地……我此次回温州前10

天，在成都目击了这样的一幕。

温州人无处不在。我是个走南闯北的人，不论在北京西单商场，在青岛八大关，还是在大兴安岭深处的加格达奇，在海南椰树下，甚至在纽约唐人街，我都听到熟悉的乡音——温州话。就连上海我家附近，也有一家小店挂起了“温州发廊”的招牌。在改革开放的大潮中，温州人够开放的，天南地北无处不去，生意做遍天下。

这次我回故乡温州，却有新的发现：温州的“外路人”骤然增多。温州人称外地人为“外路人”。在温州街头，常闻“外路话”传入耳中。

其实，这也是温州开放的象征：大批的温州人外出经商，温州本身的劳动力变得匮乏，需要大批外来的打工仔、打工妹；再说，如今温州名震全国，仿佛成了一座“先富起来”的城市，“外路人”也就慕名涌来。

我听中共温州市委常委孙成琨说，现在温州地区究竟有多少外来的打工仔、打工妹，确切的数字不得而知，但是经抽样调查统计，可能在60万至90万之间。这是一支庞大的外来队伍，是建设温州的生力军。这些打工仔、打工妹，大都来自江西、四川等省农村或小城市。

温州阳光电子仪器公司总经理陈继远告诉我，他的公司里，几乎全是外来工。他安排外来工住公寓，条件不错。有些人初来时，连抽水马桶都不会用。很快地，他们习惯了城市生活，而且学会了电子操作。打工者也是实行每周44小时工作制。加班则另给加班工资。没有这些“外路人”，阳光电子公司就没有“阳光”了！

像阳光电子公司那样以“外路人”为主力的企业，在温州为数不少。特别是在建筑行业，外来工特别多。温州新盖的那么多大厦，外来工出了大力。

当然，外来人口的骤然增多，也给温州的治安带来麻烦。如今温州发生的案件中，十桩之中有七八桩是外来人口作案。这也难怪，在外来人口中，倘若千分之一的人偷盗，那就有六百至九百人！

朋友们来看我，有的是骑自行车来的，总要问自行车放在那里才安全。这是因为温州近来窃车风颇盛。

《温州日报》副总编孙宏杰说了个真实的笑话给我听：

《温州日报》因新盖楼，报社临时迁往某处办公，那里比较乱，报社工作人员的自行车常被盗窃。

于是，报社有人想出“钓鱼”之计。他们把一辆新车醒目地放在那里，在远处大楼了望，并用无线电话跟埋伏者联系。

果真，盗车者出现了。只是由于那无线电话出了故障，埋伏者未接指令，没有动手，眼睁睁看着新车被盗！吃一堑，长一智。他们修好了无线电话，又放好一辆新车作为诱饵。盗车者再度出现，自然，这一回落网了！一查，查出了一个窃车集团……

在外来人口中，毕竟良远远胜于莠。绝大多数外来的打工仔、打工妹，是勤奋、诚实的劳动者。

孙成琨对我说，在这些“外路人”中，前些日子曾涌现一个时代的英雄，在温州传为佳话。

那是在温州闹市，暴徒突然抢劫一位小姐的金项链，顿时秩序大乱。这时，一位打工仔挺身而出，与暴徒搏斗，不幸身亡。

这位打工仔来自浙江文成县，名叫胡绍秋。消息见报后，在社会上引起很大的震动。很多家企业争着要把胡绍秋的妻子招为职工，安排她的生活。胡绍秋的妻子是湖南人。温州正益大饭店总经理潘幼军告诉我，他们店抢先一步，聘用了胡绍秋的妻子，并为胡绍秋6岁的孩子提供生活费，一直到18岁成年。他们店还准备送胡绍秋的妻子去培训，使她掌握技艺，能够胜任饭店工作。

外来打工仔胡绍秋的见义勇为，温州各界对于见义勇为者的支持和赞助，表现出温州社会的浩然正气。这表明温州在经济上富起来，在精神文明建设上也卓有成就。

向来，辉光总是与阴影并存。打工仔胡绍秋熠熠生辉，光彩照人，使那些偷盗以至抢劫、杀人的阴霾渣滓为之颤抖。毕竟辉光灌目，照到哪里，就使阴霾化为乌有。

陌生的故乡

缓缓的江水，风帆，渔舟，岸柳，碧草，浸泡在淡淡的晨雾中，犹如一幅水墨画。在有节奏的车轮声中，昨晚9时上车之后，一夜酣睡。清早醒来，我第一眼便见到瓯江之滨充满诗意的美景。一边是山，一边是江。火车穿越一个个山洞。“夕发朝至”，早上6时45分，当一大片新楼出现在眼前，故乡温州就到了。

我和妻都是温州人。母亲在世的时候，我们每年好几回从上海来到温

温州街景

州探望。母亲过世之后，到温州的次数明显减少。这一回，温州市图书馆邀请我做讲座，吉林卫视闻讯借机跟踪拍摄题为《回家》的纪实节目，摄制组跟随我一路拍摄，一起去温州。下了火车，我和妻见到一辆辆浅绿色的出租车等候在站前广场，这些出租车全是新车，非常漂亮。记得，温州的出租车原本是红色的夏利，市区之内车费不论远近一律5元，因为当时温州城不大，5元足矣。随着温州城区急速扩大，如同树木的年轮一年扩大一圈，现在温州出租车的价格与上海相近，起步价也是10元。

最熟是故乡。然而，如今回到故乡，却有一种陌生感。温州话是地域性很强的方言，只在温州一带通用。乡音使我感到亲切。上了车，我用温州话跟司机说，要他开往公园路，那司机竟然听不懂！原来，他是陕西人，来到温州打工。此后，我在温州“打的”，发现很多司机是从安徽、苏北、四川等省来的外地人，我必须讲普通话。我在商店里买东西，也发觉不少营业员听不懂温州话。走访友人，向小区的门卫打听几号楼在哪里，也必须讲普通话。原来，大批的温州人前往全国各地、世界各地做生意，当老板，与此同时，大批外地人涌进温州打工。随着外地人在温州越来越多，温州幼儿园、小学里的外地孩子也越来越多，形成了温州本地的孩子不会讲温州话的局面——因为外地孩子一多，孩子间就用普通话交流，温州的孩子也就不说温州话了！另外，众多的温州人带着孩子到外地、外国做生意，他们的孩子也变成不会讲温州话。有人预言，再过几代，温州人将不会讲温州话！

每一次回温州，我总是喜欢住在公园路的温州大酒店。虽说如今在温州已经算不上第一流，而我却偏爱这家老店，因为这家旅馆坐落在温州老城区的中心，尽管老城区现在也建造了许多高楼，但是大体上还保持原先的格局。温州的新城区对于我来说，是完全陌生的地方。那里新楼林立，道路宽广，我却找不到故乡的感觉。

这一回我又去离温州大酒店只有一箭之遥的铁井栏。我回到温州，必定去那里走走，因为我从小在那里长大。我家所住的大楼，是当年温州最好的建筑物之一。然而，一年前我来到那里，大楼正在拆除，只剩下一道山墙犹在。当时，茫然的失落感涌上我的心头。这一次，《回家》摄制组希望拍摄我的出生地，随着我又来到那里。旧楼早已不见踪影，一幢20多层的高楼已经封顶，矗立在那里。当年我家的后门，正对一口大井，井的青石栏杆上镶着铁条，所以那条街便叫“铁井栏”。如今，那口古井作为文物得以保存。找到了这口井，也就找到当年我家的方位。我站在井边讲述老房子，回忆童年，被摄入了《回家》节目之中。

《回家》摄制组随着我来到当年就读的温州第九小学（今日的瓦市小学）。母校对于我来说，已经完全陌生，因为我记忆中的旧楼都荡然无存，如今是一座崭新的学校。温州经济起飞之后，实行“教育兴市”，所以各校都纷纷除旧布新。所幸校园里3棵百年大樟树华盖依然，得以精心保护，使我能够站在巨荫之下回忆小时候在那里下象棋的情形……

尽管温州大酒店供应免费自助早餐，我却喜欢前往不远处的“长人馄饨店”吃碗馄饨当早餐。记得儿时夜里听见门外响起竹棍敲竹筒的“笃、笃”声，便要奔出去开门，因为“长人馄饨”来了。“长人”个子高高，掮负着一副竹制馄饨担，一头是炉子，一头是馄饨和盆碗。只要招呼一声，“长人”便把竹制馄饨担放了下来，用木炭加旺炉火，俄倾就端上一碗香气四溢、热气腾腾的馄饨。今非昔比，如今“长人”的后代开设了“长人馄饨店”，店里挂着“名牌小吃”之类的黄铜铭牌，成为“温州特色小吃”，生意红火。虽说这家馄饨店对于我来说是陌生的，但是那皮薄如纸的馄饨，像一朵白菊花似地漂在撒了蛋丝、小葱、紫菜、麻油的汤里，那香、那鲜，依然是当年“长人馄饨”的原味。

江心屿是横亘于瓯江之中的小岛，双塔分立小岛东西，亭台楼阁星罗棋布，是温州首屈一指的名胜。我与妻前往江心屿，经过百里东路时，这是我所熟悉的老路名，而眼前的马路全然是陌生的。经过拓宽，马路比先前宽了两三倍，而两侧鳞次栉比的都是新楼。忽然在马路正中见到一棵枝繁叶茂的百年大榕树，似曾相识。一打听，使我记起儿时的印象：这里原本有一条河，石桥横跨河上，而大榕树的浓荫遮盖了整座石桥，桥上散坐着纳凉、下棋的人们。然而，如今小河、石桥已经无从寻觅，唯有浑身浓绿的大榕树依旧欣欣向荣，见证历史。

乘坐渡船前往江心屿时，瓯江两岸也已经是一副陌生面目。南岸，一幢又一幢30多层的高楼崛起于江边，形成“温州外滩”；北岸，原本是一片农田，今日居然也冒出一幢幢“亲水高楼”，变成“温州浦东”。登上江心屿，虽说双塔依旧，但是小岛的面积几乎扩大了一倍。乘坐环岛旅游小车，花了将近半小时才绕岛一周。在儿童乐园里，见到一只鹦鹉，只会讲一句普通话：“老板你好！”

“回家的感觉真好”。然而，温州已经成为我陌生的故乡。我的回乡之旅，充满矛盾的心态：既为未能尽兴怀旧而遗憾，更为故乡万象更新而欣慰。

重温童年的欢愉

很多人以为作家必定是“神童”，其实不然。我保存着从小学一年级到高中毕业的全部成绩报告单。在我的小学一年级成绩报告单上，盖着两个蓝色的“不及格”印章：“作文40分，读书40分。”那时候的“读书”，也就是今日的语文。

想不到，这些成绩报告单不仅成为我自己成长史的重要见证，而且还成为学校的重要档案。我每次从上海回故乡温州，在浓浓的怀旧之情驱使下，我总爱到那所度过6年小学时光的母校走一走，重温童年的欢愉。学校还在原址，不过除了两棵百年老樟树能够唤起我的记忆之外，一幢幢新楼和年轻的教师们对于我来说完全是陌生的。几年前，我见到30出头的杨校长，她知道我仍保存着半个世纪前的成绩报告单，非常高兴，因为连学校的档案室里都没有。我是在6岁时上小学的，那是1946年。从我的发黄的成绩报告单上，“考证”出当时小学的名字叫“永嘉县南市镇第一中心国民小学”，年轻的校长还是头一回听说这校名。当时温州叫永嘉县。温州在1949年5月解放。我的四年级下学期（1949年下半年）的成绩报告上，校名开始改称“温州市立第九小学”——从我的成绩报告单上居然可以“考证”出学校改名的历史。后来，由于学校位于瓦市殿巷，改为现名“温州瓦市小学”。

在成绩报告单上，还盖着当年校长、教导主任以及“级任”的图章。年轻的女校长不知道“级任”是什么，我解释说，就是现在的班主任。我的一年级的“级任”，叫范克荣。我很想见一见范老师。杨校长茫然，因为她从未听说学校里有这么一位男教师。我告诉她，范老师是一位能歌善舞的女教师，她哈哈大笑起来。

杨校长是一位有心人。在我走后，她跟党支部书记章老师查阅本校退休教师名单，没有见到范克荣的名字。问了许多老教师，也不知道范老师，有人甚至说可能早就过世了。很偶然，章老师在温州教育界的一次聚会上，从另一所学校的老师那里得知范老师还健在，欣喜万分。范老师在我的母校工作时间不长，后来调到别的小学而且退休多年，所以杨校长颇费周折才找到她。

金秋时节，我又一次从上海回到温州，终于见到了范老师。60年前，6岁的我刚刚迈进小学校门，一位年轻漂亮的女老师领着我来到底楼第一间教室。她便是范老师。她当时20岁，教“唱游”课（即音乐课），常常在礼堂里上课。她一边弹风琴，一边唱歌，我们全班则以她为中心围成一个圆圈，在琴声中唱着、跳着。上范老师的课是最愉快的，所以我一直记得这位生性活泼的老师。她留给我的形象是美丽的。

然而，如今出现在我的眼前的范老师的形象是“颠覆”性的，年已八旬的她明显地驼背，步履蹒跚。原本细挑个子，现在矮我一头。她还记得我这个调皮的学生。她说，“三岁看到老”这句话未必对，你当年作文、

作者在温州见到小学一年级班主任范克荣老师

作者在温州图书馆前

语文都不及格，后来却成了作家，所以对孩子要多给些鼓励。

她告诉我，她小时候，家附近是白累德医院，院长斯德福是英国医生，他的太太弹得一手好钢琴。她跟斯德福夫人学钢琴，18岁开始当小学音乐教师。就这样，当了一辈子的小学教师。退休之后，还教孩子们弹钢琴。她的女儿现在也是教师。

小学教育是人生的基石。我记得，教室外的走廊里，挂着一幅画，画着正在织网的蜘蛛，旁边写着“有恒为成功之本”。范老师告诉我，蜘蛛网织了破，破了织，蜘蛛很有恒心，要向蜘蛛学习。从此“有恒为成功之本”成为我的座右铭。

从我的成绩报告单上可以看出，作文、语文的成绩后来慢慢进步了，到了三年级下学期，“级任”的评语是“发表能力特长”。老师的眼光不错。到了五年级，我第一次向《浙南日报》（今《温州日报》）投稿，就得以发表，学校里轰动了，我也一下子从普通的少先队员升为大队宣传委员，从此对写作产生浓厚的兴趣，作文也就突飞猛进。

“世界徽章大王”

在温州苍南县，有一家农民办的徽章厂，叫金乡徽章厂。笔者在这家厂里，见到了这样一枚纪念章：上方刻着中国国宝大熊猫和美国国鸟白头鹰，下方刻着“中美友好万万年”。这纪念章工艺精湛，线条清晰，色彩艳丽，细巧喜人。

接受纽约的这一定货，对于金乡徽章厂来说，早已是司空见惯的了。从1991年起，美国军队的军徽、肩章、领花，全都由这家工厂生产。就连美国50个州以及一个特区警察局的所有警徽和警花，也都是这里生产的！这家工厂每月要向美国提供5万枚军徽、肩章、领花、警徽和警花。

甚至连联合国维和部队、英国军界和警界，也是这里的大客户！

这家农民办的工厂，在国外名气已经很大，号称“世界徽章大王”。纽约商界正是冲着这名气来订货的。也就是说，慕名而来！

美国拥有许多徽章厂，中国也拥有许多徽章厂。就拿上海来说，上海徽章厂的历史悠久，规模也不小。为什么一家中国农民办的工厂，会名扬海内外，成为“世界徽章大王”？

我来到离龙港镇不远的金乡徽章厂。大门口，一个大理石碑上，刻着一行金字：“1986年5月14日，中共中央政治局常委李瑞环前来视察我厂。”对于这家农民办的工厂来说，能够接受中共中央政治局常委的视察，深感荣幸。

在挂着董事长牌子的办公室，在宽敞的“老板桌”前，我采访了董事长兼厂长陈加枢。

37岁的陈加枢，曾在部队里当过8年兵。1980年，他复员回到老家。那时，金乡无金，十分贫困。当时，金乡有的农民在生产纪念章，这种纪念章是用塑料或者铝片做的，只是用夹子夹一下，再涂上点油漆，非常粗糙。陈加枢也学着做这种最初级的纪念章。

陈加枢毕竟在部队里受过锻炼，见识广，有政治头脑。他做周恩来总理纪念章、十大元帅纪念章，一下子十分畅销。

很快地，陈加枢发现，家庭作坊式的小生产，无法满足市场大批量的需求。于是，他与四位好友一起凑足资金，办起了金乡徽章厂。

紧接着，他抓住了两个机会：一是恢复高考制度以后，各大学需要大量的校徽，他与各大学联系，大量生产校徽；二是听说要为刘少奇平反，马上生产了大量的刘少奇纪念章。

金乡徽章厂一下子就“发”起来了。但是，很多同乡模仿陈加枢，也生产校徽和刘少奇纪念章。同行抢走了陈加枢的生意，差一点挤垮了金乡徽章厂。金乡徽章厂的五个股东，有三个打退堂鼓。

在这关键的时刻，陈加枢意识到要在同行竞争中取胜，必需在质量上超过别人。他采取两项重要措施：一是请来上海徽章厂的两名师傅作技术顾问；二是买来生产徽章的机器，从此不再用人工敲打生产徽章。这样，金乡徽章厂不再是生产塑料、铝片纪念章的小作坊，而是能够生产合金、景泰蓝以至镀金徽章。

于是，金乡徽章厂小有名气。1986年5月14日，中共中央政治局常委李瑞环前来视察，给了这家初露头角的小厂，以极大的鼓舞。

徽章虽小，却极精细：雕刻精细，每一条纹，每一细点，都必须清晰；颜料的涂布必须均匀，一般要用七八种颜色，多的达十几种颜色。金乡徽章厂做出了同行们达不到的质量水平。

1990年，金乡徽章厂一炮打响：独家生产60万枚亚运会纪念章！

从此，金乡徽章厂名声大震。金乡徽章厂更加注重工艺的改进，以求不断提高产品质量。

这时，一个偶然的机遇，使金乡徽章厂打开了通向海外的大门：陈加枢结识了美国军需品公司格林公司董事长巴力•丁•斯坦先生。巴力看到陈加枢带去的徽章样品，极为欣赏，于是前往金乡徽章厂进行实地考察。巴力对这家中国农民办的工厂投了信任票。原本美国打算在日本和中国台湾生产军徽，而且已经签订了协议。由于金乡徽章厂的价格比日本和台湾低得多，而且质量上乘，所以巴力先生决定撤除已经签订的协议，把大批订单送到了陈加枢手中。

从此，金乡徽章厂名震海外。法国、阿根廷、老挝等等国家，都向金乡徽章厂订货。连奥运会的会徽、世界杯足球赛纪念章等等，也由金乡徽章厂生产。

名声，其实就是一种无形资产。金乡徽章厂的巨大名声，引起了中国人民解放军总后勤部的注意。总后勤部装备研究所派人前来金乡徽章厂考察，认定这里生产的徽章确实是第一流的。于是，把一项极为重要的任务，交给了金乡徽章厂：中国人民解放军陆海空三军跨世纪改装所用的服饰系列，由金乡徽章厂生产。

这些服饰，包括三军帽徽、领花、肩章、胸章。经过近三年的反复改样设计，终于赢得了中国人民解放军三总部、八大军区的认可，赢得了中共中央总书记、中央军委主席江泽民的认可。中国人民解放军总后勤部派出专人，前来金乡徽章厂“封样”。“封样”，是徽章行业的行话。所谓“封样”，其实也就是定稿。在跨进21世纪的时候，中国人民解放军三军所佩的帽徽、领花、肩章、胸章，全部是由金乡徽章厂生产的。

除了中国人民解放军三军之外，中国人民武装警察部队全体官兵换装更饰，全国检察院系统换装更饰，这些新“饰”也都由金乡徽章厂生产。

在1997年7月1日，香港回归祖国，是举世瞩目的大事。中国人民解放军驻香港部队所佩一系列新服饰，同样是由金乡徽章厂生产的。

在金乡徽章厂的产品陈列室参观，我见到金乡徽章厂所生产的各种纪念币，各个航空公司赠给旅客的精美钥匙圈，各种工艺品，各种吊牌，琳琅满目，美不胜收。

金乡徽章厂，这家农民股份制企业，已经成为全国首屈一指的徽章生产的大型企业；陈加枢，这个农民出身的企业家，已经成为名副其实的“徽章大王”。

目击中国首富村

一场秋雨一场寒。深秋时节，潇潇雨歇，我来到长江之滨的张家港。尽管天空一片灰蒙蒙，然而这座在短短几年内崛起的新城却春意盎然。讲座之余，有半天空隙，热情的主人安排我参观张家港，然而一听说华西村离张家港只有20分钟车程，我便放弃了所有张家港的参观项目，直奔那里采访。

华西村有着 “中国首富村”、“天下第一村”的美誉，我曾经多次从电视上见到这里的村民住别墅的报道，当然很希望亲眼目睹这个中国最富的农村。车出张家港，不久就进入江阴地界。江阴跟张家港一样，也是个县级市。一路上，公路宽而直。忽然，在公路左侧出现巨字横幅：“华西村人民欢迎您！”不言而喻，朝左转弯，就可以到华西村。不过，转弯之后，从路标得知，离华西村还有3公里。这3公里的水泥公路，同样宽而直，是华西村自己修建的。

远远的，我就见到一座高高的建筑，是塔不像塔，因为比普通的塔要高大得多；是楼不像楼，因为楼顶像塔尖，竖立着金色的葫芦。准确地说，叫做“塔形楼”或者“塔状楼”。这座下大上小、四方形、十七层、每层都有飞檐的古怪建筑，华西人称之为“金塔”。 在没有高楼的华西村，这金塔显得非常醒目，成为地标性建筑。

车近金塔，见到塔上挂着“中国华西”金字横匾。省略了省，也省略了市，“中国”之下便是“华西”，足见“天下第一村”的口气之大。

在金塔四周，令我惊讶的是，简直是座“狮子林”，两三米高的石狮子，把金塔围了一圈。细看每座石狮子，底座上都刻着某某公司敬贺字样。原来，那是在金塔落成之际，各“关系户”要送礼，知道主人喜好石狮子作吉祥物，便纷纷赠送石狮子，于是便形成了这座“狮子林”。

这座金塔建于1996年，花费1亿2 000万元人民币。塔顶上那熠熠生辉的金黄色的葫芦，是用了3.5公斤黄金镀成的。

参观华西村，通常都是从登标志性建筑金塔开始的。我也“从众”，步入金塔。在金塔的进门处，见到牌子上写着“天下第一塔”，似乎要与

中国首富村——华西村

“天下第一村”相匹配。确实，这金塔倘若算是楼，一点也不稀奇；倘若算是塔，那倒可以算是“天下第一”。大门口还安放着一座铜雕，那是一头“牛气冲天”的金牛，脚下是地球。这“金牛踩地球”是华西村的“村标”。

不过，这金塔，其实不是塔，而是楼。底楼是偌大的商场，大理石装潢，气势不凡。商场里出售华西村生产的“华西牌”烟、酒，还有以华西村原党委书记吴仁宝的名字命名的“仁宝牌”西服。我见到华西村的产品上，印着“金牛踩地球”——此时“村标”变成了“商标”。

商场正中，是宾馆总台。原来，这塔楼的二楼是餐厅，有14个包厢，三楼是康乐中心，四五楼是会议室，六楼到十四楼则是客房。咔嚓一声，我随手拍下总台之侧的“今日房价”：标准房，每天380元；单间，每天480元；套房，每天580元。一个村办宾馆，房价竟然如此不菲。最令我惊异的是，这宾馆还有总统套房，房价表上写着：“总统套房，每天15 800元”！这样的房价，倒是真可以算是“天下第一”！

据总台小姐说，这“华西宾馆”正在评级，不久可以评上“三星级”！我问她，入住率如何？她说，来此居住的客人不少，因为华西村名震华夏，来村里取经、学习、旅游者络绎不绝，要想看得仔细、学得深入，那就得住上几天，那就成了这家宾馆的宾客。我又问，总统套房也有人住？她告诉我，总统套房在十一层，总共有七间房，是供首长和重要客人入住的。我追根究底，问有谁住过？她举例说，1996年金塔落成时，华国锋就在总统套房住过两天。我想一看总统套房的究竟，问能否参观？她的头摇得像拨浪鼓，说总统套房不对外……

金塔是华西村唯一的制高点。登金塔一览全村，是游华西村必不可少的项目。尽管这金塔只有十七层，可是电梯入口处却有专人在那里收取门票，每人10元。

上了塔顶，我这才明白华西村建造这金塔的主要用意：这塔顶仿佛是观礼台，从南面可以俯视全村，华西村尽收眼底。华西村的特色之一就是农民住别墅。一眼望去，几百幢统一模式的三层别墅，整整齐齐排列在眼前。我在电视屏幕上多次看到这样的画面，此时此刻我明白，电视台的记者们都是从这“观礼台”上俯摄的。华西村面积将近一平方公里，全村380户，1 520人，如今全部住上别墅。华西村不是一般意义上的自然村，而是一个大型乡镇企业。从20世纪80年代中期开始，华西村推行股份制。股票在1999年上市。华西村党委书记兼集团公司董事长。现在全村总股本有3亿2千多万元，其中10%的股份是村民的，大约有1 500人拥有股份，还有90%是集体的。正因为这样，华西村成为集体富有的乡村。

别墅的屋顶一律红色，而外墙则是蓝色。从色彩学上讲，红蓝不相称，所以在我看来，别墅的配色显得有点“土”。然而，华西村的朋友听了却不以为然，告诉我这色彩有着深刻的“政治含义”：蓝墙上有两根白道，象征着“一清二白”；红色屋顶，象征一颗红心。华西村的别墅，是村里统一建造的，分配给村民。另外，村里还给每家每户配轿车。这整齐划一的别墅阵，是华西村“集体经济、共同富裕”八字方针的最生动、最形象的体现。

这观礼台是四四方方“回”字形的走廊，铺着绿色地毯。我沿着绿地毯走到北面，见到那里居然供奉四尊镀金雕像，分别是财神菩萨、寿星、天官、老子。财神菩萨、寿星、天官象征着财、寿、禄，这一看就明白。为什么要摆放一尊老子的塑像呢？一打听才明白，老子是学问家，象征教育。华西村的村民深知没有文化难以在致富道路上迈大步，所以非常重视教育，由村里给孩子们提供教育经费，使下一代能够受到高等教育。

在金塔顶层，我还见到从江泽民、李鹏到杨尚昆、华国锋观察华西村时的题词和照片。其中，李鹏题词最多，因为他来过几次；华国锋的题词最长：“坚持社会主义方向，发展壮大集体经济，走共同富裕的道路，建设社会主义现代化新农村。向华西人民学习！华国锋，1996年9月20日。”

在金塔西边，是一个广场，中间是舞台，舞台两边两幢建筑的造型是龙和凤，所以这个广场叫“龙凤广场”。在华西村农民看来，龙凤象征着吉祥。华西村有着自己的剧团和明星，在龙凤广场的舞台上演出。我见到长长的画廊，嵌着华西村明星们的照片和剧照。其中一张剧照引起我的注意，那是在演出歌颂华西村的节目，背景上出现江泽民和吴仁宝两人肩并肩的照片！

这个广场也是举行全村大会的地方，还是每年举行全村“万人宴”的所在。这“万人同宴”的壮观场面，也是“天下第一”。华西村哪来万人呢？原来，自从华西村名声远播，前来打工、做生意的人也多。这些年来，竟然有1万多人住进华西村，不少人落户华西村。不过，在华西村落户，要有条件，要交10万元进户费。如果是大学毕业，则只需交1万元。这些年，有1 500名工程技术人员进入华西村。有了工程技术人员，华西村盖大楼，盖别墅，都是自己的工程队干的。

参观了华西村豪华的高级电影院般的大会堂，参观了供华西村村民休闲的公园，参观了铺着红地毯、墙上挂满照片的展现华西村发展历程的画廊，也参观了那龙头楼下一条1 000多米长的通往村庄各处的“千米巨龙”走廊。此外，还见到华西村规模不小的“村办”钢铁厂和诸多企业……华西村确实“富甲天下”。在中国农村，像华西村这么富有，是罕见的。即便是在我的老家温州，农村的富人倒也不少，但是整个村子的农民都住进别墅、坐上轿车，这样的集体致富是没有的。

不过，我不满足于在高处俯视那别墅群，很想进去看一看华西村的普通百姓是怎么生活的。一到村口，那里竖立着一块巨大的红底白字语录牌，令人记起“文革”中遍布中国的“毛主席语录”。然而，如今这里写的是华西村原党委书记吴仁宝的语录：“家有黄金数吨，一天也只能吃三顿，豪华房子独占鳌头，一人也只占一个床位。”这“吴仁宝语录”是农民式的大白话，只是有点太“白”了，反而叫人捉摸不透，不知道吴仁宝为什么要把这句意思并不完整的话如此显赫地挂在村头。

语录之下有人把守，不许外人进村。据告，只有在导游带领之下，才能进村。于是，向来喜欢独自走访的我，不得不到龙凤广场那里的旅游公司请了一位导游小姐。导游小姐是位“外来妹”，从外地到此打工。我问她，这么个小村庄的旅游公司，工作是不是很悠闲？她指着龙凤广场上停着的七八辆大巴士说，那些全是到华西村来的旅游车！华西村名声很大，又地处苏南，交通便捷，距无锡不过30多公里，距苏州也只有50多公里，所以每年到华西村考察、旅游的人多达100多万，所以华西村的旅游公司忙得不可开交。听说我已经差不多跑遍了华西村的景点，只是为了进村才请了她，她笑了："这一回的差使最轻松！"

导游小姐坐上了轿车。车子重新回到"吴仁宝语录"那里。她朝门卫晃了晃手中标着"旅游"两字的小红旗，就顺利地过了这一关。导游小姐带着我来到一处新建的别墅。这幢别墅米灰色，比起那些"一清二白"的别墅要大，式样也新，看上去跟美国的别墅差不多。她领着我进屋参观，底层有两个客厅，一个餐厅，一间卧室，一个厨房。至于二楼、三楼，则谢绝参观。从底楼所铺的大理石地面，可以看出装修相当考究。两个中学生模样的孩子在客厅看50英寸的背投电视。我问房东，知道他是外来户，自己花钱买的商品房。

在我看来，这户人家没有典型性，便希望随意参观一幢蓝白相间的真正的农民别墅。导游小姐面有难色，说是为了不影响居民生活，一般是不允许进农民别墅参观的。我不勉强导游小姐。好在我们已经进入居民区，轿车可以自由地在居民区行驶。见到一户人家开着大门，我就下车跟主人打招呼，主人是一位60岁模样的男子，知道我从上海来，就热情欢迎我进屋。这是一幢按照统一模式建造的别墅，三层，总建筑面积为450平方米。主人告诉我，他是华西村农民，当时村里以19万元的价格卖给他，相当于每平方米建筑面积422元。如此低廉的价格，只有华西村的村民才能享受。不过，他没有付一分钱现金，这钱是从他的股金中扣除的。主人还告诉我，最初买到的别墅是毛坯房。装修房屋，可以由村里包工包料，也可以自己另请别人。他花了20万元装修房子。我走进底楼，见到所有的门都是米黄色的，镶着米黄色的门套，地上铺着相当考究的地砖，天花板上嵌着花纹，中间吊着大吊灯，可以与上海的别墅相比美。我开玩笑地告诉他，如果把这座别墅搬到上海，起码可以涨价十倍！

客厅里醒目地放着一个家庭概况表，相当于报纸的一个版面那么大。表上贴着一帧全家福，照片下方写着一家五口的姓名。此外，上面有三栏表格，分别写着"解放前"、"改革开放前"、"改革开放后"。令我惊讶的是，"改革开放后"有存款一栏，上面写着"109万"！我的惊讶是双重的，一是这位华西村的普通农民乃"百万富翁"，二是存款多少属个人隐私，怎么可以公布在这家庭概况表上呢？主人笑着告诉我，在华西村，家家户户的客厅里都放着这么个家庭概况表，都写明存款数字，超过百万者比比皆是，有的在500万以上。村里搞这么个家庭概况表，是要让村民记住，今日的富裕来自改革开放。

在客厅一角，我见到堆着二三十袋新大米。主人说，这是村里发的，属于"福利"。不过，这么多粮食，家里吃不了，可以把多余的米卖掉。

此外，水、电、液化气等也属于“福利”。平均每户每年的“福利费”大约2 800元。

主人领我来到厨房，“L”形的蓝色厨柜、不锈钢双水斗、液化气灶、排烟器、电冰箱，一应俱全，一点也不比上海逊色，而厨房的面积起码有20多平方米，则是上海居民望尘莫及的。主人又领我来到后院，100多平方米用围墙围起来的院子里种满花草。他说，华西村家家都有这么大的院子。我打开院门，外面是一条长廊，据说是为了雨天村民们互相走访不必打伞。长廊无雕栏却有画栋，那些画是村民们自己画的，看上去有点像北京颐和园的长廊。我还来到车库。主人说，他家有两辆轿车，儿子、儿媳分别开着上班去了。

主人告诉我，买轿车，也是从股金里扣钱。这股金，除了买房买车之外，是不能随意提取的。那家庭概况表上所写的存款数，就是股金数。村里每月给村民发工资，年终发红利。谁如果离开华西村，那么股金也就没有了。

随意走访华西村村民，使我确信华西村“农民住别墅”是事实；华西村相当富裕，这也是事实。不过，人们对于华西村也颇有微词，内中之一就是不能随意支配自己的股金。股金属于村民的个人财产，照理应当可以自由支配。

对于华西村议论的焦点，还在于家族制。华西村的党政大权，原本集中于吴仁宝手中。吴仁宝有四子一女。这四个儿子分别取名协东、协德、协恩、协平，据说取义于“协”助毛泽东、朱德、周恩来、邓小平。这四个儿子以及女儿凤英分别执掌华西村几大公司的大权：协东主管建筑装潢公司，协德主管钢铁产业，凤英身为服装公司总经理，而协平则为旅游服务公司副总经理，主管餐饮等服务行业。

2003年7月，吴仁宝宣告退居二线，举荐小儿子吴协恩担任华西村党委书记。据说获得“百分之百”的选票。这种“家族制”、“子袭父位”，招来外界舆论一片哗然。

其实，不论是吴仁宝一手设计的那怪怪的金塔、龙凤广场，还是他制订的华西村“土政策”、家族制，充满浓厚的农民意识。不过，不管怎么说，吴仁宝毕竟功不可没，他从华西村当初负债25 000元起步，到现今拥有固定资产30亿元，拥有村办企业58家，2003年开票销售额达到100亿元。谁都得承认，吴仁宝是华西村村民共同富裕的领头人。

无锡钱穆故居

寻访钱穆无锡故居

在无锡，钱钟书故居是人们熟悉的，就在旧城中心，可是钱穆故居却鲜为人知。当地朋友经过打听，这才帮我弄清楚钱穆故居的方位。

我为什么要寻访钱穆故居呢？说实在的，往日我对钱穆所知甚少，只知道他是台湾的国学大师。我在北京大学读了六年书，天天生活在未名湖畔，竟然不知未名湖这名字是钱穆先生取的。我熟知大陆的“三钱”，即钱学森、钱伟长、钱三强，却不知钱伟长这名字也是钱穆取的。钱伟长是钱穆长兄钱挚的长子。不久前我在台北参观了钱穆的故居“素书楼”，这才对钱穆有了近距离的接触。我对自己的无知感到汗颜——不过，这也难怪，在那个年代，钱穆的名字在大陆是禁忌的符号。原因是解放后“胡适、傅斯年、钱穆”这三人在大陆成了“反动文人”，成为“免提”的名字。在海峡两岸尖锐对峙的岁月，就连钱穆纯学术的国学研究著作也无法在大陆出版。直到海峡两岸一片祥和气氛的今日，洋洋1 700万字的《钱穆先生全集》，在2011年将由北京的九州出版社出版。

钱穆出生于无锡，原名钱思鑅。钱穆与钱钟书都是吴越王钱镠的第三十四世孙，同宗而不同支。很有趣，钱穆称钱钟书之父钱基博为叔，而钱钟书又称钱穆为叔——据说由于钱穆年长钱钟书15岁，故钱钟书尊之为叔。钱穆给长兄之子命名“伟长”，取义于“建安七子”中的徐干，字伟长，擅长诗赋。钱穆希望侄子钱伟长长大后能成为像徐干那样的学问家。

钱穆是在1949年从内地迁往香港，在1967年定居台北，1990年病逝于台北，终年95岁。钱穆在台北的故居，就在离台北故宫博物院不远处的山坡上。那是一幢两层的小洋楼，钱穆为之取名“素书楼”，源于他在无锡故居中的“素书堂”。在钱穆的书房里，我看见《八十忆双亲》一书手稿，他在耄耋之年仍念念不忘在无锡“素书堂”度过的岁月，对故乡的萦怀之情跃然纸上。

钱穆在《八十忆双亲》中写道：“余生于江苏无锡南延祥乡啸傲泾七房桥之五世同堂。”无锡友人驾车陪我前往七房桥。七房桥在无锡之东，靠近苏州。几经问路，终于找到那里。七房桥是架在一条小河——啸傲泾之上的石桥。钱穆称，他的十八世祖乃一巨富，拥有良田十万亩，生了七个儿子，这七房聚居于啸傲泾两岸，所以那座石桥就叫七房桥。钱伟长的侄子钱煜先生在钱氏怀海义庄里接待我。怀海义庄已经有500多年历史。所谓义庄，也就是今日的慈善机构。钱穆及钱伟长当年都是得到怀海义庄的资助才得以上学。钱穆及钱伟长出身望族，怎么会落到依靠义庄救助才能上学的地步呢？

钱穆故居“五世同堂”就在怀海义庄隔壁。钱穆属于七房桥钱氏家族中的长房。长房本是五世同堂，住的是七间五进的大宅。可是子孙繁多，依赖父荫，所以逐渐式微。如同钱穆所言，子孙们不好读书，而斗鸡走狗、斗蟋蟀却绝不乏人。到了钱穆祖父这一辈，竟然有12房之多，僧多粥少，大宅门成了大杂院！这座老宅后来发生一场火灾，接着又遭受“文革”劫难，遂成一片断垣残壁。

然而，当我踏进钱穆故居五世同堂，眼睛为之一亮，出现在我面前的却是崭新的、尚在做最后装修的房子。钱煜先生告诉我，是政府部门决定在五世同堂旧址上重建钱穆、钱伟长故居，以永远怀念他们，并把这里作为无锡的旅游景点。他们笑称我是第一位游客。我漫步在这幢七间五进的大宅，亲身感受当年华丽家族的气派。我特别注意观看第三进“素书堂”。钱煜先生说，当年钱伟长和他的父亲是住在“素书堂”的大厅里，而钱穆家则在紧挨“素书堂”的侧房里，两家仅一墙之隔。

钱穆在台北离世之后，按照他的遗愿安葬于梦牵魂绕的江南故土。倘若钱穆冥间有知，他的故居五世同堂焕然一新，定然含笑于九泉之下。

在华罗庚的故乡

时光抹去了桥边的小屋。我站在河旁，出现在我面前的是一幢现代化、豪华型的新楼，上写“新桥饭店”四个金色大字。虽然我多么企望能看一看那座不平凡的小屋，但是连影子都找不到了。我只记得，华罗庚生前这么说过：“我的家，就在大桥那边，现在叫南新桥，从前叫大桥。我就住在桥东。……”

从常州往西，坐一个多小时的汽车，便到了华罗庚的故乡——江苏金坛县。运河从金坛县城当中流过，把这座小城分为两半。华罗庚家原本是一爿小小的杂货铺。入夜，上了铺板之后，瘦长的华罗庚便在黄晕的煤油灯光下，沉醉于他的数学世界。

我曾在北京多次访问过这位数学泰斗。他对于故乡金坛、对于母校金坛县中学，有着深深的怀念。他曾说：“在国外，人家常常问起我的学历，我就说，我的最高学历就是初中——金坛县中学初中毕业。人家问我有什么文凭，我说，我有一张文凭，那就是金坛县中学初中毕业文凭……”

金坛是华罗庚家乡——作者采访华罗庚

金坛县中学坐落在河西，离华罗庚的家不过数百米而已。我来到那里，门口挂着崭新的校牌，上写五个大字：“华罗庚中学”。步入校门，迎面便是一座雪白的华罗庚大理石雕像。学校里正在大兴土木，一座又一座新楼崛起。据校领导告知，自1986年获准更名“华罗庚中学”以来，颇受各方重视，得到

100万元经费，兴建了一批新楼。原先低矮破旧的老房子尚剩几间，犹可看出当年华罗庚在这里上学时的艰难情景。

过了桥，在离华罗庚家不远的中山公园里，我参观了华罗庚纪念馆。那里陈列着百幅照片。在纪念馆，我看到华老在1980年5月回故乡时写下的题词："树老怕空，人老怕松，戒空戒松，从严以终。"这16个字，清楚地反映了功成名就时的华罗庚对自己的严格要求，力戒"空"、"松"，仍不断奋击。最使我感动的，是华罗庚一生中最后的一帧照片。那是记者在他去世前10分钟拍下的，他正从容地站在日本东京大学的讲台上。大抵讲得热了，他脱去西装，只穿一件白衬衫，敞着领子，双手拿着一张纸条，正在边讲边表演。他一点也没有意识到死神的魔爪在向他伸来。几分钟后，他结束了演讲，说了平生最后一句话："谢谢大家！"日本友人向他献花，就在他手捧鲜花走下讲台之际，突然心脏病猝发，倒了下去。这时是1985年6月12日东京时间下午5时16分。他，果真"从严以终"，在生命的最后时刻仍在奋进……

我在金坛住了3天，几乎每一个我所结识的金坛人都向我谈起了华罗庚。确实，华罗庚已成为金坛人的骄傲。时光的流逝，永远无法把华罗庚的光辉名字从金坛人心中抹去。

四色盐城

虽说盐城离上海只有300多公里，我却从未去过。在我的印象里，盐城位于苏北，属于"不发达地区"。当年大批上海知识青年便是到那里插队落户。这次在金秋时节前往盐城，沿高速公路经苏通大桥北上，4小时之后轿车便驶入一座道路宽敞、高楼耸立的现代化新城，完全颠覆了我往日对盐城"先入为主"的概念。

盐城人用四色来概括盐城的特色：金、银、红、绿。

先说"银色"。在市中心，我看到一座外形奇特、由好多个正立方体叠加而成的建筑物，玻璃幕墙闪耀着银色的光芒。那便是2008年刚落成的中国海盐博物馆。那些正立方体象征海盐的结晶体，仿佛随意散落在这里。盐城有着漫长的海岸线，占江苏省海岸线的56%。这里面对黄海，自古以产盐著称，“环城皆盐场”，故曰“盐城”。2 000多年来，盐城盛产银白色的淮盐，享誉华夏。正因为这样，这里的海盐博物馆冠以中国两字，足见盐城在全国盐业中地位之显要。

盐城虽然盛产食盐，所幸这里的淮菜倒是口味清淡。最有趣的每餐的主食有三：一是饺子，叫做“弯弯顺”；二是菜粥，象征粗菜淡饭；三是面条，意味着“长来长往”（常来常往）。

如今，漫长的海岸线除了给盐城带来银闪闪的食盐之外，这里的大丰、射阳、滨海、陈家港4个海港成为盐城的海上门户。盐城无山，是海滨冲积平原。盐城至今仍在冲积之中，每年增长大片海涂，成为名副其实的“发展中城市”。

再说“红色”。在盐城市中心，我看见一尊手持军号的战士塑像，塑像后面那硕大的长方形建筑物的大门之上，高悬“N4A”标志。那里便是新四军纪念馆，“N4A”是新四军英文缩写，当年别在每一位新四军的军服左袖上。在纪念馆里，我看见刘少奇、叶挺、陈毅的铜像，新四军就是在他们的领导下成为一支铁军。盐城是中国革命的红色根据地，这里的泰山庙曾经是新四军军部所在地。早在1946年，这里就已经是解放区。

今日盐城

在盐城鞍湖张本村，我走访了胡乔木故居。离胡乔木故居不远，便是乔冠华故居。“盐城二乔”，已经深深溶入盐城人的红色记忆。

在盐城，我还与头发花白的董加耕见面。他是20世纪60年代知识青年上山下乡的全国标兵。他告诉我，盐城如今设有“大丰上海知青纪念馆”。

盐城的“绿色”，是因为盐城拥有太平洋西海岸、亚洲大陆边缘最大的海岸型湿地，被誉为“东方湿地之都”。绿色的湿地吸引了麋鹿在这里安家落户，野生麋鹿种群达600多头，总量、繁殖率和存活率均居世界首位。一望无尽的芦苇荡，还招来了空中稀客——丹顶鹤。在盐城，矗立着高大的城雕——又瘦又高的丹顶鹤前，奔驰着一群麋鹿。麋鹿和丹顶鹤以盐城为“家”，表明盐城生态环境的明显改善。

最吸引我的目光的，还是盐城的“金色”——那把开启盐城现代化的金钥匙。偌大的盐城新城区，就是在最近十几年间建成的，街道的名字也从原先的解放路、建军路，到新建的世纪大道、开放大道。

在盐城街头，我多次看见大型货车驮着多辆轿车驶过。一问，才知道这些轿车都是盐城生产的。东风悦达起亚汽车公司的基地就在盐城，生产千里马、嘉华、远舰、赛拉图、锐欧等品牌轿车。就连我乘坐的轿车，也是盐城生产的。与汽车企业并驾齐驱的是生产风力发电机的工厂，也是盐城的支柱产业。我在盐城高新技术产业区，看到诸多这样的大型工厂。

我在盐城图书馆参观时，注意到一个细节：所有的标牌除了写中文、英文之外，还写着韩文。戈副馆长告诉我，那是因为盐城有许多韩资企业，标上韩文便于他们来这里查阅资料。

我还看到“台湾农民创业园”的巨大招牌，题字者是郝柏村。郝柏村也是盐城人，在台湾曾经担任“行政院长”。据当地台办张先生告诉我，盐城的台资企业相当多。正因为这样，不久前开通了盐城与台北的直航航线。93岁的郝柏村从台北乘坐首航航班回故乡，飞行1个多小时就到达盐城南洋机场，他感叹家乡的变化日新月异。

我在盐城街头常看见“BRT”三个红色大字，那是“快速公交”车站。一号“BRT”线贯穿市区全长15公里，二号“BRT”环线全长17公里，“BRT”行车快而且间隔短，5分钟一班，给市民出行带来莫大方便。

城市的未来在于人才。我走访盐城实验小学和盐城中学，这两所有着悠久历史的学校都在新城区拥有漂亮的新校舍，都拥有万名学生。盐城中学的校园看上去像大学，每年的升学率高达98%以上。

在桂花飘香的日子里，我在盐城住了4天，盐城的四种鲜明的色彩，给我留下难忘的记忆。

漫步江都

1994年7月15日，我在江苏江都参观水利枢纽工程时，那里的高级工程师汤明根先生遥指绿树丛中一座正在施工的石亭说道：“那是江泽民祖父的纪念亭。”

他的话引起我的莫大兴趣，就请他陪同走了过去。我见到10来个工人正在施工，那石亭已近峻工。石亭呈方形，亭中央是一石碑，正面上刻“江石溪先生纪念碑”字样，碑的背面则刻着江石溪生平。江石溪即江泽民的祖父。碑文由北京书法家柳倩题写。据云，柳倩曾在江都工作过，所以请他来写。

我问起怎么是个“纪念亭”，而不是墓？汤先生说，江石溪先生的墓，经过详细踏勘，是在这一水利枢纽工程二号抽水站东南角一带。墓未重修，建此亭表示纪念。

在我的印象中，江泽民是扬州人。细细一问，方知他的老家在江都。江都是坐落在江苏中部平原上的一座小城市，不久前才撤县设市。

暑日，笔者从上海出发，坐了3个多小时的火车，便到达那“水漫金山”的镇江。从镇江花了20来分钟，横渡长江，来到对岸，那里便是“烟花三月下扬州”的古城扬州。

江泽民自幼在扬州长大，迄今他所讲的普通话中，仍带有浓重的扬州腔。

扬州古称“江都府”。不过，如今江都和扬州已是不同的地域概念：从扬州出发往东，15公里处，来到江都。江都素有“江淮孔道”、“苏中门户”之称。这里是苏中、苏北的大米出口地，是木材、桐油的进口地。

江泽民自称是扬州人氏，这当然不错。1926年7月，他出生于扬州。但是，细细考究起来，在江泽民出生前11年—— 1915年，他的祖父才从江都迁往扬州。因此，江家的“根”在江都。1991年10月，江泽民曾经扬州去江都。当时江泽民是陪朝鲜主席金日成去江都参观抽水站。他亲自陪同金日成来到这座小城正可借此难得的机会回故乡看看。

我来到了江都。如今有10万城市居民。据告，那里原本是一座小镇，名曰“仙女庙”，是江都县城的所在地。传说东汉时那里叫“蔡家庄”，一条黑龙作怪，大雨不已，蔡家庄成了一片泽国。后来天上出现两条白龙，打败黑龙，于是雨过天晴。这两条白龙原是东陵圣母庙的女道士杜姜和康紫霞。当两条白龙飘然而去，老百姓们磕头致谢。他们在镇上建造了一座仙女庙，纪念那两位大恩大德的女道士。从此，蔡家庄也就被人们称为仙女庙镇。

仙女庙镇处于高水河、金湾河、芒稻河交汇之处，借助舟楫之利，渐渐发展起来。

到了1949年，小镇人口已有七八千人之多。此后发展更快，人口猛增十几倍。所到之处，我见到街道宽阔，楼宇整齐，一派崭新的现代建筑气息。城里有两大“拳头”企业：一是江都有线电厂，所生产的“伊达”牌电话机的产量在国内市场上坐第二把交椅； 二是江都汽车总厂，所生产的“女神”牌面包车，也十分走俏。这“女神”之名，显然源于“仙女”。

江泽民陪金日成所参观的抽水站，全称为“江都水利枢纽工程”。这个水利工程，自1961年动工，至1977年建成。这一工程离我下榻的三星级江都大厦，不过一箭之遥。我在那里见到四座大型电力抽水机站，正在把长江水抽入淮河，实行“南水北调”。据告，每秒钟可抽30吨水。这一工程，使苏北1000万亩土地旱涝保收，人称“供水公司”。

江石溪1933年殁于扬州，归葬故里江都仙女庙，当时这里叫“大王庄”。

江泽民在讲话中，常喜欢引用一两句古诗。在群众场合，多次挥舞双手指挥唱歌。他也曾表演过吹笛、吹箫。其实，这可以说，他受祖父江石溪的影响。江石溪擅长诗画，精于箫笛。

在那时，扬州有个名叫“冶春后社”的诗社，入社者大都是本地文化名流。主持诗社的凌鸿寿(1852—1932)，江都人，曾任江苏省咨议局议员，还曾一度任代理国会议长。江石溪是该社成员。周恩来的伯父周嵩尧以及朱自清的弟弟也是该社成员。

我问起江都既叫“江”都，是不是意味着江姓是这里的大姓？友人告知，江都是因濒临长江而得名，并非“江氏之都”的意思。在江都，姓江的大约有上百户，集中居住在仙女庙七闸(今七闸村江家组)和河西江家大场。

江氏在江都起码有五代的历史。这五代是依照“鸿图绍世泽”排辈，所以江泽民的祖父叫江绍岳(亦即江石溪)，父亲叫江世俊。目前，尚未查到江泽民祖父以上的姓名。江氏是在九代之前，从安徽徽州(今江西婺源县)迁至江都。来到江都后，分为两支，即东房和西房，东房人多，西房人少，江泽民属西房。东、西房的差别在于：西房的“世”字辈，东房作“士”字辈。

江泽民的曾祖父，曾在江都的利民桥墩开过一爿销售盆、桶、窗木格的商店，店名叫“江振鑫”。但是他的曾祖父叫什么名字，尚未查到。这个“江振鑫”店铺，就是江泽民的祖屋。直至1915年，江家才从那里迁往扬州。

我曾去寻访江氏祖屋。那房子已经不在，但是两侧的房子仍在。那祖屋原是三间门面的平房，坐落在老通扬运河的南岸。通扬运河，即南通至扬州的运河。沿河北岸有一条街，叫龙川街，是当年江都的主要街道(江都又名龙川)。这条街在日军侵华时被烧掉。在河的南岸，有一条街叫沿河南路。江氏祖屋在沿河南路上，瓦房，平屋，朝北。

江家迁往扬州之后，过了些年，把祖屋卖给孔家，开竹行。1960年，老通扬河上要架桥，不偏不斜，那桥从江氏祖屋通过。于是，江氏祖屋被拆，而两侧的房子仍在。内中一幢建于清朝的老屋，门上石牌刻着“章台”两字，犹十分清晰。孔家的老太太，现仍在江都，能够清楚地说明江家祖屋的情况。那座桥叫“利民桥”。江氏祖屋正在利民桥的南桥墩。我在桥畔拍照，见到那里竖立着巨大的红底白字广告牌，上书：“龙川起舞迎远客，仙女含笑迎佳宾。”这可以说是江氏祖屋今日面目的生动写照。

百年树人

李白诗云：“烟花三月下扬州。”我却在酷暑之中，从上海来到扬州。

扬州乃历史文化名城。我不游明末抗清英雄史可法的史公祠，不游南宋古刹大明寺，也未去曲折幽静的瘦西湖，却直奔位于市中心淮海路上的扬州中学。

扬州中学乃是中国名牌中学。在20世纪30年代，曾有过“北南开，南扬中”的美誉，与天津南开中学齐名。不过，如今人们习惯地称它为“省扬中”，即“江苏省立扬州中学”的简称，而“扬中”则指另一所中学——扬州第一中学。

扬州中学校长沈怡文先生很热情地接待了我。他从上海复旦大学毕业后，将近30个春秋，在这所学校度过。他带我来到校史馆，如数家珍一般介绍这所不平常的中学。

我步入校史馆，一进门便见到江泽民的题词：

“怀念前贤，激励后昆，继往开来，团结奋进。

江泽民　1991年12月”

原来，江泽民也是扬州中学的毕业生。他的青少年时代是在扬州度过的。他在扬州东关中心小学毕业后，考入扬州中学。据云，当年考扬州中学，百里挑一。在招考的日子里，扬州城里的大小旅馆住满来自全国各地的考生。有的从四川远途赶来，也有的从云南专程赶来，光是路上就得花半个来月时间。

扬州中学有着悠久的历史，创立于1902年。迄今，中国科学院的22名院士(学部委员)是扬州中学的毕业生。政界要人，也有不少出自扬州中学。有趣的是，毛泽东的政治秘书胡乔木、李登辉的政治秘书胡佛，这“二胡”均出自扬州中学。

在校园里，我见到花草簇拥着一尊戴圆形眼镜、穿长衫的“书生”青铜塑像，下面的黑色大理石座上刻着金色大字：“朱自清像　胡乔木”。

校长沈怡文告诉我，朱自清曾在扬州中学执教多年，建造塑像时特请校友胡乔木题字。在20世纪30年代，扬州中学拥有许多像朱自清那样的优秀教师。那时，扬州中学用高薪聘请优秀教师，月薪为一百大洋，而上海交通大学教师的月薪仅五十大洋。记得，那时花三枚大洋就可以吃一席蟹宴，每周末教师们在扬州大饭店聚餐，轮流作东，而现在一席蟹宴则需一千多元人民币。所以，扬州中学在当时群贤云集，拥有很强的教师阵营。

那时，扬州中学很重视英语教育，课堂用英语会话，教材也用英文编写。数理是扬州中学的强项。他们在高中时就学了微积分，考入大学后往往就越过大一，直接跃入大二班。

爱因斯坦有句名言：“兴趣是最好的老师。” 扬州中学举办了许多兴趣小组。武衡，那时是地学小组的成员，胡乔木是国际评论小组的成员，这对于他们后来的人生道路都产生了深刻的影响。

我写的《胡乔木传》，已由中共中央党校出版社出版，所以我在校史馆见到胡乔木的照片，倍感亲切。那照片下方写着“三零届校友”，表明胡乔木是1930年毕业的。在校史馆里，我还见到胡乔木的题词：“扬州中学，我亲爱的母校，我青春的摇篮，愿你永葆美妙的青春，在社会主义大道上，发扬光荣的传统。”扬州中学的校歌，是由胡乔木作词，傅庚辰作曲。胡乔木在给母校的一封信中，说及扬州中学给予自己的教育是“正直向上，热于求知”。沈校长对我说，这八个字现在被定为扬州中学的校风。

胡乔木和乔冠华，都是江苏盐城人，人称“盐城二乔”。我问起乔冠华是不是扬州中学校友，沈校长说，曾在新生录取名单上，查到过乔冠华的名字，但是他没有来上学。

扬州中学有很完整的教学档案。可是，我在学生花名册上却找不到江泽民。据告，江泽民是在抗战时期入扬州中学，唯有那时的档案在战火中佚散。在校史馆，我见到江泽民的彩色照片下面，写着“四十三届校友”，这意味着他是1943年毕业的。

我还注意到，江泽民的六叔江上青烈士，也是扬州中学校友。在江上青牺牲后，江泽民过继给江上青。江泽民的七叔江树峰，则曾担任扬州中学教务主任多年。

我见到一帧来自台湾的照片，那是好多位扬州中学在台湾的校友的合影。内中除胡佛外，还有赵耀东先生。赵耀东有着台湾经济起飞的总设计师的美誉。

沈校长领着我在校园参观，在一座座新楼之中，见到一幢旧楼，大门之上刻着“树人堂”三个大字。这幢楼已经有着半个多世纪的历史。我由此想及一句名言：“十年树木，百年树人。”已经有着90多年历史的扬州中学，人才辈出，正是“百年树人”的生动见证。

“穿越”镇江

来来回回，乘坐火车奔驰在沪宁线上，不知多次路过镇江车站，却从未下去看看。初夏时节出差镇江，我终于破了这个“0”。镇江的朋友关照，买福州至青岛的高铁车票最合适。果真，我从上海虹桥高铁车站上了这趟车，一路不停，第一站就是镇江南站，才用了51分钟。

镇江有山有水，面对长江，三面环山，金山、北固山和焦山这三座山包围市区。这样的背山面江的雄险地势，自古以来便是镇守长江之地，故名镇江。镇江又是一座古老与现代兼容的城市，我漫步镇江，常常有一种历史的“穿越感”。

我下榻于梦溪路的观海楼酒店，不远处便是一尊长衫飘逸的长者高大石雕，此人乃一千年前北宋著名科学家沈括也。沈括的代表作是《梦溪笔谈》，不言而喻梦溪路是为了纪念《梦溪笔谈》而命名的。然而沈括是杭州人，为什么镇江街头矗立起他的雕像？原来，沈括晚年居镇江梦溪园，把平生的博闻广识写入笔记，取名《梦溪笔谈》。就在沈括石像旁边，便是江苏科技大学硕大的现代化校园，仿佛“穿越”、延伸、传承着沈括当年的科学薪火。除了《梦溪笔谈》之外，镇江还是名著《文心雕龙》、《昭明文选》的诞生地。

镇江市中心的地标性建筑，是31层的国际饭店，远远的就可以看见那尖尖的屋顶。从这幢高楼所在的大市口迈向城西，我仿佛在逆向“穿越”历史。那里的一条沿着山坡蜿蜒向前、长约一公里的窄窄的古街，两边是青砖黑瓦、飞檐翘角的两层小楼，中间是长条青石板路。这古色古香的小街，便是有着1 500多年历史的西津渡。镇江地处长江与京杭大运河这两条黄金水道的十字路口。西津渡依山临江，扼长江之咽喉，乃镇江古渡口。西津渡有亭翼然，横匾上镌刻着“待渡亭”三个金色大字。千百年来，不知有多少过往行人在此待渡或者登岸，内中既有唐朝诗人李白、孟浩然的潇洒身影，也有宋代文学家王安石、陆游留下的足迹，还有那个一次次下江南的清朝乾隆皇帝以及意大利旅行家马可•波罗的悠然屐痕。只是从清朝之后，江滩淤塞，西津渡才日渐萎缩，但是古街风采依旧。

在古街上方的山坡上，矗立五幢风格迥异的洋楼，一律青砖夹着红砖，白色石灰勾勒砖缝，楼房的长廊上用红砖砌着一个个圆拱，屋顶刻着“1890”。镇江朋友告诉我，那是当年的规模宏大英国领事馆，那一带曾经是英租界，甚至还有巡捕房。这令我惊讶不已。一问，方知1858年清朝政府在第二次鸦片战争中战败之后，与英国签订了不平等的《中英天津条约》，镇江成为长江沿岸五个开放的口岸之一，于是米字旗在这里升起，英国的势力长驱直入镇江。偌大的英国领事馆，其实也表明了镇江在长江流域的重要地位。

如今，原英国领事馆的部分大楼，成为镇江博物馆的展厅。我徜徉在锈迹斑驳的种种青铜器以及造型精美的古陶器之间，这些镇江出土的珍贵文物，把镇江的历史推进到3 000年之前。镇江博物馆的文物、西津古渡的老街、英国领事馆的洋楼与新建的国际饭店高楼，正是镇江在不同时代的历史缩影。

镇江的山不高，葱茏翠绿。友人遥指金山说道，“水漫金山”就是这座金山。不光是许仙与白娘子的爱情故事跟镇江密切相关，而且牛郎织女的传说出自镇江丹阳，董永与七仙女的故事出自镇江丹徒，梁山泊与祝英台的传奇源于镇江姚桥镇，至于孙权与刘备在镇江甘露寺联姻，孙策之妻大乔、周瑜之妻小乔皆出自镇江乔玄之家……镇江人对于这些与爱情相关的历史典故津津乐道。

在镇江就餐，我发现每位客人前总是放着一碟镇江香醋。镇江醋闻名全国，特点是越陈越香。在醋碟之侧，则是几片肴肉作为冷菜。最奇特的是在镇江街头巷尾，随处可见锅盖面店。所谓锅盖面，是把面粉擀成薄片，用刀细切，放在锅盖上，与锅盖一起入大锅煮熟。锅盖面颇有韧性，口感好。醋、肴肉、锅盖面，人称“镇江三怪”，即“香醋摆不坏，肴肉不当菜，面汤里面煮锅盖”。

垂钓之乐

“早钓鱼，晚钓虾。”意想不到，路过南京的时候，一大清早，就被友人拉去钓鱼。塞到我手中的，是一根乌亮的“流星”牌金属钓鱼竿。天晓得，我还不知道这钓鱼竿怎么使用呢。

我在上初中的时候，学校里有一个很大的湖，我钓过鱼也钓过虾。一晃30多年，我没有摸过钓鱼竿。高节奏的生活，爆满了的日程表，写不完的文章，哪有余暇去钓鱼？这一回，披着轻雾，迎着微风，踏着翠绿的小路，心中有着说不出的轻松。

刚刚来到湖边，湖面上便泛起一个个圆圈，那是鱼跃——好兆头。友人教我把金属钓鱼竿像收音机天线一般一节节拉出来，足足有五六米长，比我小时候用的细竹竿要强多了，可以说是“鸟枪换炮”了。当我往湖里撒了些麦麸、碎米之类作为“窝子”之后，饿了一夜的鱼儿便纷纷游入“窝子”了。

小时候，要在墙角、田埂边挖取蚯蚓作饵料，这一回用面团来钓，方便多了。把鱼钩甩进湖里之后，我便发觉年岁改变了我的性格：年幼时钓鱼，多半是起钓太早。那时我的性子太急，浮子稍有动静，立即拉起钓竿，往往鱼未上钩，钓空了。这一回，正好相反，等我拉起钓竿时，面团早就不翼而飞了。

友人钓上了一条又一条银鳞闪光的鱼，而我呢，一直没有打破“鸭蛋”纪录，面团倒给鱼儿吃掉不少。我却一点也不着急，对着湖面，浮想联翩……

我想及了节奏。钓鱼是悠闲的，在我的生活中几乎很少有如此慢悠

南京新貌

悠的时刻。像绷紧了的弓突然松弛下来，我从书桌旁飞到了湖畔，舒畅极了。耳边鸟鸣，湖中鱼跃，旭日和风，垂柳轻拂，我陶醉于大自然的诗意之中。

我想及了焦点。往日，天天忙于爬格子，目光总是聚焦于咫尺之内。一旦拿起钓竿，目光必须注意着五六米以外，漂在水面上的浮子，紧张的视神经放松了。正因为这样，钓鱼似乎最适宜于案头工作者。钓鱼，无疑是一次“眼睛体操”。

我又产生了幻觉。“风乍起，吹绉一池春水”。站在岸上看湖面，那水波在不断向前，我仿佛坐在倒开的船上一般。风住了，湖面上倒映的云朵在缓缓移动，也给人一种动感。绿水使我神往，使我犹如在漫游水晶宫。

我成了“姜太公”。虽然面团一次次被鱼吃掉，却无“愿者”来上钩。终于，当有一次浮子沉下去时，我拉起钓竿，一条活蹦乱跳的小鱼成了我唯一的“战利品”。

两小时过去了，太阳的光芒渐渐加强火力，我和友人决定“罢钓”。我把那条小鱼放进友人沉甸甸的鱼桶里。虽说我的“战绩”如此糟糕，我却如同凯旋的将军，心中充满欢乐……

珍珠泉探源

我记得，在20世纪80年代初，矿泉水这玩艺儿，只有在那些供外宾住宿的宾馆的小卖部里，才能见到。那儿的矿泉水显然是不远万里而来，瓶颈上都贴着外国商标。那时矿泉水的价格，近乎中国白酒的价格。除了外宾喜欢喝之外，中国人很少问津。可是，如今街头巷尾到处出售矿泉水，贴着“中国生产”标签，成了中国大众化的饮料。

看到瓶签上印着“南京珍珠泉矿泉水公司出品”字样，我便去采访。车过雄伟的长江大桥，驶向北岸——浦口。不一会儿，绿树掩映之中，出现刻着“珍珠泉”三个大字的古牌坊。那里是久负盛名的风景区，乃金陵48景之一。踏着绿绒毯一般的林间小路，我来到定山西南麓的珍珠泉源头。呈现在我的眼前的泉水，比水晶还清澈，以至可以清晰地看见20多米远处的游鱼。水面无一星油花，无一张败叶，仿佛用布刚刚细细擦拭过似的。泉底，铺满翠色可餐的青苔。

最为赏心悦目的，是那一阵阵从泉底冒出的气泡，像一串串圆溜溜的珍珠喷涌而出。据说，在岸边使劲儿鼓掌，气泡会冒得更欢，所以这珍珠泉又名喜客泉。

就在紧挨珍珠泉的山坡下，一座崭新的剧场般的白色建筑物矗立在浓绿之中。

朝南，全是茶色玻璃。我步入参观，在大门口换上拖鞋，楼内铺着地毯，犹如高级宾馆一般。这儿不是剧场，也不是宾馆，却正是矿泉水厂。在经理的办公桌上，我看到荧光屏。按动电钮，各车间尽收眼底。车间里很少见到工人。这家年产1 000万瓶矿泉水的工厂，总共只有70来人，其中生产工人不过30多人，而且分三班日夜生产，每班不过10来人。车间里纤尘不染，生产完全自动化。全厂没有一根烟囱。

矿泉水，其实就是含矿物质的水，并非“矿上的水”。这家工厂的“原料”，是珍珠泉那日夜喷涌不息的泉水。不过，这水不是取自地面，而是泉底60米深处密封取水。所用的吸水管道，全部是不锈钢的。那天然泉水经过沙滤，经过紫外线杀菌，便送入车间，灌入瓶内，生产过程十分简单。那泉水来自深深的地下，又经过严格消毒，是绝对无菌的。矿泉水中含有20多种微量元素，有益于增进人体健康。法国一位矿泉水专家曾详细化验了珍珠泉水，得出结论："这种水是十分使人感兴趣的。"据研究，水中所含氟、锂、锶、锰、铬、铁、磷、钴等微量元素，能够对人的牙齿保健、皮肤健美以及治疗高血压、肠胃病等起一定有益的作用。

在接待室，我喝着用矿泉水泡的绿茶，那茶清洌甘美，令人心怡神旷，精神为之一爽。我问工厂的负责人："这矿泉水取自天然泉水，照理，价格应当跟自来水差不多！"他答道："矿泉水本身确实很便宜，目前贵就贵在瓶子上。所用的瓶子是用无毒聚氯乙烯塑料做的。这么一来，矿泉水就比自来水贵了。"

他说起："中国人本来没有饮用矿泉水的习惯。一开始，我们的产品销路不好。在1985年，卖不了多少。后来，人们习惯了喝矿泉水，一下子就出现供不应求的局面。这使我想起现在风行全世界的可口可乐，最初的一年只卖掉十几瓶！"

如今，他们的产品不仅在国内有了市场，而且已打入美国及欧洲市场。

古老的珍珠泉，如今充满青春活力，她不再在山间白白流失，而是成了优质饮料。

重访福州

在20世纪七八十年代，曾经多次去过福州。时隔将近20个春秋应邀前去讲座，重访福州，发觉福州面目大变，变得令我认不出来了。

从上海乘飞机南下，只花个把小时，就来到福州新机场。锃亮的大理石地面，华灯高照，相当漂亮。从机场到市区是平展展的高速公路。途径马尾时，这里当年因马尾船厂而著称，如今成了一个现代化的新区。只是机场离市区太远，轿车在高速公路上开了一个小时，这才到达市中心，跟上海到福州的时间相当。还好，这回我是从离上海市区不远的虹桥起飞，倘若从浦东机场起飞的话，路上也得花一个小时。现在，新机场离市区太远是个通病，遥远的距离把飞机的快速大打折扣。我曾经呼吁在保证城市安全和减少噪音干扰的前提之下，尽量把新机场选在离市区近一点的地方。

福州老宅

福州鼓山

东道主安排我住在东街的聚春园大酒店。东街是福州最繁华的老市区，号称是福州的“王者之地”，属于“钻石地段”，正合我意，因为我最喜欢热闹。聚春园是有着百年历史的名牌老店，如今已经重新翻修成十二层的大厦，面目一新。马路对过便是当年福州的“标志性建筑”——邮电大楼，区区八层，在今日福州早已经是“小弟弟”了。东街一带是商业区，浅绿色的玻璃幕墙，紧紧包裹着一幢幢二十多层的新楼。

聚春园地处十字路口，高高的十字天桥飞架路口。走过十字路口，四处是百货大楼、商场、饭店，热闹非凡。

福州街头多榕树，所以福州又称“榕城”，简称“榕”；闽江也称“榕江”。在大街小巷，许多百年老榕树，盘根错节，亭亭如盖，垂着一根根长长的细藤，仿佛老爷爷的长髯，给人一种沧桑感。就在聚春园门口，也有一棵大榕树。每逢“春风又绿江南岸”的时候，榕树一片新绿，生机勃勃；当“赤日炎炎似火烧”的时候，榕树一片浓荫，人们躲在树下乘凉；当“一叶落而知天下秋”的时节，榕树上结满了榕子；当“北风卷地白草折”之际，榕子乒乒乓乓落地，孩子们抢着拾榕子，塞满了衣袋。

在福州新建的街道，我见到人行道之侧新栽了一大排榕树。由于种在人行道上，空间有限，这些新榕树的树冠不能让它自由展开，全部修剪成四四方方，看上去仿佛是一条长方形的绿色带子整整齐齐镶在人行道之上，别具一格。

清早，我来到闽江之畔，那里新建的闽江公园显得格外幽静。远处的闽江大桥，横卧在金波之上。大船小舟穿梭于江面。闽江是福州的母亲河，犹如上海的黄浦江。记得，过去在闽江上见到一座老铁桥，桥面两侧是一道道漆成彩色的圆拱，叫做“彩虹桥”。今日，彩虹桥依然那么鲜艳，而对岸则崛起一大批新建的欧式建筑，冒出哥特式尖顶，我犹如站在巴黎的塞纳河畔一般。

福州的房价比上海低了一大截，令我这个上海人垂羡不已。这里商品房，每平方米建筑面积一般为人民币2 000元至4 000元。市中心黄金地带的顶级商品房，每平方米建筑面积也只有6 000元人民币。总体而言，福州的房价给我的印象是上海房价的一半。我的一位文友曾经在福州做过几年房地产开发商。据他分析，福州的房价上不去，跟经济形势有关。福州的地形如同一把太师椅，三面环山，一面临海。这三面环山，使建造铁路、公路要打许多隧道，成本甚高，使福州的交通大受限制。眼下，全国火车提速，而前往福州的火车沿途弯道多、隧道多，影响了火车提速。他开玩笑说，“闽”字意味着“门”内之“虫”，大大影响了福州的开放度。这几年福州的经济比往日有了长足的发展，但是由于福州的交通不甚方便，所以经济发展速度不如厦门。福州离我的故乡温州不远，听说温州“炒房团”已经发现福州的房价低，有很大的“利润空间”，已经南下进军福州房市。也许经精明的温州人那么一“炒”，福州房价飚升有日。

温州与福州都地处海边，所以生活习惯相近，我在福州觉得很适应。这里的餐馆以海鲜为主，很合我和妻的口味。这里的黄鱼很新鲜。不过，福州的鱼丸比温州鱼丸要大得多，比乒乓球还大，外面是用鱼肉拌面粉做成，里面是肉馅。

在聚春园住了几天，方知这家百年老店不平凡的来历。聚春园可以说是福州知名度最高的酒店，家喻户晓。每逢打的归来，我只要跟司机说一声聚春园，没有一个再问在什么路上的。聚春园前身是“三友斋茶馆”，创办于清同治四年，即1865年，创始人是“闽厨第一人”郑春发。到了1905年，改名为“聚春园”。解放后聚春园成为国有企业，在福州开设许多分店，使聚春园的影响越来越大。不久前聚春园向外招商引资，特别是吸引非国有资金，组成聚春园集团，连锁店多达四十多家，拥有5.6亿元人民币的资产规模，成为福州餐饮业的航空母舰。

如今的聚春园，不光是餐馆，而是旅馆兼餐馆。大楼的下面三层是餐馆，上面是旅馆，所以我住在那里觉得格外方便，乘电梯下来就可以在福州第一名店就餐。聚春园的“看家菜”是佛跳墙。在聚春园的大门口，在走廊上，在电梯里，都挂着佛跳墙的醒目广告。

佛跳墙作为一道菜名，有点怪怪的。到了福州，才听说佛跳墙的来历：清朝道光年间，福州官钱局的官员宴请福建布政使周莲。席间有一道名叫“福寿全”的菜，是用鸡、鸭、羊肘、猪蹄、排骨、鸽蛋等以慢火煨制而成的。成菜鲜美异常，香气扑鼻。周莲吃后非常满意，回家后即命厨师郑春发依法仿制。郑春发在原菜基础上，减少了肉类用量，又加入了多种海鲜，使成菜内容更加丰富，鲜美可口。后来，郑春发离开布政使衙门，到福州东街上开了“三友斋”。在一次文人聚会的筵席上送上此菜。文人们品后纷纷叫好，有人即席赋诗曰：

坛启荤香飘四邻，
佛闻弃禅跳墙来。

从此，这道菜就叫做“佛跳墙”了。

后来，郑春发为了使佛跳墙不致荤腻过重，又对菜肴的用料进行了改进，成为闽菜的“状元菜”。

如今，佛跳墙不仅遍及福建各地，我在台湾、香港、北京、上海、山东的许多菜馆也见到供应佛跳墙。然而，聚香楼是佛跳墙的发源地，当数这里最正宗。

下榻于聚香楼，当然要品尝佛跳墙。在上主菜佛跳墙之前，侍者首先端上八碟小菜，即酱酥核桃仁、糖醋萝卜丝、麦花鲍鱼脯、酒醉香螺片、贝汁鱿鱼汤、香糟醉肥鸡、火腿拌芽心、冬菇炒豆苗。

在品尝了八碟小菜之后，“主帅”终于露面：侍者用盘子端上一滚烫的鼓形瓷罐，揭开盖子，顿时酒香四溢。罐里装的东西实在太多，成了化学上所说的“混合物”，据说有鱼翅、海参、鲍鱼、鱼唇、鱼肚、蹄筋、干贝、火腿、鸽蛋、鸡、鸭、猪蹄、羊肘、鸭肫、猪肚，还有冬笋、冬菇、白萝卜、姜片、葱节、八角、桂皮、精盐、料酒、酱油、冰糖、味精、高汤、

作者在福州采访高士其百岁母亲（1982年）

化猪油、色拉油。我能够分辨出来的，大约就是鲍鱼和鱼翅。

漫步聚春园附近，隔三差五是出售福州著名手工艺品牛角梳的小摊，分淡黄、黑色、黄中夹黑三种。我听说一个故事：一位老板招收商品推销员，出了一道难题，要那人到寺庙里推销牛角梳。和尚光头，何用梳子？那人在寺庙里宣传用牛角梳梳光头，可以加强脑部血液流通，舒筋活血，使精神焕发，结果和尚们也大批买牛角梳。不言而喻，那人立即被老板录用了！

坐落在福州市郊的鼓山，是游福州必去之处。当年我去过鼓山，这一回重游，发现庙宇重修，红墙青瓦，气势不凡。这里的大雄宝殿始建于五代（公元908年），已经有一千多年的历史。山间有一清泉，名曰“龙头泉”，泉水清冽。坐在那里的茶室，细啜用龙头泉水泡的清茶，望着窗外那缠满青藤的巨树，呼吸着格外清新的空气，竟久久不愿离去。

前几回去福州，我必到一条名叫鳌峰坊的小巷，因为我的恩师、著名作家高士其1905年11月1日出生在那里。高宅是一座古老的大院，木柱、木梁、木壁，由于年代久远都已经成了深咖啡色。这幢古宅前门开在水部门口，后门靠着于山。这座房子是明朝末年建造的，已经有300年的历史，年纪比门口那几棵大榕树还老。当时高士其的百岁老母何咏阁老太太健在，向我细细讲述着高士其童年的故事。这位百岁老人才思敏捷，居然还用毛笔为我题词：“雪侮霜欺香益烈。”这“烈”，分明是指叶永烈之“烈”。她的题词，至今仍挂在我的书房里。

如今，不仅高士其的老母早已仙逝，连高士其也告别了这个世界。我曾经在报刊上几度见到有关保护高士其故居的呼吁。这一回我重访鳌峰坊，在原址见到崛起一座白墙青瓦的两层小院，这幢新楼虽说没有百年老宅的韵味，但是这座小院是作为高士其纪念馆而建造的。考虑到要陈列展品、供人参观，所以全部改成砖木结构。

重访福州，新貌喜人，匆匆数日，收获多多。

坐水观山

眼下时兴“比较文学”，其实也可以来个“比较旅游学”。用大白话来注释，旅游也就是“游山玩水”。青山常见，碧水常有。论奇峰异石，桂林山水甲天下。这“甲”就是经比较而得出的结论，可见“比较旅游学”古已有之。这一回，我游武夷山归来。“比较”而言，我敢说，坐水观山，武夷胜天下诸山诸水。

大抵在盘古开天之际，老天就给了武夷山“优惠”：不仅把奇峰“高密度”群集于一处，而且在群山间铺了一条九曲十八湾的“绿色公路”——九曲溪。于是，“小小竹排江中游”，坐水观山，成为武夷山最为精彩的旅游项目。

说是“坐水”，一点也不夸张。我在九曲溪上游登上竹筏。那竹筏用6根毛竹做成，筏上有竹椅。我坐在竹椅上，清清溪水就在我的脚下。船工一撑竹篙，竹筏便在银波点点的溪上顺流而漂。过激流浅滩之际，浪花翻飞，我如同坐在一锅沸水之上，脚踩波点，水花溅身，令人精神为之一振。我记得，游漓江是坐轮船，机声隆隆，旅客高站船顶，绝不像游武夷如贴水面，双耳唯闻潺潺水声。

两岸青山夹溪，如同长长的立体画廊。刚刚下过一场细雨，白云在半山腰飘拂，如同一团团雪白的药水棉花在拭擦着翠叶上的灰尘。我的椅后站着一位20出头的船工，古铜色的脸上留着一撮小胡子，脚穿一双高筒套鞋。他从碧波中拔出竹篙，指点江山，竟口若悬河般解说着，居然兼着导游之职。他仿佛装着一肚子的故事每一块怪异的岩，每一个奇特的洞，他都能讲出一个民间故事来。有了他那福建口音的普通话解说，眼前的无声宽银幕电影变成有声的了。他随口而说，见啥说啥。

溪水浅处才几寸，深处达30多米，他引述了郭沫若游九曲的诗：“塘深可卧龙，滩浅可搁舟。”他会随机应变，指着一块蘑菇形的山岩说：“昨夜下了一场雨，这蘑菇是刚刚在雨后冒出来的。”他的解说还富有现代味，他指出一支巨笔般的山岩说：“这是尖笋峰。其实，它更像一枚即将起飞的宇宙火箭。”他挺幽默，指着龟形岩说：“这乌龟害羞，见到客

武夷山

武夷山

武夷山吊桥

人来了，把头缩进去了，竹排过去以后，它就把脑袋悄悄伸出来……”

“你贵姓？”我问他。“免贵姓吴。”他答道。

我猜想他起码上过高中，他却说自己是大学生。“什么大学？”我问道。他仰天大笑起来：“太阳大学！”原来，他连小学都没读完。他的满肚诗文，是在导游培训班那几个月里学来的。他撑着竹排，从上游到下游，约莫两个多小时，到了下游用拖拉机把竹排再运回上游。每天他要撑三个游程，不停地撑着，说着，不仅把故事说得滚瓜烂熟，而且还加以发挥，掺入自己的“创作”。他原本务家，几年前武夷山对外开放，游人骤增，坐水观山成为游武夷必不可少的节目，于是“竹筏公司”应运而坐，200多条竹筏在激流中载客。这样的泛舟而游，从三岁小孩到八旬老翁都喜爱，小小竹排百把元一条，比一辆自行车还便宜。“竹筏公司”有了可观的收入，船工们在开放之中也富起来了……

我夸奖小吴的解说，称他为“太阳大学”的高材生。他嫣然一笑：“哪里，哪里，我还没有学会英语呢。到了我能用英语为外宾导游，那才算得上‘太阳大学’的高材生。来武夷山的外宾，已经越来越多了……”他用竹篙一指，正巧，一艘竹排上坐着几位高鼻碧睛的游客，一阵阵欢声笑语从浪尖上滚过来，传入我的耳中。

住山房

茶色玻璃。红地毯。印花墙布。塑料天花板。乳白顶灯。水磨石走廊。电梯上上下下。……我住过各式各样的宾馆，几乎千篇一律。“三星”、“五星”之类，凡是“星”越多，宾馆里的进口设备也就越多。

这一回，我应邀前往武夷山休养，事先告诉我住在“幔亭山房”。我不知道这是几“星”宾馆。

驶过潺潺而流的崇阳溪，一转弯，绿树掩映着一座上了“年纪”的古建筑物——武夷宫，汽车停在一片茵茵绿草上。出现在眼前的，没有一幢高楼，却是一排四合院式的古色古香的房子，最高的不过两层而已，背靠着拔地而起的幔亭峰，真个是“山房”。

步入这倚山傍水的山房，见走廊上铺着五光十色的鹅卵石。崇阳溪里，有的是色彩各异的鹅卵石。走廊路面经过磨平，看上去丝毫不逊于水磨石。开门进房，如入古代的竹楼。四墙、天花板以至地面，粘贴着一层竹席。这竹席经过树脂处理，不霉不蛀，结实耐磨。山房坐落在山间，四处翠竹丛生，竹子用不尽，使不完。我揿亮电灯，那灯罩也是用细竹编的，又别致又古雅。

屋里的桌、椅、床，几乎是任何宾馆里没有的。这些家具竟然用比甘蔗粗一点的原木，削去树皮做成的，任其自然，弯弯曲曲的，只在表面涂了一层清漆而已。最妙的是衣架，干脆用一棵树做成，叉开的三只脚是树根，而枝枝杈杈则用来挂衣服。山上绿树葱珑，做成这样的别具一格的家具，成本非常低廉，又有山房气派。

茶几上的烟灰缸，是用一块拳头那么大的鹅卵石挖个坑做的。就连桌上的小台灯，也是用鹅卵石做的。

在山房院子里散步，见到鹅卵石砌成的垃圾箱。各种路标，是在大鹅卵石上刻字做成的。餐厅门口，刻着“幔亭宴”三个字。宴会厅里有着一个用鹅卵石砌成的鱼池，存放着待烹的鱼——而此时此刻，鱼儿还在水中自由自在地漫游。

吃罢晚饭，我站在阳台上，远眺群山，见天色渐暗，山色转黛。最后，天与山融为一体，一片乌黑。这时，前后花园里路灯发亮。那灯，装在低矮的、做成竹筒形的水泥柱上，射出柔和的光，比起常见的高柱玉兰灯，另有一番风味。

蒙蒙细雨从天而降，鹅卵石小径在灯光下反射出玻璃般的光，如同一颗颗水晶球。

我在回廊上散步，不时遇见蓝眼睛的客人。这儿是以接待外宾为主的宾馆。我问一位瑞士客人：“喜欢吗？”

他说：“我来到了真正的中国！”

除了空调设备是进口货之外，幔亭山房“靠山用山，靠水用水”，所用建筑材料取自本地，虽然说不上几“星”，却有着浓烈的中国山居色彩。

我想，这样的山房未必值得各地宾馆效仿。可是这种就地取材的精神和中国建筑风格，却可以借取。

武夷山的云

走马观厦门

“春风得意马蹄疾，一日看尽长安花。”唐朝诗人孟郊的观花速度是够快的。

我在厦门住了5天，走马而观，也近乎浮光掠影。我随手记下一点印象，如同飞鸿踏雪泥而已。

一到厦门，我便购买了一张厦门游览图。细细一看，地图上许多地方标着个“厕”字。编者如此费心，替旅游者着想，真令人感动。也许我少见多怪，这样的标明厕所位置的游览图，还是头一回看到。

厦门美丽而恬静，有海有山，无拥挤感。商店的招牌大都写繁体字，间杂着简体字。有的简体字是自己“发明”的，把“厦”写成“斥”，随处可见。许多路名带“厝”字。“厝”念“措”。我请教当地的朋友，才知在闽语中是家的意思。

厦门大学依山傍海，就校园而言，上海任何一所大学都无法跟它相比。鲁迅曾在那里任教。校园里矗立着鲁迅高大的石像。与厦大毗邻的，便是佛教名寺南普陀。那里的和尚穿尼龙袈裟，着塑料凉鞋，戴电子手表。寺院里点着蜡烛形红色电灯，比点燃蜡烛要安全得多。案上放着一盆盆塑料花，长年不谢。墙上贴着标明简谱的《阿弥陀佛歌》。我亲眼看见，一位20多岁的男青年，把一张“大团结”放进佛像前的铁罐里。跪拜者以年轻人为多。

市内小公共汽车甚多，招手即停，上下方便，车内冷气开放。车票价格也不算高。我不知“海上小巴士”为何物。乘坐了一次，才知不过是普通的汽艇而已。鹭江上停着一艘巨大的海轮，上悬“海上乐园”4个大字。门票为一元。上船后，入迪斯科舞厅，又收舞票两元。入交谊舞厅，则再收舞票两元。船上到处铺着地毯，设备豪华。据说原是国外一艘高级旅游船，已经报废，折价卖掉。船上的游客，大都为年轻人。

鼓浪屿是厦门最著名的旅游区。小岛正中的一幢大楼上，醒目地矗立着：“SONY”4个红色巨字。夜间红色的霓虹灯闪闪发光。可以说，凡是到过厦门的人，都见到过这4个字。据说日本索尼公司为这4个字付了一笔可观的广告费。然而，这4个字出现在举市瞩目之处，其宣传效果也是最佳的。索尼公司在广告宣传方面可以说是别出心裁、不惜功本。我听见有人在议论：不知道中国的企业有没有这么大的魄力，在别国领土上树起如此醒目的中国商业广告？

步入鼓浪屿菽庄花园新开张的观海楼餐厅，冷气扑面而来。室内金碧辉煌。我一抬头，见天花板上冷气过道下面，一张张金纸已经脱落，在空中摇晃，未免令人遗憾——餐厅还正处于试营业阶段。服务员从服务专科学校毕业，穿着米色工作服，笑容可掬。席间，一个男孩呕吐，几位服务员一齐上前，有的抱男孩出去诊疗，有的擦去地毯上的脏物，服务态度甚好。

厦门讲闽南语，外人莫懂。营业员大都能讲普通话。站在那里对顾客不理不睬的，不多见。我上一家小店吃面条，一口下去，牙齿嘎嘎响。一看，原来面中夹杂着许多新鲜的花蛤蜊、蛏子。还有的饭店里放着大水箱，里面养着活的海鱼，犹如青岛水族馆。活的海鱼现卖现烧，不多见。据说，厦门人很讲究海鲜的“鲜”。

在集美鳌园的陈嘉庚墓，我见到十来位工匠冒着酷暑往园内四墙的浮雕上涂漆。浮雕有花鸟虫鱼、历史故事等内容丰富。厦门人一提起陈嘉庚倾囊办学的精神，无不钦佩。

我最喜欢的是万石公园。“万石”当然只是虚称，可是园内巨石林立却是确实的。那天下着蒙蒙细雨，园内游人寥寥，益发显得清静。那里万木葱郁，集亚热带植物之大成。奇花异草，令人目不暇接。山、石、湖、花交映，不愧为一座“绿色博物馆”。

厦门，华夏之门，如今对外敞开，通四海，连五洲，正欣欣向荣。

在厦门前线旅游

在我的印象中，过去报纸上一提到厦门，便冠以“福建前线”之类字眼。既然是“前线”，势必充满紧张的战斗气氛。1985年炎夏，我来到厦门，那里歌舞升平，一派和平、欢乐的景象。

新来乍到，夜间，友人便邀我去游鸿山乐园，说是“地下游乐场所”。到了那里一看，果真，整个乐园都在地下——确切点讲，在山洞里。气派好大呵，长达数百米的地下甬道，宽敞、明亮，可供汽车对开。甬道两侧是一个又一个游艺室，每一间都有好几个教室那么大。最令人惊讶的是地下舞厅，比普通的礼堂还大。地面光滑如冰，彩灯闪烁，乐队高奏，舞伴们双双对对，翩翩起舞。酷暑时节，地下游乐场里清风徐徐，宛如冷气开放。

这家游乐场的大门是敞开的，不必买门票，谁都可以入内。只是进入各游艺室时，才收门票。舞厅的门票最贵。但是，我环顾舞池，充其量不过百来人。须知，建造如此宏伟的地下游乐场，耗资惊人，光凭几张舞厅门票怎能弥补?

我一打听，这才恍然大悟：原来，这是防空洞。那一间间游艺室，是战时市政府机关的办公室。舞厅则是战时会场。厦门与金门、大担一水相隔，最近处只有3 000米而已，所以防空洞的规模也特别大。如今，改为游乐场所，使闲置的防空洞得以利用，为厦门增加了一个别致的旅游区。

走出厦门大学边门不远，便是胡里山炮台。这座炮台建于光绪十八年，与金门岛遥遥相对。本来，这儿是戒备森严的军事禁区。特别是在互相炮击时，这里首当其冲。然而，如今厦门已多年没有听见大炮“发言”了。军事禁区对游人开放，一下子成为厦门富有吸引力的旅游胜地。天气晴明之际，站在那里，可以用望远镜清楚地看见金门岛上人影。在前线旅游，别有一番情趣。

鼓浪屿是镶嵌在那蓝缎般的厦门港上的一颗熠熠明珠。我乘坐“海上小巴士”环岛而行，看到南端的巨岩上搭着高高的脚手架，正在建造一座硕大的塑像。

“那是明末民族英雄郑成功的塑像。”友人告诉我，这座塑像高15.6米，600多吨，由600多块泉州白石组成。

郑成功是厦门人民最为敬重的历史人物。在鼓浪屿上，设有郑成功纪念馆；在厦门大学，有郑成功演武池遗址；在万石岩公园，有郑成功杀郑联遗址；在集美，郑成功的士兵当年安营时挖的水井，也列为纪念物；此外，还有“延平楼”、“延平池”等等（郑成功曾被永历皇帝封为“延平王”）……

郑成功的塑像脚踩碧波面向大海，目视前方，遥望台澎。在厦门前线新建这尊白石塑像，表达了大陆人民对台湾同胞的思念和对祖国统一的强烈愿望。

鼓浪屿上的琴声

船头犁开幽蓝色的鹭江江面，漾起一团团碎银似的浪花。近了，近了，面前的小岛上，青山、巨岩、棕榈树、红顶别墅，历历在目。那形状有点古怪的码头上，高悬三个醒目的大字：鼓浪屿。

踏上鼓浪屿，耳清心静，四周是那样的安谧。烈日当空，我看见一位女邮递员挎着绿色邮袋在徒步送信。“干吗不骑自行车？”我好奇地问她。她用带有浓重的闽南口音的普通话答复我：“这儿不仅不准汽车通行，连自行车都不许骑！”我环顾四周，果真，见不到一辆车子，没有“喧喧车马度”，成了“步行者王国”，怪不得那样的宁静。

我在浓荫蔽日的山间小路上漫步。忽然，从一扇敞开的窗里飘出小提琴声，清新悦耳，如闻仙乐。我向前走去，从另一个窗口又传出银铃般的歌声。……哦，这儿的风中飘荡着音符！

在小道上左拐右抹，我来到一幢小楼前。按照地址那是福建省亚热带植物研究所所长李来荣教授的家。隔着小院，从里面传出铿锵的钢琴声，如山间奔泻的小溪，旋律欢快流畅。我按响门铃之后，叮咚琴声戛然而止，从里面叭哒叭哒蹦出个小女孩，穿一身雪白的连衫裙，给我开门。

我跟李老虽早就相识，但是从未到过他的家。李老把我迎入客厅。那里除了沙发外，便是一架钢琴。我刚刚坐定，小女孩便问李老：“外公，我继继弹琴，行吗？”李老连连说：“行，行，你弹你的，不碍事。”

很自然的，我问起了小女孩的情况。李老显得非常高兴，告诉我：小女孩是他的外孙女，叫李靖，才11岁。5岁起学钢琴。现在，放暑假了，她每天练琴4小时。她获得了厦门市文联举办的少儿钢琴赛一等奖。墙上，便挂着她的奖状。

李老告诉我，在鼓浪屿，像李靖这样的琴童很多，出了不少音乐人才。他提起了著名钢琴家殷承宗，当年便是这儿的一名琴童。殷家离李家不远，我想去拜访，李老让他的女儿带我去。

山上一幢漂亮、宽敞的两层楼房，便是殷承宗家。刚进门，就看见石阶上飘散着一些废纸——手抄的五线谱。几乎不用介绍，我一眼就认出殷承宗的胞兄——殷承典，他的外貌酷肖弟弟。殷承宗的老母年已八十，因不慎摔倒骨折，正卧床休养。

殷承典告诉我，他兄弟姐妹9人，个个喜欢音乐。他们小时候从“百代”留声机里听西洋古典音乐，渐入音乐之门。殷承典也酷爱音乐，现在中学担任音乐教师，正忙于张罗在鼓浪屿举办音乐夏令营，培育新一代音乐幼芽。

殷承典热情，健谈，一口气谈了3小时。他指着家中的钢琴说，这架钢琴，是卓一龙小时候弹的。

卓一龙，不就是著名钢琴家傅聪的夫人？意想不到，她家与殷家毗邻。她当年也是鼓浪屿的琴童，后来入英国皇家音乐学院和巴黎音乐学院，如今在英国皇家音乐学院任教。1982年，她曾在北京举行钢琴独奏音乐会。我访问了卓家，又听说林俊卿是卓家亲戚，林家也在鼓浪屿。林俊卿曾任上海声乐研究所所长，是著名男高音歌唱家、嗓音专家、医学博士。

据厦门市文联杨扬先生告诉我，鼓浪屿才1.77平方公里，却拥有290多架钢琴！那里华侨多，大部分钢琴是他们从国外带来的。

怪我粗心，初来鼓浪屿没有细细端详那形状古怪的码头。离去时，我凝视着它，恍然大悟——那是一架用水泥砌成的硕大的钢琴，行人不断在琴下进进出出。如此别致的钢琴形码头，恐怕举世无双。

再游厦门

又见碧绿的鹭江，又见如诗如画的鼓浪屿。

这一回，厦门给我的最好印象，莫过于干净。市中心的街道不算宽，可是，几乎见不到一星纸屑。如此干净，使我的精神为之一爽。

鼓浪屿的游客比往日仿佛多了几倍。内中的原因，一是外地游客明显增多，厦门成了国内旅游热线；二是本地的居民也涌往鼓浪屿，他们手中都拎着个塑料马甲袋，装着泳衣，前去游泳。鼓浪屿往返的轮渡费只有五角，该算是很便宜的了。

即便是游客增多，鼓浪屿仍显得很干净。我注意到，鼓浪屿商业街上铺着的黄绿相间的花色地砖，用水冲得清清爽爽，绿是绿，黄是黄，一尘不染。

鼓浪屿成了真正的“步行岛”。岛上不仅不见一辆汽车，连一辆自行车也见不到。于是，竹轿生意兴隆。轿夫们穿着黄马甲，争着向年迈的游客或者娇弱的小姐拉生意。

日光岩是鼓浪屿的制高点。登上日光岩，不仅可以俯视全岛，也可以遥望厦门市区。这样，凡是初来鼓浪屿的外地游客，必登日光岩。日光岩的顶峰上，游人挤得水泄不通，真的如同筷子笼一般。所幸日光岩上新装了栏杆，而那栏杆是不锈钢的，在盛夏烈日之下，反射出锃亮的光芒。虽说每日有上千的游客扶着它上岩、下岩，却没有一丝污垢或锈斑。我发觉，鼓浪屿码头的栏杆以至渡轮上的铁门，也都是不锈钢的，显得格外清洁。

厦门自从开辟为经济特区以来，新添了100多座高层建筑。这些高楼，几乎全是白色釉面砖外墙，铝合金门窗，茶色或深蓝色玻璃，给人一种视觉的愉悦。即便是在鲁迅曾经工作过的厦门大学，陈嘉庚创办的集美学校，那些20世纪30年代的建筑，那花岗石的外墙被仔细清洗过，而那些木门窗被油漆一新，看上去仿佛是新盖的一般。

鼓浪屿是个小岛，厦门是个大岛，全被湛蓝的海水包围着。在这里，随处可以吃到“生猛海鲜”。大店在店堂里砌着玻璃水箱，养着活海鱼、海蟹、海虾，而小店则在门口放着红红绿绿的塑料盆，盆里养着海鲜。顾客点了海鲜菜，店主当即把活海鲜下锅。我在鼓浪屿吃海鲜，那海螃蟹在下锅前正在“横行”，而琵琶虾在水里游得那么快我还是头一回见到——平日在上海买到的都是死琵琶虾。

我所住的宾馆旁，据说有“海鲜大排档”。一天夜里九时多，我和妻信步踱去，见交错成“井”字形的四条小巷，全都灯火辉煌。灯下，东一摊，西一摊，摆着花花绿绿的塑料盆，盆里养着海鲜，盆旁则是炉子、铁锅，现买现炒。我点了一盆花蛤，一盆龙头鱼，看着店主下锅，俄顷就热腾腾地端了上来……

厦门是个60万人口的中等城市。出租车的起步价，按车的大小分8元、10元两档。由于城区面积不大，一般超不出起步价。

我正在采写关于“商品房大战”的报告文学，很自然，也就关心厦门的商品房市场。厦门市区有许多空闲地，所以不少商品房建在市中心。这里的黄金地段的商品房房价，只及上海郊区的价格。打电话给房地产公司，接电话的售楼小姐往往比上海热情得多——在北京，使我很惊讶的是，有的房地产公司居然只在电话里放录音！最有意思的是，上海的高层商品房，以顶层最便宜，因为上海人以为顶层夏热冬寒，况且不安全，而厦门却是顶层最贵，因为厦门人以为高层建筑应该越高越贵，顶层最高，自然最贵！

游厦门往往游石狮。石狮原本是个不起眼的小镇，只因办起服装市场，加上从台湾过来的走私货，变得名闻遐迩。从厦门去石狮，汽车往返得7小时。这一回去石狮，见到石狮已成了规模不小的城市，服装工厂比比皆是。不过，去石狮前，导游便告诫："石狮乱开价，凡开价100元的，还价30元差不多。另外，如果你不想买，就别还价。你一旦还了价却不买，店主会跟你吵架的！"到了石狮，果真如此。一家店主甚至当场用拳脚对付顾客。那里街道狭窄，而摩托车不断"蓬、蓬"急驶而过，又乱又闹……

从石狮归来，我越发觉得厦门整洁、文明、可爱，给我留下了美好的印象。

侨乡探古

乒、乒、乒，尽管骄阳高悬，一位老石匠手持钢凿，仍不停地劳作着。在用毛巾擦汗的刹那，他低垂的头抬了起来，我这才看清他乌黑干瘦的脸上刻满深深的皱纹，如同画家罗中立笔下那老农的形象。刚擦了一把汗，乒、乒声又响起来。那毛糙的花岗岩经他不停地用钢凿修琢，变得平整光洁，如同美玉……在福建泉州我见到的那位老石匠，如刀刻一般，永存于我的记忆之中。

泉州的山，矗立着一块块硕大的花岗岩。经过无数石匠的开凿，化为一块块方方正正的条石，砌起一座座石屋。我曾登高俯瞰泉州，发觉那里的屋宇格外整洁，棱角分明——因为那儿的房屋，绝大部分是用花岗岩石砌成的。车过新建的泉州大桥，桥的石栏杆上蹲着几十只用花岗岩雕成的狮子，形态各异，栩栩如生。用花岗岩方石铺成的马路，一尘不染。泉州古寺——开元寺的柱子又粗又直，可谓"顶梁柱"，是用花岗岩琢成的。就连五层古塔，也全是用花岗石砌成的，表面刻着种种浮雕，极为精美。花岗岩向来以坚固著称。用钢凿征服花岗岩，那该付出多少汗水和气力。

那里的石匠在与顽石拼搏中练就了精湛的技艺。正因为这样，在1958年，当首都兴建人民大会堂时，数十名泉州老石匠进京，大显身手，立下汗马功劳。

我漫步在泉州的海外交通史博物馆，意外地看到许许多多花岗岩的墓碑、寺碑、墓盖，上面龙飞凤舞般刻着阿拉伯文。古城泉州，怎么会有阿拉伯遗物？一问解说员，我才明白：在公元7世纪至15世纪，曾有数万阿拉伯穆斯林远涉重洋，在泉州安家落户。那时的泉州，是中国对外贸易的巨港。如同《马可•波罗游记》中所写的："刺桐（泉州）是世界上最大的港口之一，大批商人云集这里，货物堆积如山，的确难以想像……"那些阿拉伯文墓碑，便是当年的阿拉伯穆斯林长眠于泉州大地时竖立的。迄今，泉州仍有近3万穆斯林后裔。

我还参观了气派宏大的泉州古船陈列馆。这座陈列馆是为一艘古船专门兴建的。宽敞的大厅，深蓝色的水泥地，淡蓝色的墙，使人如同置身于浩淼壮阔的海洋。大厅里横卧着一艘扁阔的木船，长34米，宽11米，深4米。这是宋代的木帆船，沉于泉州湾，长年累月，覆盖了4米多厚的淤泥。1974年出土。在13世纪，我国能造出如此巨大的远洋木船，令人惊叹不已。泉州的石匠巧夺天工，木匠亦技艺超群。在沉船上，曾发现檀香、龙涎香等数十种东南亚及非洲产的商品，可见当时泉州外贸通四海。"涨海声中万国商"，泉州港曾是东方第一大港。泉州华侨众多，便是由于泉州很早就对外开放。

石狮观音石雕

石狮著名景观姑嫂塔

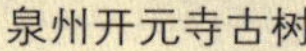
泉州开元寺古树

泉州开元寺古塔

在开元寺大门口，我遇见一对华侨，老夫老妻，很有兴味地观看着柱子上的烫金对联："此地原是佛国，来往皆是圣人。"我问他们重返故里有何观感，他们笑答："在国外，到处是洋楼、高楼。一回到故乡，古城、古寺，古色古香，非常亲切。我们也成了'圣人'啦。我们的根在这儿！"他们笑得那么甜蜜、那么惬意。

老石匠、花岗石、穆斯林、古木船、老华侨……哦，泉州——古城，侨乡。

服装新城石狮

服装模特迈着猫步走到T形台尽头潇洒地一转身，那飞旋的裙子被定格，变成了石狮服装城高达40米的主楼的时尚造型。我来到石狮，首先引起我注意的，就是那座服装城。

一位具有模特身材和气质的解说小姐，带着我参观这座充满现代气息的服装新城。那主楼是服装艺术展览中心，展出满目琳琅的新款服装。主楼的两翼是批发市场，那恢宏的气势令我吃惊，这里竟然拥有6 000多间店面，总共达40多万平方米。石狮服装城号称是全国乃至亚洲最大的服装批发市场，名不虚传。女装、男装、童装、内衣、牛仔、情侣装……济济一堂。这里的主题词是“休闲”，五颜六色、各种款式的休闲服装是这里的特色，因为中国进入小康社会，老百姓对休闲服装的需求越来越大。春节前我在海口挑选休闲服装时，一看标牌上的产地，十有七八是石狮！

解说小姐告诉我，这座服装城是石狮市政府花15亿元人民币搭建的“鸟巢”，引来百鸟朝凤，在此安家。这座服装城每年的交易额已经超过100亿元人民币。其实，这里的每一家商铺背后，便是一家服装厂。漫步石狮城，我不仅见到大大小小的服装厂，而且还有纺纱厂、织布厂、印染厂、成衣缝制厂、服装设计室、服装机械厂以及便捷的服装运输线，石狮已经形成服装产、供、销一条完整的产业链，成为中国休闲服装的主要生产基地。

今年元宵节我重访石狮，给我的印象是“颠覆性”的。记得，23年前的1985年，晋江爆发了震惊全国的假药案，我在那时候来到了晋江，也来到了石狮。当时的晋江是县，而石狮则是晋江县下属的一个镇。石狮给我的印象是“脏、乱、差”。我来到石狮老城的城隍庙那一带，见到破旧狭窄的街道两侧挤满地摊，手提喇叭的阵阵叫卖声与从人群中穿梭而过的摩托车的蓬蓬声混成一片。地摊充斥低价而质次的服装以及种种小商品，以及来自海峡彼岸的走私货。这个海隅小镇正处于从贫困落后走向改革的前夜。石狮的“天资”很好，三面环海，与台湾遥遥相对，早在清朝乾隆年

泉州老君岩老子石像

石狮集市

间石狮便被指定与台湾鹿港对渡，两岸联系密切，而且石狮人所讲的闽南语跟台湾相通。正因为这样，在1988年，石狮迎来了历史性的大转折——经国务院批准，石狮破格由镇升级为市，是全国罕见的“镇改市”。原本管辖石狮的晋江那时候还是一个县，直到1992年晋江才撤县设市。

镇改市，鼓起了石狮飞速前进的风帆。服装业成了推动石狮迅速发展的龙头老大。石狮出现了三千多家服装及配套行业企业，使石狮市成了一座服装城，举行了多届海峡两岸纺织服装博览会以及全国性的休闲服装博览会。如今我所见到的石狮，是一座崭新的城市，到处是新楼、新路、新店、新人。石狮处处可见用红砖砌成红色的楼房配上白色的窗框，色彩鲜明而大方。也有许多新楼刷上艳丽的涂料，在蓝天白云衬托下显示出这座年轻城市的青春活力。这些新楼形成了十几条商业街，街道宽广，桔红色的出租车哗哗驶过。至于石狮的“新人”之多，也令我惊诧：石狮本地人口30万，而从四面八方涌来的外来人口达40万——外来人口超过本地人口，这在全国城市中也是不多见的。这批外来人口已经在石狮定居，成为“新石狮人”。

在石狮街头，我见到三座雕像，给我留下深刻的印象：

一是这次我重访石狮老城宽仁街，在城隍庙前见到一尊石狮。这座

石狮市最早的石狮

一千多年前建的石狮万寿塔

城隍庙建于明万历十二年（即1584年），迄今有四百多年历史。据说，石狮这地名，便源于庙门口这尊石狮。当时，这座城隍庙位于通往泉州府城的官道之侧，当地人常相约在城隍庙前石狮旁见面，就把见面的地点说成“石狮”，竟渐渐演变为地名。如今，这尊久经沧桑的石狮受到石狮人的格外尊敬，我见到这尊石狮时，从头到脚披着红布。

二是在石狮新城的中心广场，见到一尊高大的用花岗岩雕刻的石狮，昂首挺立，张开巨口，仿佛正在怒吼。这尊新的石狮，名曰“东方醒狮”，是石狮市的城雕。石狮人把自己在改革开放中的大胆闯荡精神，归结为一句话：“敢拼才会赢。”这尊威风凛凛、奋蹄向前的巨狮，正是石狮精神的形象化身。

三是在石狮主干道的十字路口，矗立着“富贵鸟穿越世界”的雕塑。“富贵鸟”集团是石狮的私营企业，在1984年创立时不过是一家只有几十个工人的小厂。如今这个集团员工逾万，年产值超过5亿元人民币，成为“中国驰名商标、中国名牌产品、国家质量免检产品”。石狮的服装企业几乎都是私营的，“富贵鸟”是其中的领头雁，所以石狮在市中心为“富贵鸟”树雕像。

石狮，朝气蓬勃、富有魅力的服装新城，正在东南沿海崛起。

青岛的节奏

青岛，恬静而美丽。像一颗明珠镶嵌在胶州湾畔。她是那样富有色彩：绿树，红瓦，一幢幢别墅式的小楼刷成鹅黄、粉红、淡绿、天蓝、雪白。她张开双臂，拥抱碧涛抖荡的大海。

漫步在青岛海滨，风和日丽，海浪舒缓地发出一声“哗——”。过了好久，才传来第二声“哗——”。那节奏是慢吞吞的。海边，树下，路旁，沙滩上，游人如织，双双对对，徜徉着。几乎看不到步履匆急的行人。就连在海面上飞过的海鸥，也是那样懒懒散散，悠然自得……

我初到青岛，当一位朋友问我印象如何时，我随口答道：“青岛是个慢节奏的城市。”

那位朋友是当地人。他听了，不以为然地说：“不见得吧。”我在青岛住了半个月，到各处采访，广泛接触各行各业的人。我很往意观察他们的生活节奏。

我拜访了青岛港务局监督长。他是一位中年人，一见面便说："我，'老九'出身，本是一名业务人员，如今被推上这个岗位……"在短短一个多小时的采访中，起码被敲门声打断了六七次。一会儿，有人敲门说："监督长，长途——""监督长，电报！"一会儿，又有人敲门说："监督长，急件！"他匆匆出去，处理了急事，又匆匆坐下，继续着谈话。我在远郊——胶南县海边，采访人工培育蟹苗的情况。夜幕已经降临，育苗棚里灯火通明，巨大的水池里翻滚着气泡。工作人员穿着高筒套鞋，在水池边奔忙。不时舀上一匙蟹苗，放在显微镜下观察。负责人郑师傅的眼里布满红丝，昼夜不停在那里工作着。因为当时市场上螃蟹奇缺，全国几十个单位向他们订购蟹苗，重担在肩，不可稍有疏忽。直到深夜，他才挤出一点时间，向我介绍了他们的研究情况。刚谈完，他又奔向育苗棚。

苏小明唱的《军港之夜》，那节奏是轻松、缓慢的。我来到军港采访，登上导弹驱逐舰。饭后，跟于副舰长聊天时，问及他的生活情况。他说，他每天都仿佛上紧了发条。他早上5时前起床，几乎每一个小时都安排了工作，直到吹了熄灯号之后，他还要到各舱查铺。训练任务是繁重的。军舰时刻都需要他。他的孩子已一岁多了，至今还未见过面。几次打算回家探亲，可是，工作是那么的紧张，他走不开啊。

当我来到青岛航海运动学校采访，看到几位运动员的眼皮浮肿。一问，才知道几个月来，天天加夜班，在赶制长达3米的"远望号"考察船模型。几天后，他们便去联邦德国参加国际航模比赛，为国争光。

青岛市领导是怎样生活的呢？我准备去拜访青岛市副市长兼市委副书记刘镇。

没想到，他说顺路来看我。他独自骑着自行车来的。他从北京调到青岛工作才4个来月，一谈起青岛，却非常熟悉，就连自由市场上的鱼价多少也一清二楚。

他说，他喜欢骑着自行车到处跑，这样可以了解许多真实的情况。他一口气谈了近两小时，看了看表，说要赶到另一处去工作，便骑着自行车飞快地走了……

哦，青岛的节奏是快节奏。那些悠然自得散步的人，大都是外地前来旅游的。

青岛观巨鲸

湛蓝湛蓝的胶州湾，如同一块巨大的美玉，静静地躺在那里。两座古色古香的宫殿式建筑，傍海而立——那便是久享盛誉的青岛水族馆和海产博物馆。我到达青岛的当天，就来到那里采访。很巧，两位馆长都姓李。他们告诉我，青岛水族馆是蔡元培、杨杏佛等著名进步人士在1931年倡议建立的，迄今已有半个多世纪的历史。它是国内最早的水族馆。后来，在广西北海市新建了我国第二座水族馆。

水族馆拥有众多的玻璃水箱，养着各种海产动物。尽管人们常吃海鱼海蟹，然而，却极少亲眼见到它们在海中生活的情形。正因为这样，水族馆如同一座水晶宫，吸引了众多的游客。

据李馆长说，在20世纪50年代，这儿每年约有三四十万人参观，如今激增到每年几次百万人次。

来青岛旅游的人，无不在这里驻步细观。不论是梭子蟹斗架，还是乌贼大放黑幕弹；不论是飞鱼展翅，还是鲨鱼吞食小鱼……都使观众发生莫大兴趣。然而，这些“虾兵蟹将”不易伺候，每天要喂活鱼活虾，要不断往水箱内输入新鲜海水，还要用空气泵不断往水箱中压入空气……最为困难的是，每当严冬来临，海水温度剧降，水族馆里的“居民”几乎全部死去。

开春，采集队员们驾船出海钓鱼(用网捕鱼容易伤害鱼体)，渐渐又使水族馆中“人丁兴旺”。至于海产博物馆，建于1955年，那里陈列着众多的海洋动物、植物标本。在那里参观，如同在知识长廊中徜徉。

我在青岛住了近半月。临走时，从当地的一位朋友那里获得新的消息——自“五一”节起，海洋博物馆展出了巨鲸标本。我再度赶往那里采访。

一进门，我便看见一块新木牌上，醒目地写着：“我国最大的抹香鲸标本，长18米，重22吨。”

巨鲸标本，陈列在一座崭新的房子里。这座房子是用一个月时间刚刚突击建成的。室内，天蓝色的墙壁，深蓝色的地，令人仿佛置身于海洋之中。巨鲸标本横卧于陈列室当中。标本表面，蒙着巨鲸的皮，里面用木头支撑——竟用了10立方米的木材!如此巨大的抹香鲸标本，堪称“中国之最”。

那抹香鲸背部钢灰色，腹部浅灰色，这样的色彩有利于隐蔽——从上面看下去，跟海底颜色相近；从下面看上去，跟天的颜色相似。它的头部很长，约占全身的三分之一。令人奇怪的是，眼睛才一枚铜钱那么小，眼珠只有二分硬币那么小，而且长在头部与腹部之间，据说视力不佳，主要靠听觉辨别有无障碍物，寻找食物。嘴很大，两排利齿，以章鱼、乌贼之类为食物。它的头顶虽然长着两个鼻孔，右鼻孔朝上，里面堵塞，不起呼吸作用；左鼻孔在头的前端左侧，呼气时喷出白色的雾柱，高约三四米，与海面成45度斜角——这是抹鱼鲸的特征。远远一望，那雾柱斜射，便可知道是抹香鲸。平常，它每隔两3分钟呼吸一次。如果吸足气，可在海中连续潜游一个半小时，深度可达2 200米!平常，它的游泳速度为每小时3海里，受惊时可达每小时十几海里。它是恒温动物，体温达35.5℃。它通常生活在温带、热带海洋。在我国沿海不多见。

我向接待员倪师傅问起这条巨鲸的来历。他告诉我，那是在1978年4月8日，这条抹香鲸在胶东海滩搁浅死去，被渔民发现。中国科学院海洋研究所闻讯，当即派人前往，运回了鲸皮和鲸骨。鲸皮厚达8厘米。光是鲸皮，便装了一卡车!经过鉴定，它的年龄为37岁(抹香鲸最高年龄可达80岁)，雄性。在青岛市领导的关心下，终于建成专用陈列馆，使这一罕见的巨鲸标本与广大观众见面。刚一展出，馆内便被游人挤得水泄不通。

我又问及抹鱼鲸跟香料的关系。倪师傅说，抹香鲸爱吃乌贼，而乌贼的喙很硬，不易消化，积存在小肠中。肠道不断分泌出特殊的分泌物，与乌贼残渣混杂在一起，形成一种黑色粘稠的物质。刚从抹香鲸的肠中取出时，极臭。过了一段时间，却由臭变香。尤其是在点燃时，香气浓烈，胜过麝香，人们称之为“龙涎香”，是名贵的香料安定剂。抹香鲸便因此得名。

处处闻啼鸟

我从上海坐船到青岛。轮船在油蓝色的海面上犁出白色的航道。我站在船舷眺望，见一群银白色的海鸥紧随船后，不时俯冲下去，在浪花中捕食美味。青岛多海鸥，当地的文学杂志便取名《海鸥》。

住在青岛八大关，面临大海，四周绿树葱茏。每天清晨，鸟声此起彼伏，响成一片。推窗远望，一只只鸟儿在枝头欢跃，鸣声不绝，有唧唧喳喳的，有婉转悦耳的，有悠扬长歌的。在城市里能够见到这么多无拘无束、自由自在的鸟儿，真令人欢欣。青岛是旅游胜地，游人蜂拥而至，难道鸟儿也爱上青岛，来此“旅游”？

无巧不成书。我来青岛后没几天，便从青岛电视台的新闻节目中，看到关于爱鸟的报道。银屏上的影像稍纵即逝，我只隐约听见那主管单位叫“青岛市鸟类繁殖保护站”。打电话一问，果真有这么个保护站。

“您贵姓？”我问。

“免贵姓刘。”

青岛人用语文雅，不论大人小孩，都会说“免贵姓×”这样颇具地方特色的礼貌用语。

听说保护站在李村，我便驱车前往采访。时而上坡，时而下坡，时而从一望无涯的大海的旁边驶过沿途景色如画。李村是崂山县的县城，而崂山以蒲松龄笔下的“崂山道士”闻名全国，成为著名的旅游区。轿车开了一个多小时，到达李村。一打听，才知道那保护站的正式名字叫“青岛市鸟类环志保护站”，我把“环志”误听为“繁殖”。不过，我对于“环志”，却很陌生。

接待我的，是一位50多岁的男人。一问贵姓，他答“免贵姓刘”，正巧是跟我通过电话的人。他是站长。

环志站不大，只有两间屋子，一间办公，另一间放标本。刘站长领我走进标本室的时候，我吃了一惊：桌上、柜里、地上、墙上，全是鸟类标本。屋里还拉了一根根铁丝，上面成串成串地挂着鸟的标本。屋角，有一只崭新的电冰箱，放着一些还来不及制成标本的鸟。

刘站长指着众多的标本说，这些都是青岛的鸟。到目前为止，已收有19目、44科、112属的248种鸟的标本。

青岛的鸟的家族，竟如此庞大。我细细观赏着。哦，有一尘不染、洁白如雪的大白鹭、白鹳、白鹤，楚楚动人的黄鹂，外貌古怪的鹈鹕。至于猫头鹰、野鸭、燕子、杜鹃是我所熟悉的，没想到，它们会有那么许多不同的品种。

我指着一只像鸭子那么大、浑身白色、体魄矫健的鸟，问道：“这是什么？”“海鸥。”

哦，就是那在浪花上翻飞的海鸥！平常，我见到的只是动态之中，遥远之中的海鸥，如今变“远在天边”为“近在眼前”，反而不认识了。

“在苍茫的大海上，狂风卷集着乌云。在乌云和大海之间，海燕像黑色的闪电，在高傲地飞翔……”我由海鸥想及高尔基笔下的《海燕》，问道：“这儿有海燕吗？”

刘站长取出一只牛皮纸信封，里面装着一只残缺不全的海燕标本。他说：“海燕在海上飞翔速度极快，很难捕捉。这是一只在海滩上拣到的海燕尸体。尽管已经破碎，但总算有了一只海燕标本，为研究、调查工作提供了资料。”

刘站长仿佛是青岛鸟类的“户籍警”，对鸟类王国的情况非常熟悉。他以鸟儿的眼光，谈论起青岛来：青岛风景秀丽，有山有海，山上树木茂密，况且冬暖夏凉。这样蓬莱仙境一般的地方，人们喜欢前来旅游，鸟儿也爱到此观光。青岛是鸟类“空中走廊”的枢纽。候鸟们冬天经此向南，飞往印尼、澳大利亚；夏日由此向北，飞往苏联。也有的鸟儿经青岛东飞，飞往朝鲜、日本。也就是说，青岛成了候鸟的“国际旅游”中心。除了候鸟之外，青岛也有一些本地生、本地长的鸟，属于“留鸟”。

我到过青海，知道青海湖上有个鸟岛。没想到，青岛也有个鸟岛——长门岩岛。那个小岛在海上，环境幽静，人迹罕至树木蓊郁，成了候鸟们歇脚的“高级宾馆”。特别是海鸥，成群结队在那里借宿，每年5月到达那里，生儿育女，直至天热才向北飞去。

每年前来青岛旅游的人，不下200万。前来“旅游”的鸟究竟有多少？目前虽然还说不出个确切的数字，但起码可以说绝不少于前来旅游的人。

刘站长黯然神伤，说起来令人痛心的往事：

过去，人们不懂得爱护鸟类。假日，扛支鸟枪上山，或者在林子里支起罗网，成了当时青岛人的“乐趣”。归来时，肩上扛的、腰上挂的、手里提的，全是野味——鸟儿。

那时候，青岛办起了规模颇大的鸟类标本加工厂。仅1979年，就出口13万只鸟的标本！

人们布下天罗地网，使鸟儿有翅难逃履灭的命运。青岛的鸟儿渐渐少了，虫子渐渐多了。

为了保护鸟类，青岛市最近几年开展了声势浩大的爱鸟、护鸟宣传活动。青岛市及6个郊区，划为“鸟类自然保护区”。青岛市副市长担任了爱鸟协会会长。

青岛市政府颁布了禁止捕鸟的通令，规定打鸟一只，罚款2～5元。光是崂山一带，便收缴了2 300多只捕鸟网具。那个鸟类标本加工厂，也被“取缔”了！

在青岛各旅游区，张挂了许多爱鸟标语：“护鸟光荣，打鸟可耻”，“保护鸟类，人人有责”，“严禁滥捕滥猎”……

青岛的报纸、电台、电视台，优先刊登爱鸟护鸟文章。中小学生还上山做“人造鸟巢”，为鸟儿提供舒适的“旅馆”。

就这样，青岛成了鸟类的天堂。鸟儿成了人们的亲密朋友，在树梢、枝头唱起动听的歌，向爱鸟、护鸟的人们致敬。

鸟儿多了，虫子少了。鸟儿们还以丰硕的“战果”，向人们表示“友谊”。

我问起了“环志”。刘站长拿出一只银光闪闪的金属小环，说这便是“环志”。我看到那小环上刻有“PRC-NBBC”字样，那是“中华人民共和国国家鸟类环志中心的英文缩写；那“BJPOB_1928”，表示“北京1928信箱”。另外，小环上还刻有号码。

原来，鸟类环志是一项国际性的科研活动。人们用网捕捉鸟儿，在鸟的左脚用环志钳紧紧地扣上环志，然后予以“释放”，在卡片上记下放飞的日期、地点、环志号码，鸟的品种。鸟儿作国际长途旅行，如在其他的国家发现这只带有环志的鸟，便把发现的日期、地点、环志号码、鸟的种类写信告知，同时在鸟的右脚戴上该国的环志，然后再度予以“释放”。各国的鸟类研究者互相为对方提供方便，这样，便可使人们查清候鸟的迁飞规律。

据刘站长说，他们已经给上千只鸟儿戴上了环志。他们曾收到江西兴国县的群众来信，告知在那里发现了戴有青岛鸟类环志保护站标志的鸟。他们呢？也曾在青岛发现戴有莫斯科、日本、澳大利亚环志的鸟，都一一通知了对方。

爱鸟之风，已经遍及青岛的每一个角落。当我从青岛市鸟类环志保护站采访归来，处处闻啼鸟，鸟鸣声是那样的亲切，那样的亲热……

胶东行

阳春三月的青岛，碧海、芳草、黄沙、红瓦，花团锦簇，美不胜收。正是在这样美好的时节，我应邀前往青岛书城签名售书。

尽管我在20世纪80年代多次来到青岛，然而毕竟已经时隔10多年，这一回来到青岛，除了胶州湾的涛声依旧之外，面目一新的青岛已经变得几乎不认识了！

青岛市区几乎增大了一倍。青岛市区的人口已经超过200万，包括郊县在内则总人口接近700万。崭新的路名——海尔路、香港路……新开的道路宽阔，新楼夹道林立。我下榻于香港中路的山孚大酒店，从第十五层客房放眼四顾，一幢幢高层建筑拔地而起。

青岛三面环海。沿着海岸线行车，一片片草坪，一丛丛鲜花，像一条彩练镶嵌在海边。特别是突兀于海面的一座像老人的礁石——人称“石老人”的那一带海滨，新建的别墅群，背倚高山，面对大海，暖色调的外墙，多姿多彩的房型，真可谓人间仙境。

青岛啤酒驰名中外。始建于1903年的青岛啤酒厂，已经有着将近百年的历史。青岛啤酒用崂山泉水酿造，制作精良，质量一流，名扬中外。尽管在各地都能喝到青岛啤酒，但是在青岛喝“青啤”感觉不一样，因为这里菜馆里供应的啤酒，出厂期都在一周之内，格外新鲜清冽。

另一个成为国际品牌的青岛大企业，便是在改革开放年月诞生的海尔电器。在世界电器业，海尔已经跻身于十强之内。在海尔路上，海尔企业逶迤数里，一派欣欣向荣。

我在崭新的青岛寻旧，来到位于八大关的青岛大学（今山东海洋大学）。闻一多先生在1930年至1935年，受聘担任国立青岛大学文学院院长兼中文系系主任。闻一多的故居是一幢两层黄色楼房。如今，楼前矗立着闻一多塑像和纪念碑。那碑文是闻一多的学生、诗人臧克家所书。那幢楼房现在成了一家招待所。

在校园里，我还见到中国现代文学先驱王统照先生、洪深先生的塑像，他们当年也都执教于青岛大学。

在青岛大学校园附近，我找到了梁实秋先生的故居。梁实秋先生在1930年至1935年，担任青岛大学外文系系主任兼图书馆馆长。他的故居也是一幢黄色两层楼房，如今楼里住着多户居民。没有为梁实秋先生树塑像，但是在故居外墙嵌了一块黑色的大理石碑，上面镌刻着“梁实秋旧居”。

在离青岛大学不远处，我来到康有为故居。在诸多文化名人故居之中，康有为的故居规模最大，而且迁走居民，整修一新，辟为纪念馆，对外开放。康有为在“康梁维新”失败之后，出走欧洲，晚年仕途失意，归隐于此，最后病逝于此。在纪念馆里，我见到康有为从欧洲带回的各种纪念品以及抒发郁郁不得志的诗词。

青岛梁实秋旧居

正因为青岛当年有着丰富的文化底蕴，今日青岛不仅经济发达，而且也是山东文化重镇。

江青虽然算不上文化名人，但是我在青岛大学校园里，找到了她当年工作过的图书馆。那是一幢两层的欧式建筑，如今成了山东海洋大学的档案馆。1932年，当时名叫李云鹤的江青，成为青岛大学图书馆管理员，而馆长正是梁实秋。梁实秋月薪400元，江青月薪30元。江青在那里抄写图书卡片，她的一手正楷就是那时练就的。她在那里与物理系学生俞启威相爱。俞启威当时是中共青岛地下市委宣传部部长。经俞启威介绍，江青加入中国共产党。俞启威后来改名黄敬，成为天津解放后第一任市长，然后调任第一机械工业部部长。

也真巧，使青岛面目大改观的功臣之一的前任青岛市市长俞正声，正是俞启威之子。他跟父亲的经历相似，从市长而部长。

在青岛三日，我又应烟台之邀，前往签名售书。

从青岛沿着高速公路向东北方向进发，只用了两个多小时就到达烟台。

跟青岛一样，烟台也是沿海城市。我来到烟台海滨，见到一座高山，名曰烟台山。报告，在古代，山上设有烽火台。一有紧急情况，烽火台冒出浓烟，“烟台”之名便由此而来。

这里海水清澈。坐在海边的石条凳上，望着海浪后浪推前浪，岸边卷起千堆雪，别有一番情趣。据说，风急浪大之日，海浪高达数丈，可以卷翻岸边的石条凳——正因为这样，如今石条凳都用水泥紧固。

烟台只有60多万人口，市区比青岛小。然而，签名售书时的火爆场面却不比青岛差，使我深为感动。

烟台与韩国隔海相望。这里对外开放之后，“韩资”大量流入，烟台面目一新。

烟台是处于新旧交替中的城市。漂亮的玻璃幕墙高楼，与低矮破旧的老房子夹杂在一起，显得不大协调。

市中心的“良友”超级市场，整整三层楼面，全是开架商品，可谓应有尽有，任你挑选放入手推车之中，极为方便。

我所下榻的文豪大酒店，斜对过便是百年酒厂——张裕酒厂。我去这家名闻遐迩的酒厂的“酒文化”博物馆参观，一进门，就见到孙中山为该厂的题词，紧接着就是江泽民的题词。张裕酒厂以生产红葡萄酒、白兰地著称。

从烟台向东，在高速公路上行驶一小时，便到了威海。

威海原本叫“威海卫”，乃军事要地。如今的威海，一片崭新的市区，像一座大花园，已经完全没有旧屋的痕迹，显得整齐而漂亮。

威海的大门同样向韩国开放。在这里的“韩货总汇”，我见到琳琅满目的韩货：形形色色的“韩衫”、“韩包”、“韩鞋”……把三层大楼连同地下商场摆满！如今，这个“韩货总汇”成了前往威海的必游之地。

我从威海返回烟台。如今的烟台也有机场，而且每天有三班飞机飞往上海。只花了一个小时，我就从烟台抵达上海浦东机场了。

阳春时节的胶东三城之行，使我耳目一新，大有“春风得意马蹄疾”之感。

冬日济南

南倚泰山，北临黄河，济南是一个山川秀丽、清泉喷涌的城市，给我留下了美好的印象。

已经好多年没有去济南了。2000年1月，我是从北京飞往济南。晚上7时

20分，飞机从北京起飞，只飞行了45分钟，就降落在济南机场。

从机场到市区，新修了高速公路，所以只用了50来分钟，就到达济南市区了。

几年没见，济南的街道变得宽敞多了，灯光也明亮多了。过去在济南很少见到高层大楼，这几年新建了许多高楼，只是没有像上海浦东那样高楼林立。

到了济南，在“麦当劳”匆匆吃了一顿快餐之后，还没有去宾馆，行魂未定的我就被直接拉到山东经济广播电台。我到的这天是星期六。这家电台在周末晚上10时到11时，有一档固定的直播节目，叫“小凤直播室”，收听率据说不错。主持人小凤小姐事先得知我的到达时间，正赶上她的节目，于是邀请我前往直播室担任嘉宾。

我是从四川成都飞往北京，然后再从北京飞往济南。我在成都的时候，小凤就几度打电话来，作预先采访，因为她知道当我到达济南的时候，根本没有准备的时间了。她的节目颇为别致，每一位嘉宾的谈话，都是围绕嘉宾所喜欢的“一首歌，一本书，一部电影”展开的。我说，我喜欢的“一首歌”是《思乡曲》，“一本书”是《傅雷家书》，“一部电影”是美国的《第五元素》。

我在山东经济广播电台大楼前，见到了下楼迎接的小凤。她穿一件蓝色的羽绒服，看上去十分瘦弱，脸色也显得苍白，但是一双眼睛很有精神。她告诉我，那“一本书”——《傅雷家书》倒是好找，那“一首歌”——《思乡曲》不好找，翻遍电台的音乐资料，没有《思乡曲》，后来在一位音乐教师家中终于找到。“一部电影”——美国的《第五元素》，最难找。好不容易，才算在音像店里买到一张《第五元素》VCD光盘，再把其中的音响、音乐转录到磁带上……

听了小凤的话，我才明白，她每做一档节目，都要花费许多心血。“一首歌，一本书，一部电影”，这三个“一”虽然很别致，使她主持的节目别具一格，但是每一回都要按照不同嘉宾的不同喜爱去找不同的三个“一”，够呛！她非常执着，一直这么坚持做下去。正因为这样，她主持的节目在山东形成了自己固有的听众群。有的偏远的农村听众，用半导体收音机听不清楚播音，就用手把天线跟暖气管捏在一起，把暖气管当作天线，以这样的“姿势”听完小凤的节目……

进入直播室，我见到在播音台上，放着好几本我的书。不言而喻，她除了准备那三个“一”之外，还从图书馆借了我的许多著作，作好案头准备。

时针指向十时整，节目开始了。她播放了我喜爱的“一首歌”——

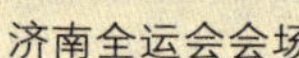
济南全运会会场

作者在济南洪家楼教堂前

《思乡曲》，引出《思乡曲》的作者、著名音乐家马思聪，引出我写的纪实长篇《爱国的“叛国者”——马思聪传》，引出我写作这本书的种种谈话；接着，她念了我喜爱的“一本书”——《傅雷家书》中的几段，引出著名翻译家傅雷与他的儿子、著名钢琴家傅聪，引出我写的纪实长篇《傅雷与傅聪》，又引出我写作这本书的种种谈话；最后，她播放了我喜欢的“一部电影”——美国的《第五元素》的音乐、音响，谈起电影中那来来往往“空中的士”，谈到我的《小灵通漫游未来》中的“飘行车”，谈到《小灵通漫游未来》的创作过程……

应当说，在我接受电台、电视台的种种采访之中，小凤直播室的采访构思是特殊而又新颖的。

翌日，我在济南市新华书店为《十万个为什么》签名售书。众多读者远道赶来，有的甚至是从淄博开车而来，使我十分感动。整整两小时，读者一直排着队，等待签名。中午十二时，读者越来越多。新华书店停止了售书，这才使签名售书活动“打住”。

在济南市中心，我见到新建的泉城广场，规模不比上海的人民广场小。上海人民广场的前身是跑马厅，那里原本就是广场，而济南的泉城广场则不然，这里原本没有广场，硬是拆除了诸多民房以及宾馆、百货大楼，建成了这一广场。广场中心，竖立着巨大的济南城标——两根“S”形的蓝色立柱，中间捧着一个银色的圆球。据说，那银球代表珍珠，而蓝色弯曲的立柱代表水波。

济南多泉水。从泰山流下的山泉进入济南，而济南四周是石灰岩，堵

住了山泉，把泉水留在济南地下，不断喷涌而出。这样，济南有着108处泉水。其中最著名的是珍珠泉和趵突泉。珍珠泉因泉水多泡、泡似珍珠而得名。济南城标，就是以珍珠泉为标志设计的。

泉城广场旁边，便是著名的趵突泉。我重游趵突泉。很遗憾，在那里我只看到一股细细的泉水，没有见到往日那喷涌如趵突的泉水。据说，这是由于济南的工厂过多地抽用地下水，致使地下水位下降，造成泉水枯竭。珍珠泉如今也无“珍珠”了。济南市政府正在采取措施，限制工厂抽取地下水，使济南重现处处泉水、处处垂柳的宜人风光。

我重游大明湖。宽广的湖面上，结了一层厚冰。湖边的垂柳，只有一根根无叶的柳条在寒风中飘荡。冬日的大明湖，远不如炎夏时碧波荡漾、垂柳依依那般动人。

隆冬的济南也多雾。即便是晴日，太阳苍白地挂在天上，四周的景物一片雾茫茫。我离开济南的那天是晴天，飞机本应在上午11时起飞，由于能见度太差，直至下午2时才终于登机飞往上海。

走进西柏坡

为了写好中国共产党历史进程纪实文学，我曾经细细追寻毛泽东和他的战友走过的道路：从毛泽东的出生地湖南韶山，到上海和嘉兴南湖的中共“一大”会址，到第一个红色根据地井冈山；从“中华苏维埃共和国”的首都瑞金，到“大渡桥横铁索寒”的长征之路，到历史的转折点——遵义，直至革命圣地延安；我也曾来到发生西安事变的华清池，来到举行重庆谈判的桂园，还有庐山上的“美庐”、上海的“周公馆”、南京的“梅园”，直至毛泽东宣布中华人民共和国成立的北京天安门广场。然而，在这红色的“链条”之中，我却独缺一环——西柏坡。当电影《大决战》在西柏坡拍摄时，摄制组有一辆面包车从北京前往那里，正在北京的我说好搭车同行，却因我临时有事未能成行，深感遗憾。

终于，我有机会补上了这一缺憾。那是在2003年8月，我从北京出差石家庄。一上火车，便见到挂着西柏坡的大幅宣传广告。如今，西柏坡成了石家庄的必游之所。只用了两个小时，我便从北京抵达石家庄。翌日，承当地友人董素山先生一片美意，驾私家车，陪同我前往西柏坡。

西柏坡离石家庄大约八九十公里，平直的柏油马路直通那里，路况甚好，只用一个多小时，就从平原进入山区，西柏坡近在眼前了。马路两侧出现巨大的标语："没有共产党就没有新中国！"新中国，就是从这里走出来的。

到了西柏坡，矗立在山坡上的最醒目的大楼，便是"西柏坡纪念馆"。在那里，我结识了满头飞霜的白元达馆长。他知道我长期从事"党史文学"的创作，便请副馆长李庆安先生陪同我参观，进行了详尽的介绍。

据李庆安先生说，西柏坡原本是河北省平山县一个不起眼的小山村。西柏坡背倚太行山，滹沱河擦村而过，据考证小村始建于宋朝。山上翠柏挺拔，原名"柏卜村"。五代后周时，滹沱河发大水，冲毁了村庄。大水过后，村庄中间出现一大片芦苇地，把村子一分为二，东边的叫东柏卜村，西边的叫西柏卜村。到了民国初年，村里的教书先生齐玉军把"卜"改为"坡"，从此便叫"东柏坡"、"西柏坡"。

西柏坡原本是一个只有一百来户人家的小村落。出于历史的机遇，茂林深处的西柏坡，一度成为中共中央的所在地，于是名震华夏，载入青史。这里原本行旅稀少，在战争年月却正因为如此才显得安全。如今通衢直达山坡，则是因为这里成为红色纪念地之后，吸引了成千上万的参观访问者。尤其是这里离北京不过四小时车程，众多国家机关工作人员纷至沓来，接受革命传统教育，往往在"七一"或者国庆形成高峰。

西柏坡是中国的第三个"红都"：第一个是江西"中央苏区"瑞金，经过长征之后迁至延安，延安失陷之后迁往西柏坡，最后定都于北京。

1947年3月，国民党胡宗南部队十五个旅对延安发动正面强攻。为了保存有生力量，3月18日，毛泽东决策主动放弃延安。从此，毛泽东转战陕北险峻的山区。

中共中央为什么会看中地处华北大平原上小小的西柏坡呢？那是刘少奇、朱德率中央工委从陕北先期到达晋察冀边区，司令员聂荣臻在这一带工作多年，向他们推荐了西柏坡。在聂荣臻看来，西柏坡交通便捷，虽然在石家庄、北平眼皮底下，但是十分隐蔽，而且这里土地肥沃，十分富足，是"晋察冀边区的乌克兰"。经过勘察之后，刘少奇、朱德率中央工委入驻西柏坡。后来，周恩来来到这里。1948年5月26日，毛泽东住进西柏坡。于是，西柏坡成为中国的"红都"。

毛泽东在西柏坡度过了短暂的十个月，然而这是处于新中国诞生前夜的极不平常的十个月：就是在这里，毛泽东指挥了举世闻名的三大战

西柏坡

役——辽沈战役、淮海战役、平津战役，歼灭了蒋介石主力，取得全国性的胜利；也就是在这里，毛泽东主持召开了历史性的中共七届二中全会，发出了“两个务必”的著名号召，警示全党务必“保持谦虚、谨慎、不骄、不躁的作风”，务必“保持艰苦奋斗的作风”。如同周恩来所言：“西柏坡是毛主席和党中央进入北平，解放全中国的最后一个农村指挥所，指挥三大战役在此，开党的七届二中全会在此。”毛泽东正是从这里走向北平，在那里宣布新中国的诞生。

我参观了西柏坡。我发现那里最好的房子是三间窑洞式的石屋，而门口挂着的牌子是“朱德同志旧居”。这房子是中央工委来到西柏坡之后专门为毛泽东盖的，毛泽东却说朱总司令上了年纪，应该让他居住。

我来到毛泽东旧居。那是一幢二进四合院，米黄色的土房子。朝南的北屋是毛泽东的办公室和卧室。办公室里有两张旧沙发，那是从国民党部队缴获的。我到过延安。看得出，这里的生活条件比延安有明显的改善。在卧室里，显眼地放着一个大浴缸，据说那是从井陉煤矿德国官僚资本家那里缴获的原物，部队将此物送给毛泽东。不过，在西柏坡没有自来水，洋浴缸成了“土浴盆”。

西房南边的一间，是毛泽东女儿李讷和保姆住的。西房中间的一间，门口挂着“家属住室”牌子。一问，这“家属”就是江青。

毛泽东住房旁边，就是周恩来住的院子。紧挨着的是刘少奇旧居。当年，他们是一箭之遥、过从甚密的邻居。

我注意到离毛泽东旧居后面不远处，山坡脚下，是一个防空洞。从石砌的拱门走进去，意想不到，里面是长长的、弯弯曲曲的甬道。我一直往前走，防空洞全长竟达232米！从防空洞里出来，便见到朱德的住所——那三间窑洞式石屋。

西柏坡原本没有防空洞。这规模宏大的防空洞，是中央工委来到西柏坡之后建造的。这里是中共中央所在地，领袖们集中于此，何况这里离北平、保定、石家庄很近，这三座城市里都有国民党军用机场，轰炸机在十几分钟之内就可以到达西柏坡上空，所以必须高度重视防空工作。毛泽东离开陕北后，原本住在河北阜平城南庄，曾经遭到国民党飞机猛烈而又准确的轰炸。后来才知道，毛泽东身边藏有国民党潜伏特务，向国民党国防部保密局保定工作站秘密报告了毛泽东的行踪。幸亏当国民党飞机在天际出现时，身边工作人员及时叫醒了正在熟睡的毛泽东。毛泽东刚离开，炸弹就命中了毛泽东住所。正因为这样，当毛泽东来到西柏坡之后，警卫人员更加注意防范来自空中的突然袭击了。

我来到中共七届二中全会会址。那是一个颇大的房子，是中央工委自己动手建造的伙房，临时改为会场。会场里，有从老百姓家中借来的各式各样的椅子、凳子，也有从国民党部队缴获的一批旧沙发。能够坐在沙发上召开中共中央全会，这一细节正是表明中国革命从农村走向城市，处于新中国诞生的前夜。

自从西柏坡成为革命圣地之后，慕名前来参观访问的人群络绎不绝。这里建造了纪念馆、纪念碑、宾馆、饭店，小村庄变成了一座现代化的城市。只是那些领袖们的旧居仍保持原貌，供人们瞻仰。

李副馆长告诉我，在2002年冬日，从北京来了七位身高马大的年轻客人，说是“老干部局”的干部。他们非常仔细地巡察了西柏坡宾馆。白、李两位馆长招待他们吃饭时，那顿饭足足吃了三个半小时，因为他们接连不断提出许多细节问题。尽管他们说是为一批老干部参观西柏坡打前站，但是两位馆长接待的老干部也够多的了，似乎从未问得这么细；何况，老干部局的工作人员似乎没有那么年轻。

不久，在下着细雨的一天，一辆灰色的面包车从北京驶进西柏坡。从车上下来的，竟是刚刚当选中共中央总书记20天的胡锦涛，还有中共中央

书记处的书记们。

两位馆长负责接待。李庆安记得，胡锦涛在参观纪念馆时，看得非常仔细，不时摘下眼镜，观看那里陈列的革命文物。解说员解说人民群众支援前线，“最后一碗米送给子弟兵，最后一件衣服盖在子弟兵身上，最后一个儿子送到部队当子弟兵”，胡锦涛听着，眼眶湿润了。他说，中国革命没有人民群众的支持，是不可能胜利的。正因为这样，胡锦涛反反复复强调“执政为民”的深刻内涵。

胡锦涛认真参观了毛泽东旧居，深情地用手抚摸着毛泽东的办公桌。当年毛泽东指挥三大战役，那些电文就是在这张桌子上写出来的。毛泽东在中共七届二中全会上的讲话稿，也是在这张桌子上写出来的。作为中国共产党新一代的领袖，他深知革命前辈打江山的艰难，红色政权来之不易。

那天晚上，胡锦涛就住在普普通通的西柏坡宾馆。我来到西柏坡宾馆，这是一座连一颗星也没有、招待所式的宾馆。服务员告诉我，胡锦涛住在这里时，遇见每一个服务员都微笑着打招呼。

第二天，胡锦涛在西柏坡宾馆底楼大厅召开座谈会，60多位西柏坡乡亲代表应邀出席。乡亲们并不知道总书记的到来。当胡锦涛与他们一一握手，都非常意外。光是这“一一握手”，就花了将近10分钟——每一次握手，都不是随随便便握一下，而是实实在在地握手。胡锦涛在座谈会上，讲述了来到西柏坡的感受，他引述了毛泽东在中共七届二中全会讲话的第十部分，亦即结语部分。在座者发现，胡锦涛当时即席发言，手中没有讲稿，却几乎一字不差地背出毛泽东在中共七届二中全会讲话那近千字的结语。胡锦涛非常强调了“两个务必”的现实意义。他听取了乡亲们的发言之后，说道，权为民所用，情为民所系，利为民所谋，一定要全心全意为人民服务。

胡锦涛冒雪走访村民。一位老大娘见了，连忙为他轻轻拍去身上的雪花，胡锦涛连声道谢。

胡锦涛在西柏坡，每餐一菜一汤。临走时，胡锦涛的秘书一定要付饭费给西柏坡宾馆，宾馆服务员只得开出了餐费的发票。

雪越下越大，胡锦涛所乘坐的灰色面包车在大雪中悄然离去。他不喜欢夹道欢迎，也不愿夹道欢送。即便是他出国访问，也是如此。

胡锦涛这种平民作风，给西柏坡的乡亲们留下了难以磨灭的印象。

天下第一桥——赵州桥

上了年纪的人自翊经验丰富时，常喜欢对年轻人说："我走过的桥比你走过的路还多！"转瞬之间，我也到了"上了年纪"的年纪。回眸"走过的桥"，确实数不胜数：从小时候走过的乡间小木桥，到长江第一桥——南京长江大桥；从上海第一桥南浦大桥，到旧金山第一桥海湾大桥；跨过莫斯科河，越过涅瓦河，走过莱茵河、塞纳河、多瑙河、湄公河……然而，当我来到石家庄附近的赵县，我被横跨在洨河上的一顶石拱桥所折服、所震惊！

这座上了年纪的石桥，便是举世闻名的赵州桥，名不虚传的"天下第一桥"。

从石家庄驱车个把小时，就进入赵县地界。赵县，古称赵州。赵州桥本名安济桥，因坐落赵州，故通称赵州桥，又称赵州大石桥——在赵州有一大一小两座古石桥，分别称为"大石桥"和"小石桥"。世人所称赵州桥，是指大石桥。从赵县县城往南大约三公里，便可见到"赵州桥公园"，赵州桥就坐落在公园之中。

赵州桥名列"天下第一"，不在桥长，不在桥宽，不在桥高，而在桥的"年纪"：这座始建于隋朝开皇六年（公元586年）的大桥，距今已经1 400余年。

那天刚刚下过一场小雨，洨河两岸绿树掩隐，树叶尖处挂着晶莹的水珠。一身白石的赵州桥，横卧在碧波之上。远远看去，那圆拱与倒影连在一起像是巨大的鱼嘴，吞吐着清波绿水；又如姑娘张开的双唇，笑迎天下客。

赵州桥长达64米，宽9米，用石块砌成。在1 400年前的隋朝，没有起重机，没有钢筋，没有水泥，建造这样宏大的石桥谈何容易。据唐朝中书令张嘉真《赵州大石桥铭记》记载："赵郡洨河石桥，隋匠李春之迹也。"用现在的话来说，李春也就是赵州桥的总设计师兼总工程师。

李春巧妙地用上宽下窄的楔形石块砌成拱形石桥。这样，石桥桥面上所受的重力往下压，就会使楔形石块越压越紧，桥身越压越牢，历1 400年而不垮。据说，在20世纪70年代，赵州桥仍在"服役"，拖拉机、汽车从

赵州桥

桥上不断驶过，足见赵州桥何等牢固。后来，赵州桥作为重要历史古迹加以保护，这才“退休”，桥的周围辟为“赵州桥公园”。洨河上新建了一座现代化的钢筋水泥桥，代替赵州桥成为车马行人的通道。

漫步赵州桥，桥面上的石板整齐而结实。大桥两侧，是雕刻精美的石栏杆。即便在今日，赵州桥仍显得壮观，富有青春活力。

赵州地处华北平原，在中国古代乃交通枢纽。皇道从赵州通过。所谓皇道，也就是今日的国道。赵州桥是皇道上的一座重要桥梁。中国历代不知有多少车马行人从赵州桥上通过，内中有不少文人雅士，留下了数不清的诗篇称颂这一巧夺天工的大石桥，诸如：“月魄半轮沉水底，虹腰千丈驾云间”，“水从碧玉环中过，人在苍龙背上行”。在赵州桥公园里，我还见到了那位“旅游皇帝”乾隆游赵州桥所题的“御笔”。

据专家分析，赵州桥结构的特色是“拱肩加拱的敞肩拱”。在欧洲，直到1883年，法国才建成第一座“敞肩拱”的石拱桥，比赵州桥落后了1300年！正因为这样，赵州桥是中国人民的智慧象征，是中华文明的骄傲所在。

在赞誉“天下第一桥”之际，人们无不叹服那位总设计师“隋匠李春”。然而，在史书上竟没有关于能工巧匠李春生平的半点记载！大约是李春在当年并无一官半职，所以处于史官们的视野之外。如今，矗立在赵州桥公园里的李春铜像，是雕塑家的想象之作。座碑上，连李春的生卒年月都没有。

从赵州桥返回赵县县城，我顺道走访了著名古刹——柏林禅寺。

柏林禅寺令人想起德国首都柏林，其实与柏林风马牛不相及。我在寺内见到多棵参天古柏，得知这里当年柏树茂密，故名“柏林”。石家庄不远处的西柏坡，也因多柏树而得名“柏坡”。

柏林禅寺的历史比赵州桥更久。这一古寺创建于东汉末年（公元200年），距今已有1 800多年的历史。

柏林禅寺在漫长的岁月之中，历经劫难，到了1945年赵县解放时已是荒垣一片，僧人散尽。直到1988年开始修复，古寺新生。

步入柏林禅寺，使我感到非常惊讶，全寺面积达53万平方米，气势极其宏伟。在赵县拥有规模如此显赫的古刹名寺，显示了赵州作为古代通衢要冲的繁华和富庶，也从另一个角度解答了“天下第一桥”为什么会出现在赵州。

漫步古城保定

餐馆里居然有“文化讲解员”，我还是头一回遇上。那是在保定的朋友宴请的时候，来了一位端庄的小姐，既不端菜，也不斟酒，而是站在一侧，解说每一道菜的文化历史渊源。她那普通话像电视台节目主持人一般标准，一会儿说起当年的直隶总督李鸿章如何喜欢这道菜，一会儿提及康熙皇帝来保定的时候如何喜欢另一道菜。这家名叫“保定会馆”的饭店，装修古朴，就连餐室里挂的灯，也是根据保定出土的2 000多年前西汉“长信宫灯”仿造的。经过“文化讲解员”的一番解说，不仅使我了解了一道道菜的来历，也了解了保定作为古城的深厚历史文化底蕴。

我是在石家庄签名售书之后前往保定的。沿着高速公路向北，只花了一个半小时就到达保定。我离开保定时，沿高速公路继续北上，同样只花一个半小时，就到达北京。保定与北京的距离，相当于苏州与上海。尽管保定离北京那么近，我却是头一回来到这里。

石家庄已经是一派现代化城市的景象，而保定显得古色古香。保定之名始于元朝，取义于“保卫元朝大都安定”之意。元朝大都即北京。保定是河北省第一文物大市，1986年被国务院定为历史文化名城。保定市中心的直隶总督府，是保定历史地位的象征。直隶，意即“直接隶属京师”。

作者在保定陆军军官学校

清朝的直隶省相当大，包括今河北、北京、天津和山东、山西、河南、辽宁、内蒙古的一部分。直隶总督是朝廷重臣。曾国藩、李鸿章、袁世凯都先后担任过直隶总督。直隶总督府设在保定，足见当时保定举足轻重。

解放后，保定是河北省省会所在地。直到1969年，河北省会迁往石家庄。就城市规模而言，石家庄原本小于保定。由于省会迁往石家庄，使石家庄得到迅猛的发展，超过了保定。然而，我一进入保定，却喜爱这座幽静而充满古城韵味的城市。保定友人向我津津乐道：《野火春风斗古城》的古城，就是保定。林冲发配沧州，那沧州属于保定。保定易县的清西陵，是雍正、嘉庆、道光、光绪四位清帝陵墓所在。毛泽东曾经居住的阜平城南庄，也属保定。白洋淀的雁翎队以及《小兵张嘎》的传奇故事，同样发生在保定。

古城充满新意。漫步保定，我见到许多新楼。我所下榻的中国银行大厦，便是26层的大楼。保定新区，更是新楼鳞次栉比。夜晚，我来到马路对过的新华书店。书店早已关门。可是楼前却东一堆、西一团围着年轻人，在那里用英语交谈。原来，这儿是保定的“英语角”。我又来到中银大厦附近的广场，听到鼓乐阵阵。循声寻去，原来业余文娱表演正在举行。正值盛暑，居委会的大叔、大姐们汗流浃背，演出仍是那么投入。

清早，我没有在宾馆吃自助餐。在保定朋友指点下，我前往附近一条名叫园南街的小街，找到挂着“中华名吃”招牌的“袁大头酱肉火烧”店。据说，当年袁世凯在保定当直隶总督时，喜欢吃这里的火烧，这店也就出了名。门口排着长长的队伍，表明这里生意兴隆。我也排了进去，见到队伍里有赤脚趿着塑料拖鞋的老大爷，摇着葵花扇的大娘，也有衣着整齐的机关干部。这里离保定市政府、市委只一箭之遥，所以上班族喜欢光顾这里吃早餐。这“中华名吃”价格竟是那么便宜，一个火烧、一碗玉米粥加一碟酱菜，才两元人民币。这火烧是烧饼，中间剖开，夹了可口的酱肉酱，可以说是中国式的麦当劳，而发明的时间肯定是在美国麦当劳兄弟之前。也有的火烧里，夹的是当地特色驴肉。一位大妈有备而来，拎着篮子，竟然一下子买了7份，说是带回去给全家当早餐。她告诉我，天天来此排队，小孙子非“袁大头酱肉火烧”不吃早餐。

对于我来说，保定还有一个特殊的缘分。我一到保定，未及去宾馆，就请当地友人驾车直奔保定陆军军官学校旧址。这所由直隶总督袁世凯创办于1902年的北洋名校，是我父亲的母校。一进大门，我便见到一堵长长的墙上嵌满一大排铜质浮雕像，毕业于此校的中国名将蒋介石、吴佩孚、白崇禧、张群、陈诚、叶挺、张治中、傅作义、李济深等肖像皆列墙上，称为“将军墙”。在这所学校的学生之中，先后出了1 600多位将军。

父亲先是入浙江讲武堂，后来进保定陆军军官学校。他的数学很好，所以在那里念炮兵专业。未毕业，就到国民革命军炮兵营，从少尉连附升到营长、少校副官、少将参议。后弃戎经商，成为企业家。

他为什么会走上经商之路？说来有趣，这也与保定陆军军官学校有关……

那时候，他的炮兵营，配备德国生产的大炮，算是很先进的武器。为了能够熟练地使用德国大炮，炮兵营聘请了德国军事顾问。作为营长，父亲跟德国军事顾问成了很好的朋友。

那时候，正值德国马克大贬值。德国军事顾问手头的许多马克纸币，一下子成了一堆废纸，打算扔掉。见到父亲喜欢收藏，德国军事顾问就把那些马克送给了他。

父亲手下的很多士兵是共产党员，他并不清楚。

1927年，蒋介石发动“四•一二”政变，抓捕了大批共产党员。父亲的营里很多共产党员被捕、被杀。父亲见了，不愿再在军队里干下去，就决心离开军队回温州老家。

父亲收拾行李时，把那些马克顺手放进藤篮。在回温州途中，遭遇大雨，把藤篮里的马克也淋湿了。

父亲回到温州乡下——乐清老家，天放晴了，他把马克拿到太阳底下晒。

没想到，这下子惊动了家乡的朋友。他们以为父亲一定是在外面发了大财，居然有那么多外国钞票！正巧，老家的朋友们正在集资建钱庄，便邀父亲入股。父亲无法推托，因为那些朋友说他发了大财——他有口难辩。就这样，他也入了股。

在股东会议上，股东们说我的父亲在外面见过大世面，再加上他得益于保定陆军军官学校的训练，富有组织能力，就公推他担任总经理。这家钱庄叫“咸孚钱庄”。就这样，父亲成为咸孚钱庄首任总经理（直至解放后公私合营）。

当时，咸孚钱庄开设在温州市中心铁井栏29号。这幢大楼是当年温州最好的建筑之一。大楼最初两层，后来加盖成三层。楼下是咸孚钱庄铺面，楼上住家。我的童年就在咸孚钱庄大楼里度过。

由于他经营有方，咸孚钱庄迅速地成为温州实力雄厚的民营钱庄。父亲成为地方绅士，被同行推选为永嘉县钱业公会理事长。不久，他又被任命为公营的永嘉县银行行长。永嘉县银行行长相当于今日的温州中国银行行长。这样，他在当地金融界成为举足轻重的人物。

永嘉县银行大楼紧挨着咸孚钱庄大楼。这两幢大楼是当时温州市中心最好的楼房。日本占领温州时，司令部就设在永嘉县银行大楼。

我是浙江温州人。今日温州商人名震全国，而父亲是温州解放后的第一任工商联主任，是当年温州屈指可数的企业家。温州市是在解放后设立的，解放前那里是永嘉县，父亲曾任永嘉县银行行长、咸孚钱庄总经理，是当地金融界的首脑人物。

保定友人告诉我，北京至保定的轻轨正在建设中。完工之后，从北京到保定只消半小时。到了那时候，不仅大批游客涌向保定，而且会有许多北京人过起“保定购房、北京上班”的生活，因为保定的房价只及北京的四分之一。

东北风情

初夏的哈尔滨

淡黄、桔黄、红棕、浅绿的外墙，装饰着绿色圆顶和白色窗框，哈尔滨彩色纷呈。巴洛克式、折衷主义、新艺术主义、文艺复兴式，几百座有着百年历史的欧式建筑星罗棋布，掩映在绿树丛中，使这座“东方莫斯科”显得格外迷人。一部王刚的评书《夜幕下的哈尔滨》，一首郑绪岚演唱的《太阳岛上》，越发增添了哈尔滨的魅力。虽说我多次来到哈尔滨，每一次都被这座北国名城所倾倒。

2011年初夏时节，我又一次从上海飞往哈尔滨，出席在那里举行的第21届全国图书博览会。虽说气温已经跟上海持平，但哈尔滨的自来水仍是冰冷的。我坐上当地朋友的轿车，座椅上还铺着厚厚的羊皮坐垫，表明这里刚从

美丽的哈尔滨

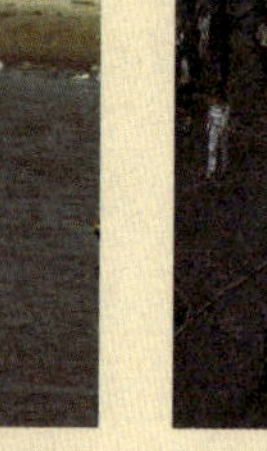

哈尔滨太阳岛

哈尔滨最繁华的中央大街

冰天雪地走出来。哈尔滨的初夏天气有点像江南的早春变化无常，早上出门时飘着细雨，转眼之间阳光灿烂。一天傍晚豆大的雨滴敲打着车窗，而当我上了楼却见夕阳如金，一道彩虹斜挂苍穹，赶紧掏出相机抢拍美景。哈尔滨通常早晚有点凉，而且风大，到了中午则骄阳当空，如同盛暑。

我入住坐落在邮政街上的波斯特酒店。那里离哈尔滨火车站仅一箭之遥，是老市区的中心地带。一看酒店的英文名字“Post Hotel”，我不由得会心一笑，因为按照英文直译就是“邮政宾馆”，而音译成“波斯特”，仿佛是一家外资酒店。由于气候干燥，客房里的柜台上放着一盆水。我注意到外墙很厚，窗是双层的，窗框里嵌着厚厚的绒条，隔温又隔音。新来乍到的我觉得太闷，宁可不开中央空调，而是整夜开窗睡觉。

哈尔滨的面食做得很好，尤其是饺子。豆制品也极佳，是用上好的东北大豆做的。这里饭馆里的菜的数量往往很多，盛红烧鱼的盆子足有脸盆那么大，而一人一碗的狮子头，看上去像个皮球——倘若在上海，足够做成三四个狮子头。在酒店吃自助早餐，服务员“过度勤快”，我刚把装满食品的盆子放在餐桌上，转身去倒杯牛奶，回来时那盆子连同菜肴已经被服务员倒掉，连筷子和匙都不见了！哈尔滨的特产是红肠。

哈尔滨防洪纪念碑

哈尔滨索菲亚教堂

哈尔滨中央大街俄罗斯雕像

哈尔滨最大特色在于浓郁的俄罗斯风情。这里离俄罗斯的直线距离只400公里，是中国离俄罗斯最近的大城市。1887年，中东铁路工程开工，大批俄罗斯人开始涌入哈尔滨。俄罗斯移民高峰是在十月革命后的1922年，当时哈尔滨的俄罗斯居民多达15.5万人，而当时哈尔滨总人口不到30万，在两个哈尔滨人之中就有一个俄罗斯移民。

离波斯特酒店不远，就有一条以俄罗斯大文豪果戈里的名字命名的大街。漫步在果戈里大街，如同行进在莫斯科，街道两侧鳞次栉比的是一幢幢俄式建筑。不论是果戈里宾馆大楼，或者天主教堂，都闪耀着异域风采。天主教堂那朱红色的砖块，令我记起莫斯科用同样砖头砌成的克里姆林宫。据哈尔滨友人说，哈尔滨曾经有过罗蒙诺索夫街、谢甫琴科街等许多以俄罗斯名人命名的大街，后来都改名了。果戈里大街在“文革”中改为“奋斗街”，2004年恢复原名。在哈尔滨如今仍有斯大林公园。

哈尔滨最著名的步行街是中央大街，是俄式建筑扎堆之处。那里的教育书店，是座老建筑。正面有两个用双手“擎”着大楼的巨人雕像，令我记起圣彼得堡夏宫外墙有着同样的雕像。中央大街用长方形花岗岩青石铺地，看上去如同一个个俄式“列巴”（面包）整整齐齐排列着。据说1924年俄国工程师主持铺筑这条大街时，每一块长方形花岗岩青石当时的价格为1美元。走过1.5公里长的中央大街，尽头是松花江，那里高耸着哈尔滨防洪纪念碑，是为了纪念哈尔滨人民在1957年战胜特大洪水袭击而建的，如今成了哈尔滨的标志性建筑。

每一回来哈尔滨，我总要去看看圣•索

非亚教堂。这座建于1923年、有着“洋葱头”式暗绿色穹顶的东正教堂，在中国十分罕见。原本觉得颇为高大，如今被“淹没”在四周的高楼之中。步入教堂，里面已经改为游览场所，墙上挂着许多哈尔滨的老照片，仿佛哈尔滨一路走来留下的历史脚印。

哈尔滨是一座富有特色而又充满活力的城市。当我从太平机场登机飞回上海时，耳际响着《太阳岛上》反复咏唱的那句歌词：“明天会更美好。”

在大兴安岭乘飞机

当我还没有坐过飞机的时候，一听见从空中传来的轰鸣声，巴不得跳上去转一圈。我想，坐飞机如同腾云驾雾一般，一定非常惬意。1977年春天，我终于有机会过一过“飞机瘾”。不过，坐的不是“波音”、“三叉戟”，而是双翼飞机“运五”。尽管那是老式飞机，好在也是飞机，也能上天。

那时，我来到大兴安岭深处的林区新城加格达奇采访，住在护林机场。站长给了我一张“登机证”——那是一张通用的“免费”机票。有了“登机证”，可以跳上从机场上起飞的任何一架护林飞机，而且那证可以一次次使用，直至到了规定的有效期。我接过“登机证”，甭提多高兴。心想，这下子可以过足“飞机瘾”了。

记得，一天清早，我刚刚吃过早饭，驾驶员刘福堂告诉我，他的飞机要起飞。老刘是“观察员”，专门坐在护林飞机上观察林区，一旦发现什么地方起火，立即向防火指挥部报告。我跟随魁梧的老刘，从食堂来到机场。我登上飞机之后，老刘手中拎着个塑料桶上来了。他把塑料桶放在我的脚边，我不知这是什么用意。

螺旋桨转动起来了，发出震耳的声音，我把脸贴着舷窗，新奇地望着窗外。哦，动了，动了。飞机在跑道上飞跑着，一下子腾空了。我看见房子变小了，变远了，高兴极了，真有点腾云驾雾的味道呢。飞机在离地面1 500米的高度飞行，很快地，机翼下出现莽莽苍苍的林海，无际无涯，淡淡的晨雾在林间飘荡，如诗如画。我犹如步入仙境之中……

就在我洋洋得意之际，飞机像小船遇上风浪似地颠簸起来，一下子抛了上去，一下子又跌了下来。顿时，我感到一阵眩晕，不敢看窗外。我闭紧双眼，还是晕。由晕引起恶心，我忍不住要吐了。这时，老刘把塑料桶放到我的跟前——原来，他早就料到我会吐。他让我躺了下来，我还是一次次呕吐，直至吐黄水。那飞机摇摇晃晃，找不到一寸平静的地方。我万万没想到，坐飞机是这般滋味！

那一航次，飞了3个小时。我巴不得飞机早一点回到地面。老刘呢，一直守在窗口，不停地在观察着，记录着……

下飞机之后，我眼前的一切似乎还在旋转，我不得不躺在坑上。我真佩服老刘，怎么一点也不眩晕。不料，他说刚刚上天时，也每次要拎塑料桶。因为飞机在森林上空飞行，气流大，颠簸很厉害。他一连吐了两年多，才慢慢适应了。

不过，遇上强气流，他还吐。他教我，下次上机前，服一片晕海宁，再用棉花球堵双耳，也许会好些。

我照他的叮咛办了，果真，第二次登机，只吐了几口，但脸色苍白。第三次，我下飞机时，塑料桶是空的，正高兴，却哇的一声，在机场吐了起来……

从此，我听见从空中传来的轰鸣声，便心惊胆战。我常出差，宁坐火车，不愿坐飞机。有一次，因事情急迫，非要坐飞机不可。我只得买了飞机票。我登上中国民航的“波音”飞机，飞行时那样的平稳、安静，非常舒适。虽然座位前都插着清洁袋，我却一次也没用过，因为民航飞机大，而且在高空飞行，所以不颠不簸，舒适极了。

于是，我常常坐飞机，飞遍天南地北。不过，每当我在飞机上吃着可口的点心，望着窗外泛着银光的轻云，我常常想念老刘——也许此时此刻，他正在嘈杂颠狂的双翼飞机上奋搏着。他，每天有六七个小时在林区上空度过……

高高的兴安岭

天像一块深蓝色的宝石，没有一丝纤尘。雪白的直升飞机停在加格达奇机场。起飞时间定在上午8点。

加格达奇，镶嵌在大兴安岭绿色世界中的一颗明珠，鄂伦春语的意思是“有樟子松的地方”。这是一座拥有10万人口的北国新城，1964年才开始有了这座新城。

七点多钟到达机场，太阳已经很高了。机杨副站长刘福堂告诉我，这儿夏日昼长夜短，6月中旬清早3点半日出，直至晚8点才日落。

科学考察队的10多个队员都到齐了。直升飞机准时起飞，飞行高度2 000米。从窗口俯瞰，绿色的波浪此起彼伏，我的耳际仿佛响起熟悉的鄂伦春民歌：“高高的兴安岭，一片大森林……”

飞机向北飞往呼中自然保护区，那是大兴安岭主脉所在处，呼玛河的发源地，离中苏边境只100多公里。那里是一大片原始森林，人迹罕至，汽车无法进入，所以考察队只能借助于直升飞机，“飞将军自重霄入”。

飞机飞行了一个多小时。突然，考察队长、植物学工作者卢喆指着窗外一座高峰对我说：“那是大兴安岭的最高峰大白山，海拔1 529米。”卢喆本在哈尔滨工作，主动要求做“山里人”，来此工作已多年，他熟悉这儿的一草一木，曾被选为全国六届人大代表。

过了不久，飞机在两山之间的一片开阔地上空盘旋。从空中看下去，开阔地像绿地毯一般平展。卢喆打开纸箱，拿出一双双齐膝的高筒套鞋发给大家。我有点不解。飞机一着陆，我明白了：原来，那绿地毯是积水草甸，不穿高统筒鞋寸步难行。一丛丛的草形成一个个矮墩，叫做“塔头”。在草甸上行走，仿佛跳“塔头舞”。一不小心，踩空了，踏在积水里，套鞋里马上灌满酱油一般褐色的卤水。

我们来回踩着“塔头”，好不容易把帐篷运进草甸旁的林子。支起尼龙帐篷，我们在森林里安营扎寨了。

科学考察开始了，我们穿过积水草甸，攀登对面一座海拔1 000多米的高山。山上，真的是“一片大森林”：浅绿色的是小山杨；碧绿色的是落叶松；叶色墨绿、树干挺拔的是樟子松，它的树干上部呈橘红色，显得非常漂亮，人称“美人松”。加格达奇虽然因她而得名，但是那儿的樟子松已不多见了。在这原始森林里，二三十米高的“美人松”密密层层，一派生机。

在这儿，白桦林随处可见。卢喆很喜欢白桦，他说：“白桦属‘先锋树种’。一片处女地，总是白桦先在那里扎根。慢慢地，在她的庇护下，松树长起来了。这时，白桦衰老了。她的下一代又去开发新的处女地。”

在考察队，年龄最大的是植物分类学家朱有昌教授。他几乎跑遍了东北的山山水水。森林，像一本打开了的绿色的书。我随手拣起一片树叶、一棵草，朱教授马上便可说出这是什么植物，性状如何，有什么用途。在森林中，阵阵清香扑鼻，我不知香从何来。朱老师蹲了下来，信手拔起一丛开着小白花的植物，让我闻闻。哦，不论是花、叶、茎、根，都有着醉人的芳香。

朱老师说，它的土名叫绊脚丝，在20世纪50年代，他觉得这名字不妥切，便给它取了个新名，叫“杜香”——因为它属杜鹃花科，而又芳香氤氲。如今，这名字已被大家采用。在大兴安岭，杜香满山遍野。朱老师在黑龙江省自然资源研究所从事研究工作，已经成功地从杜香中提取了香料。杜香叶子，含油率达百分之一。现在，有关部门对杜香已引起注意，打算大规模地生产杜香香油，制造“杜香牙膏”、“杜香香皂”等等。大兴安岭真是一座天然香料仓库！

原始森林中，人烟稀少，可却有羊肠小道，沿着这些小道前进，没有杂草绊脚，没有树枝挡路。这些小道，是谁踩出来的呢？年轻的考察队员刘福元，指着地上的脚印、粪便对我说：“这是驼鹿走出来的路！”小刘知鸟语，识兽性，致力于研究大兴安岭的动物。他在这里发现了罕见的“极北小鲵”，写出了论文，受到专家们的重视。人们传说，在大兴安岭可以“棒打獐子瓢舀鱼，野鸡飞到饭锅里”，这当然有点夸张。不过，一路上，小刘找到了黑熊的脚印、榛鸡（俗名叫“飞龙”）的羽毛……确实，这儿“獐、狍、野鹿”满山遍岭！由于腐殖质丰富，这儿的河水总是呈琥珀色。小刘下河网鱼，既是采集鱼类标本，又为大家提供了“美餐”。这儿盛产细鳞鳇鱼，肉质肥厚，味极鲜美。在大兴安岭森林中，清晨三四点钟，布谷鸟就叫了。林深树密，极易迷路。有一次，我们在林中迷了路，走了好久，还是找不到营地，又冷又饿，只好走一程，大家高喊几声。终于听见了冲锋枪声，一下子辨明了方向——原来，营地就在附近200多米处！直到营地鸣枪，我们才恍然大悟。

每天考察归来，朱老师和他的助手们不顾劳累，立即整理采集的标本，当朱老师初步断定标本中有几种可能是从未发现的植物新种时，科学工作者们的欣喜之情溢于言表。这种科学上的新发现，就是他们的苦中之乐！

猎人夜话

唐朝诗人柳宗元写过一首脍炙人口的名作《江雪》："千山鸟飞绝，万径人踪灭。孤舟蓑笠翁，独钓寒江雪。"我每读这首诗，眼前便浮现那位不畏风雪的渔者的高大形象。

在一个朔风扑面的日子里，我来到黑龙江省的大兴安岭林区。那天，正下着纷纷扬扬的鹅毛大雪，我第一次饱赏了林海雪原的奇异景色：到处是雪，雪，雪，那么纯洁，又那么单调。我踏雪而行，除了耳边的呼呼风声，脚下嚓嚓雪声之外，一片死一般寂静，真个是"千山鸟飞绝，万径人踪灭"。然而，我在森林中走了半近半天，终于遇上了一个人。他穿着厚厚的皮大衣，戴着狗皮帽，眉毛、胡子上全是冰霜，两颊都通红通红的。这个人约莫60来岁，雄赳赳地背着一枝猎枪。我猜想他是一位猎人。老人似乎正忙着追踪野兽，在雪地里呼哧呼哧跑着，朝我点一下头，就擦肩而过。我望着他远去的身影，不由得又想起柳宗元笔下的那位"独钓寒江雪"的渔者。

傍晚时节，我来到一个林间小镇。小镇中的所有房屋，差不多全是用木头盖的。每家几乎都围木栅栏，院子里木柴堆积如山。我借宿在一家小旅店，一进屋，一股热气扑面而来。屋里的壁炉中，木柴噼噼啪啪地熊熊燃烧，使人忘记了屋外的冰雪世界。当我吃完晚饭之后，见一个人吃力地背着什么东西，喘着粗气进屋。刚一进门，便把肩上的重物"砰"地摔在地上。我一看，是两头野猪、七八只野兔。真凑巧，原来这人就是我林间遇见的猎人!

长夜难眠，在通红通红的炉火旁，老猎人跟我谈起了狩猎的种种趣闻……

严冬，是打猎的黄金季节。

冬天，之所以非常适宜于狩猎，大抵有这样两个原因：第一，冬天草萎树枯，野兽们的"粮食"远比夏天要少，肚子里经常唱"空城计"，因此当人们摆下一些引它们上钩的饵食时，便容易使它们上当；第二，冬天漫山遍野都是白皑皑的雪，野兽容易被猎人发觉，特别是野兽在雪地上行走，留下了脚印，猎人们便得以发现它们。

猎人们有句“行话”：“不机灵的人不配当猎人，胆小的人也不配当猎人，鲁莽的人更不配当猎人。”这因为狩猎是一场和野兽斗智斗力的战斗！

对于狼、野兔、野山羊之类比较小的野兽，猎人们常常采用伏击的方法：预先在这些野兽必经的路上埋伏好，然后伺机射击。有时，也采用挖陷阱的办法来捕。不过，陷阱对于狐类常常是无效的，因为狐类素以狡诈、“足智多谋”著称，它们不大会上当。对于狐类，猎人们常常采用围猎的办法，许多猎人联合起来，从四面八方包围过来，全歼狐群。

老虎也有点和狐类相似。老虎虽勇，但“疑心病”很重，像陷阱、活笼之类的东西，它是不易上当的。对于老虎，猎人们通常是采用追踪的办法。尤其是在东北长白山一带，那里冬天的积雪很多，有经验的猎人一看雪地上的老虎脚印，便可以从脚印的大小、多少、形状，判断出虎群里有几只老虎，是雄的还是雌的，体重大约有多少公斤。在追踪时，往往一追，便要好几天才能最后找到虎穴。由于老虎极为凶猛，猎人们总是五六个人一起去打，追踪时十分谨慎。

豹子素有“小老虎”之称。豹子不易打，甚至比老虎还难打，因为豹子虽小，可是性格凶暴，比老虎还残忍，见人就咬。论本领，豹子比老虎更大：豹子能够迅速地像猴子似地爬上树，也能扑通跳下水游泳逃走。不过，所幸的是豹子比老虎要笨得多：老虎很谨慎多疑，而豹子则总是见人便咬，主动挑战，发起攻击。对付豹子的最好办法，是伏击。另外，很有趣，豹子倒很怕狗群，几只狗往往能把豹赶走（一只狗是敌不过豹子的）。因此，猎人们在猎豹时，常常带着一群狗，让狗打先锋。狗在草丛里一遇上豹，便大叫起来，把豹赶出来，

这时，猎人们闻声赶到，举枪就射。

最伤脑筋的，要算是野猪了。野猪绰号叫“拼命三郎”，性格鲁莽。当你向它射击时，如果第一枪就击中要害，这自然没问题，但是野猪的皮极厚，一枪往往击不死，那么，当你放第二枪之前，野猪便会笔直向你猛扑过来，毫不畏惧！正因为这样，猎人们在向野猪开第一枪时，总是瞄了又瞄，而且射击之后，立即回身隐蔽起来。不过，由于野猪皮厚，必须离野猪很近开枪才会有效，远远地射，不仅打不死它，反而使它闻声扑来……

老猎人娓娓而谈，使我这个南方人对打猎发生了浓厚的兴趣。

夜里，我反复思考着老猎人的那句话：“不机灵的人不配当猎人，胆小的人也不配当猎人，鲁莽的人更不配当猎人。”我自忖着，在明天，我能不能跟随老猎人在林海雪原中追踪野兽，当他的一个小小的助手！

大兴安岭火场见闻

大火多次弥漫在祖国北疆的大兴安岭。消息传来，令人心焦。我曾两度在那里采访，种种火场见闻，迄今记忆犹新……

严冬如安娴的白雪公主，盛暑似漫山遍野撒着翡翠，这时候的大兴安岭充满诗意。然而，秋风吹得叶枯草萎，春暖雪消之后更是处处腊黄，大兴安岭变得十分浮躁，见火便着。“黄、绿、黄、白”，一年四季，大兴安岭不断更换着“时装”。每当黄色成了那里的“流行色”，大兴安岭人的神经就绷紧了。

我记得，那次从哈尔滨坐了20来个小时的火车，来到大兴安岭新城——加格达奇，又饿又困。下车之后，却吃了一顿冷饭。因为那时正值春天防火季节，那天又刮大风，食堂不能点火饶饭，只能以冷饭相待。新来乍到，我更处于紧张的防火气氛之中。

驱车外出，见到那枯槁的乌拉草像稻草一般，和枯枝黄叶相杂，铺满原野。车入林区，公路上设有一道道防火哨卡，乘客务必交出身边的火柴、打火机，方可通行。盘查时，对女公民也查得很严——因为那儿妇女抽烟相当普遍，大姑娘叼个大烟袋不稀罕。森林火灾起于电闪雷击很少见，大都因为火种不慎而起火。尤其是烟头最易惹祸，所以在林区是严禁抽烟的。

大扬气附近的一座山头，给我留下触目惊心的印象：到处一片焦黑，比电线杆还粗、烧成乌黑的树干横七竖八。下山时，我双膝以下，一片黑糊糊的，都是炭屑……唤，烈火无情，舌噬了那里成片参天的原始森林！

森林防火指挥部大楼前，停着一大排水陆两用坦克，如临大敌。步入指挥部，我见到整堵墙上挂着硕大的林区地图，桌上放着一只只电话机，许多人在那里值班，严阵以待。

我在加格达奇护林机场住了20来天。机场上停着好多架双翼的“运五”护林飞机和“米六”、“米七”直升飞机。我一次次登上护林飞机，跟随“观察员”在空中巡航。观察员的职责，就是从空中俯视林海，一旦发现哪儿冒烟，立即向防火指挥部报警。在防火季节，观察员成了空中哨兵，工作异常艰辛。他们常常一大早就上飞机，在空中巡航一圈，才下来吃早饭。然后上午飞，下午又飞。飞机中噪音大，森林上空气浪又大，飞行时像浪中小舟，抛上扔下，颠簸甚剧。我跟一个班次，才二三个小时。

下来后就头昏脑胀，躺了好久才能在第二天重上蓝天。可是，观察员们一天要在空中度过八九个小时，而且时时刻刻要用双眼“扫描”，不放过一缕烟、一星火……

发现火警之后，灭火队员马上登机，空投到火场，与大火搏斗。这时最怕刮风。一旦风助火威，火舌就呼啦啦直窜，甚至高达十几米。在一次发生大火时，我在飞机上沿火线飞了近20分钟，一直看到林梢上冒出的灰白色、夹杂着红光的浓烟！

森林扑火是一场艰苦卓绝的战斗。烟熏火烤、吃不上饭，喝不到水。有一次经过几天几夜的连续作战，大火终于被扑灭。村民们敲锣打鼓在村头迎接灭火英雄归来，他们却躲在林子里“犹抱琵琶半遮面”——因为不仅浑身上下一片乌黑，而且衣服尽破，只剩下一条短裤衩，无法接受“夹道欢迎”！

“南有深圳，北有黑河”

离开上海时穿短袖衬衫，飞抵哈尔滨换上长袖衬衫，到达黑河时不得不套上茄克衫。

黑河原名瑷珲。1858年5月28日(清咸丰八年)，清政府黑龙江将军奕山与俄国东西伯利亚总督穆拉维约夫在此签订了不平等的“瑷珲条约”，从此瑷珲作为国耻之地而闻名全国。1956年，此处改为爱珲县。如今，这里成了与俄罗斯通商的重要口岸，改称黑河市。人谓：“南有深圳，北有黑河。”改革开放的大潮一下子把贫困、封闭的黑河推到了风口浪尖之上。

一到黑河，那旅馆之多令人目不暇接。连那些一家一户独居、用木栅栏围成的小院，也挑出了某某旅馆的招牌。这里的旅馆原本很少，忽地客商云集，住宿爆满。有一夜，数百名无处可住的旅客，不得不在寒风中抖抖颤颤度过。黑河市政府得知，便动员住房宽敞的居民腾出房子开旅馆，一下子冒出许多“家庭旅馆”，解决了燃眉之急。饭店也骤然增多，处处可见红色的幌子——东北的饭店门口，总是挂着红幌子，以招来顾客。这里没有一路公共汽车，戴着“TAXI”黄帽子的个体出租汽车也就呼啦啦冒出一大批。走南闯北，我见到的出租汽车都是小轿车，而黑河的“TAXI”帽子竟是戴在草绿色的越野车上！1日一趟从哈尔滨开出的旅游专列和1日三班从哈尔滨飞往这里的飞机，一下子使黑河热闹起来。

黑河是座小城，气温又低，年平均温度为零下2℃，往日街上行人寥寥无几。如今，那条横贯全城的大街，变成了“俄货一条街”，摆摊的，买俄货的，熙熙攘攘，从早到晚红红火火。据黑河市刘副市长告诉笔者，这里允许政府机关工作人员在下班之后也去摆摊！正因为这样，每到傍晚或星期天，那地摊“长蛇阵”会向两翼伸长，以至大街转弯处也摆满了。摆一个摊，只须交五角钱清扫费和一元钱摊位费。

在俄货一条街上摆摊的，全是中国人。所卖的俄货，最常见的是呢大衣、军用望远镜。镀银咖啡壶、电动剃须刀、手表之类。俄国海关禁运的羚羊角、银狐领以及小狗，中国和俄国的商贩们不知用什么神通运了过来，在这里堂而皇之公开出售。名贵的小狗，标价上千元以至上万元，光顾者仍不少。羚羊角原是俄国人眼中的废物，见到中国商贩成麻袋运走，一打听，方知在中国是名贵药材，于是猛然涨价，而且海关实行禁运，至于银狐领大量流失，海关也就把它列为禁运商品。至于中国海关，则只把武器，毒品和淫秽物品列为禁运品，其余一概放行。

漫步在俄货一条街，我见到许多前苏联的勋章、纪念币，还有种种旧表、艺术品、钱币，这正是收藏家们很好的收藏品，只是识货者不多，反而在地摊上成为“冷门”商品。

大量的俄货，是从黑河对岸，隔着黑龙江的布拉戈维申斯克源源而来。从商者有中国人，也有俄国人。俄国人从黑河运走食糖、运动服、绣花衬衫等等。两国彼此借助民间互通有无。

在黑河，最具吸引力的是黑龙江上距中国一侧70多米的小岛，名叫“大黑河岛”。自1991年3月起，那里设立了“中俄边民贸易市场”。我来到那里，见硕大的市场里有四五百个摊位。俄国商人过江而来，允许在此易货。由于可以直接从俄国商人手中购货，价格自然比俄货一条街上低廉。这个大黑河岛上的贸易市场，人称“大岛贸”——借用了日本名演员大岛茂的谐音。有趣的是，一位俄国商人带了一堆呢子礼帽来到“大岛贸”，很快就脱手了，唯有几顶绿色呢帽虽一再降价，无人问津。他实在不明白，中国人为什么不喜欢“绿帽子”！经过翻译说明，他才恍然大悟。

“大岛贸”使我联想起珍宝岛。黑河人说，真是此一时也，彼一时也。那时，两岸处于敌对状态，连鸟儿也飞不过江，还是改革开放好，还是周边和睦好。中俄贸易的势头越旺、黑河成了“北方的深圳”。国务院已批准在黑河建立1.9平方公里经济特区。入夜，高耸的电视台大楼及其四周的新建宾馆大厦、合资企业大楼，连成一片辉煌的灯海。黑河，已成了镶嵌在黑龙江江南岸的一颗明珠。

勇敢的鄂伦春

“高高的兴安岭，一片大森林，森林里住着勇敢的鄂伦春……”早在上中学的时候，我就会唱这首鄂伦春民歌，可是我却一直无缘结识“勇敢的鄂伦春”。

这一回从哈尔滨乘火车前往北国重镇黑河市。清晨六时，火车在一片朦胧中驶进黑河站，前来接站的是一位壮实的中年妇女，圆团团的脸如同无锡泥塑大阿福，脸色却近乎古铜色。她用嘹亮的嗓音自我介绍说，姓莫名桂珍。我听别人称她“莫主任”，一打听，方知她是黑河市政府办公室主任，鄂伦春族人。哦，她成了我结识的第一位“勇敢的鄂伦春”！

她操一口流利的汉语，办事干脆利索，用粗壮的手臂拎起我的旅行袋就往站外走。

那架势不容我有半点不从，虽说我一个男子汉叫她拎东西很不好意思。我很快发觉，她是直肠子的热心人，上上下下都熟，“公关”挺不错，什么事经她乍乍呼呼，准能办成。

没几天，跟她熟了，才知道黑河市远郊，有个新生鄂伦春民族乡，她原是那里的乡长，当了8年。后来，作为优秀的少数民族干部，提拔到市里工作。

鄂伦春族原是游牧民族，“鄂伦春”原意是山岭上的人。鄂伦春族人数很少，在1987年，全国的鄂伦春人不过2 400人，集中在黑龙江和内蒙呼伦贝尔盟。如今，全国鄂伦春族已增至6 000人。黑河市的新生乡，大约有近200鄂伦春人。取名“新生乡”，是“党使鄂伦春新生”之意。莫桂珍念念不忘新生乡，带着我和我的文友们前去参观。

汽车在山间公路上奔驰了近3小时，见到了一个山村，一溜瓦房，前前后后都围着木栅栏，那便是新生乡。满山满岭是桦树林，莫桂珍告诉我，鄂伦春族原本过着原始社会末期的游牧生活，共产党一下子使鄂伦春族跨越了三个社会(奴隶社会，封建社会，资本主义社会)，跃进了社会主义社会。改游牧为定居以来，早在1960年新生乡就实现了粮食自给。如今，新生乡颇为富裕，鄂伦春族“万元户”不少哩！虽说经济条件不错，政府对鄂伦春族又放宽计划生育，允许生三胎，但鄂伦春人文化水平提高了，一般都只生两个孩子，莫桂珍自己，也只生两个孩子。

如今的鄂伦春人，除了种田，也狩猎，打獐狍野鹿，我参观了养鹿场，鄂伦春人把野鹿驯养，割取鹿茸，使收入大为增加。这里又出产黄金，据云每年乡里产50两黄金(乡里还住着汉族和别的少数民族)。鄂伦春人用桦树皮编桦皮篓，成了外国人喜爱的工艺品，打入日本市场。

莫桂珍带我来到一座小院，几条狗猛叫起来，她挥挥手，叱退了狗。主人吴梅柱热情接待客人。他是个乡粮站的营业员，也是远近闻名的鄂伦春族业余摄影师。他拿出一本又一本相册给我看，他拍下那欢跃的篝火，拍下那鄂族猎人的英姿，拍下雪后初晴的桦树林，拍下活泼可爱的梅花鹿……视角最为奇特的一幅照片上，拍的是一片雪地，一双男高筒雪靴，一双高跟女靴，背景是四条马腿。题曰《告别》，大有“现代派”的味道。他已是黑龙江省摄影协会会员，开过好多次个人影展呢。

乡里设野猪宴招待客人。莫桂珍放开歌喉，即席唱了起来。那歌声粗旷，犹如藏族歌手才旦卓玛的风格。莫桂珍唱起了那首“高高的兴安岭”。哦，新一代的鄂伦春，是更为勇敢的鄂伦春——在大步流星跨过三个社会之后，正勇敢地迈向现代化，成为现代化的鄂伦春人。

“小小联合国”

“满地黄花堆积，憔悴损，如今有谁堪摘？守着窗儿，独自怎生得黑！”北宋女词人李清照，用这样的诗句勾画她的寡居之寂，“怎一个愁字了得”！李清照不愁衣食住行，可是那寂寞之苦，也折腾得她心肝隐痛不已。

我的脑际忽地浮现李清照的诗句，是在我日前访问哈尔滨市外侨养老院之际。我来到哈尔滨，听说那里有一座全国唯一的外侨养老院，这“全国唯一”引起我的兴趣，便前去参观。

一大片草地、花丛、树林，簇拥着一座两层欧式大楼。踏进铺着俄式花地毯的会客室，院长朱毓天很热情地接待了我。据云，此院是中国政府本着国际主义、人道主义精神，在1954年创办的，成为全国唯一收养外侨鳏寡孤独老人的社会福利事业单位。养老院地处东北，成立之初，收养的以苏联侨民最多，达400多人。此外，也有不少日本、朝鲜侨民。消息传出，全国各地纷纷把符合养老院收养条件的外国侨民送往这里。37年来，这座特殊的养老院，为1 100多名外侨老人伴送人生的最后一程。这些外侨孤老，几乎都是解放前遗留下来的，随着他们一个个离开人世，这里的居民也越来越少。眼下，这里只剩下10名老人，9名女性，1名男性，最年长的85岁，最年轻的也65岁了。由于人口减少，当院长领我参观时，我发觉每位老人的居室都很宽敞。楼下空余的房间，办起了托儿所，使大楼里充满欢乐的声音，给老人们增添了喜悦之情。

人称这里是“小小联合国”，老人来自不同国家、不同民族，操不同语言，生活习惯也大不相同。众口难调，最为难的要算是大师傅了。他们既做面包，也烧米饭、面条，尽量使老人吃到可口的菜肴。这里每一位老人生日，成为食堂忙碌的日子，大师傅张罗着生日宴会。当然，这里最艰难的，是老人病重、病危，全体中国工作人员不分工种，轮流值班，照料老人。这里设有医务室，小病不出院。遇上大病、重病，送入附近的大医院。各家医院一听说外侨养老院病人，总是给予优先照顾，精心治疗，使老人们身处异国异乡，也沐浴在人世的温暖之中。

老人们的服装，原本由院里统一式样制作。在“文革”中，一律黑、灰、蓝、白。后来把置装费发给老人们，由他们自己置装，深受老人们欢迎。于是，日本人穿起和服，苏联人穿起布拉吉，朝鲜人穿起长裙，这里越发像“小小联合国”了。

养老院属慈善事业，经费由中国政府提供。许多外宾前来参观，也纷纷解囊。在接待室，我见到墙上挂着许多捐助者的名片，内中以日本人居多。赞助款有的交给院方，也有的直接交给老人，一切都听凭施主意愿。院长说，凡是交给院方的，院里也全部用于老人身上，不扣留一分钱。令人感动的是，养老院附近几所大学的学生、兵营里的战士，发扬雷锋精神，常来帮助老人们做事。这里的个体劳动者协会，已经坚持8年，逢双月14日，上门为老人们免费修理各种日常用具。

我拜访了老人们，他们似乎都没有李清照那种“怎一个愁字得了”的孤苦心态。他们拉着我的手，跟我聊天，脸上露着笑容。他们大都会讲汉语。内中，有一对母女是“无国籍侨民”。我问起怎么会是“无国籍”呢？原来，他们本是美国人，侨居上海，丈夫遗弃了妻、女，带走她俩的护照，又向美领馆申报她俩已经“死亡”，结果落了个“无国籍”。母女俩对中国政府悉心照料，再三表示感谢。一位朝鲜侨民最年轻，65岁的她腿脚尚健，为了表示自己的感激之情，主动为院里洗衣被、缝窗帘……如今，20多个国家和地区的电视台把镜头对准这里，报道了中国政府对外侨孤老的人道主义照料，在海外颇受好评。“小小联合国”，成了一个温煦、和谐的国际大家庭。

访萧红故居

在一个偌大的院子里，花草似锦，一座低首沉思的青年女子白色石雕，显得那般端庄安谧。

长长的刘海之下睁着一双明亮的大眼睛，一手支着下巴，一手执一卷书，她便是著名的20世纪30年代女作家萧红。如今，坐落在黑龙江省呼兰县城里的她的故居，已经辟为纪念馆。我来到那里时，馆长告诉我，正在筹集资金修建萧红墓。

早年读了《生死场》，萧红的名字便深深印在我的脑海里。不过，我所了解的，只是她的作品而已。这一回走访她的故乡、故居，她那短暂而坎坷的人生之路，给了我难以磨灭的印象。

萧红本名张秀环，乃大家闺秀。她的祖辈曾是黑龙江最大的工商地主之一。据云，如今开放的萧红故居，规模不小，却还只是她的故居的五分之一罢了。她从小受到诗书熏陶。10岁那年，她的生母离世，陡然把她推上了厄运。这位张家小姐，进入哈尔滨读女子中学，脱开了家庭。她喜欢绘画，期望着日后成为女画家。

她19岁那年，家中为她包办婚姻。为了逃婚，她远行北平，进入女师大附中。即便如此，仍无法甩掉那追踪而来的家中包办的丈夫。她随他回到哈尔滨，结为夫妇。在她怀孕之后，那男子抛弃了她，把她作为“抵债品”押在旅馆。就在这艰难困苦的时刻，文学青年萧军出现在她面前。两萧结为夫妇。其实萧军也不姓萧，原名刘鸿霖，当时用笔名“三郎”。他后来才取了

作者与诗人汪国真在东北萧红故居

笔名萧军，并以此名传世。两萧的笔名合在一起，便是“红军”！

两萧成了左翼文坛的生力军。当萧红写出《生死场》，萧军写出了《八月的乡村》。两萧前来上海，鲁迅在广西路梁园豫菜馆设宴招待，同席的有茅盾、叶紫及聂绀弩夫妇。鲁迅分别为两萧的这两部小说作序，一下子便把他们托上了文坛明星之座……

此后，两萧因性格不合而发生婚变。萧红与作家端木蕻良同居，又生龃龉。萧红在日军的炮火下辗转来到香港，在贫病交加中，于1942年2月22日病故，年仅31岁！作家骆宾基悉心照料她最后的那些日子。

萧红的生命历程虽短，却似一道闪电，在短暂的一瞬放出了耀目的光华。她是中国文坛的才女、奇女。在她离世前夕，她推出了两部长篇力著——《呼兰河传》和《马伯》。

我漫步在她的故居，见到玻璃柜里陈列着她的著作的种种版本，以及新出的《萧红全集》。

最使我感动的是，竟有10多种萧红传记，记述她那闪电般的一生，内中的作者既有美国人，也有日本人，还有台湾的作家。关于萧红的传记片，也有好多部。像她这样影响广泛的中国女作家并不多。人们对她的怀念、颂扬，其实是对这一弱女子的可悲命运和光采文字的深深的同情和敬仰。

她，静静地坐在自家院子正中，一身洁白，一身正气……她是北国萧萧金秋的红枫。

汽车城长春见闻

晃荡晃荡，从大连乘火车前往长春。夕发朝至，在火车上睡了一夜，也就到达长春车站了。

我过去到过长春。2001年8月去长春，发觉长春的最主要的大街——斯大林大街，在苏联解体之后，已经改名人民大街。不过，市中心那座苏联红军烈士纪念塔还在，塔顶是一架苏联飞机模型，塔座上刻着“中苏友谊万古长青”。几乎与长春的斯大林大街改名同时，大连的斯大林广场改名人民广场。大连市中心的苏联红军烈士纪念塔，被整体移至旅顺。

长春冒出许多新的高楼，特别是人民大街两侧，新楼更多。当然，跟大连相比，建设步伐似乎慢了一点。

长春的“摩电”——有轨电车，曾经给我留下很深的印象，因为在中国的城市中，保留有轨电车的已经很少。这一回见到“摩电”依在，但是换上了新型车厢，显得很漂亮。尤其是车头前面安装了两个装饰性的红色外壳大反光镜，看上去像昆虫的触角似的，别具一格。

我在长春住了四天，应邀担任长春电视台“书香”专题节目和吉林电视台的“新视点”专题节目的嘉宾。我来到这两家电视台，发觉两幢大楼都是刚刚落成，非常豪华，里里外外用大理石包裹着。演播厅很大，拍摄用灯也都改用新型的冷光源。

我应邀到吉林大学文学院举行讲座。吉林大学的校园也是全新的——旧校园在市中心，而新校园则在市郊。

我在长春的那些日子里，各宾馆爆满，因为正值第二届长春国际汽车博览会举行，各国、各地宾客云集长春。

长春是中国的汽车城。“一汽”——中国第一汽车制造厂，是长春的经济支柱。“一汽”的产值占长春工农业总产值的一半以上。

“一汽”集团始建于1953年，在1956年生产出中国第一辆汽车——解放牌汽车。中国国产轿车的名牌“红旗”牌轿车，也是在这里诞生。

1991年8月，“一汽”集团与德国大众汽车公司合资组建了“一汽大众”。我来到长春，恰逢“一汽大众”十周年。第二届长春国际汽车博览会也选择了“一汽大众”十周年的日子举行。博览会规模宏大，“香车”配上“美女”——车模，引起轰动。

往日，我出差长春，总是住在长春电影制片厂，没有去过“一汽”。这一回，“一汽”邀请我前去签名售书并作讲座，于是在最后两天干脆搬到“一汽”宾馆去住。

“一汽”在长春市郊，在辽阔的东北平原上建成了一座自成体系的汽车城。除了汽车厂之外，商场、宿舍、电影院、电视台、电台、报社、宾馆、医院样样都有。“一汽”的朋友对我说，过去唯一缺少的是火葬场，死了人要往城里送，现在连火葬场也有了！

我下榻于“一汽”宾馆。这里原本是20世纪50年代建造的苏联专家楼。当年，大批苏联专家前来帮助建设“一汽”。这座三层大楼，有着四角飞檐的“大屋顶”，那是中国20世纪50年代流行的仿古屋顶。大楼里厅、堂、楼梯宽敞，则是仿苏式样。据说，柱子、窗台、走廊都饰以俄罗斯风格的浮雕花纹，可惜在批判“现代修正主义”的日子里被铲得干干净净。设在二楼的会议厅，多年来一直是“一汽”举行各种大型会议的所在。很荣幸，我的讲座也在这里举行。

在“一汽”宾馆就餐，餐厅的名字也富有“汽车特色”，分别用本厂生产的轿车品牌来命名，诸如“红旗”、“捷达”、“大众”等等。

在“一汽”宾馆四周的职工宿舍，也大都建于20世纪50年代，风格与“一汽”宾馆相似。稍远点，则是新建的宿舍大楼。“一汽”宾馆之侧，崛起一座现代化的高层大楼，楼顶上挂着“花园宾馆”四个大字。

在“一汽”朋友的陪同下，我前往“一汽大众”参观。硕大的车间四周全是翠绿的草坪，仿佛航空母舰航行在碧波之中。厂门口，竖立着江泽民的题词：“建设现代化的轿车工业基地”。江泽民曾经在“一汽”工作六年，李岚清也来自“一汽”，在七名中共中央政治局常委之中，有两人出自“一汽”，成为“一汽”的骄傲。

在“一汽大众”，接待我的是工会主席。经过“一汽”朋友的解释，我才明白“一汽大众”的工会主席相当于党委书记——因为“一汽大众”是合资企业，不设党组织，只设工会。

我参观了“一汽大众”装配车间的流水线。在长长的流水线上，我发现有红色的轿车，也有绿色、白色、黄色的轿车，外型也各不相同。

“一汽”的朋友告诉我，过去“一汽”成批生产一种型号的轿车。有的用户有不同的要求，那就只能买到轿车之后再去改装。如今“一汽大众”在市场经济大潮中，按照用户的定购要求进行生产，全心全意为用户服务。这样，一方面流水线上的每一辆轿车在生产时都已经有“主”，一出厂就到了用户手中，产品不会积压；另一方面，用户可以事先提出要求，买到符合自己需要的轿车，再也不必对轿车进行改装了。

我在“一汽大众”装配车间的流水线上，见到刚刚下线的新型轿车“宝来”。这是“一汽大众”的新产品，在第二届长春国际汽车博览会一亮相，就引起广泛注意。

我在德国斯图加特参观奔驰汽车公司时，见到车间外的停车场停满“奔驰”轿车，因为工人们差不多都买了本厂生产的轿车。我问“一汽”的朋友，什么时候“一汽”的工人也驾着自己生产的轿车去上班？“一汽”的朋友摇头道：“还很遥远！原因是多方面的：一是‘一汽’工人的收入跟轿车的价格还相距甚远；二是‘一汽’工人住得很近；三是即使分期付款买了轿车，买得起养不起，因为汽油费、修理费、停车费等等支出也相当可观。”

我又问起中国加入WTO之后，首当其冲的是轿车工业，“一汽”将如何应对？“一汽”的朋友告诉我，关键是要扩大轿车的批量生产。轿车的批量生产产量越大，成本就越低。国外轿车的价格低，就是因为大批量生产。目前中国汽车企业有122家，轿车年产量为160万辆，还抵不上国外一家汽车大厂的年产量。现在中国年产汽车2万至5万辆的企业有7家，5万辆以上的企业有8家。如果加强兼并中小型汽车厂，加强“强强联合”，以加大批量生产，在加入WTO之后中国的轿车工业就能应付自如。

眼下，随着中国汽车市场的开放，中国合资生产的外国品牌的轿车比比皆是，而“一汽”生产的“红旗”牌轿车成为国产品牌之冠。“一汽”的朋友赠我一辆“红旗”车模，成为我珍爱的收藏品。这车模制作非常精细，驾驶盘、反光镜、仪表盘样样齐全，连发动机各个部件都有。在我用电脑写作这篇散记时，这“红旗”车模就在我的书房里……

彩贝生辉

“宝贝咿——”在20世纪60年代，收音机里常常传出著名女高音歌唱家刘淑芳演唱的印尼歌《宝贝》。我很喜欢这首歌，一边听着，一边也不由自主地哼了起来。

那时候，在我的印象中，“宝贝”只不过是“珍宝”之类的同义词罢了，并非确有其物。

然而，我在沈阳的一家工厂里参观，第一次看到真正的“宝贝”：只有豌豆那么大，卵圆形，表面像珍珠一般光亮，有着美丽的彩色花纹。这种小贝的名字，就叫“宝贝”。据说，在我国古代殷周时，便用宝贝作为钱币，称为“贝币”。直到秦始皇统一中国，铸铜钱为币，这才废除了贝币。不过，在云南一带，沿用贝币竟直到清朝。由于宝贝曾一度等同于钱币，人们珍爱它，于是“宝贝”便成为“珍宝”的同义词。

我是在沈阳贝雕厂看到宝贝的。在这家工厂里，宝贝成了生产的原料。除了宝贝之外，我还看到色彩斑驳、形状各异的河贝、江贝、海贝：硕大如瓜的车齿贝；闪耀着金属光泽的金银蛤；闪射着荧光的夜光螺；像尖辣椒似的锥形螺；像一把彩色团扇似的日月贝；像抹了一圈唇膏似的红口螺……

望着那彩霞般的各色贝壳，不由得使我记起西晋文学家左思在《蜀都赋》中所写的：“贝锦斐成，濯色江波。”

虽说彩贝斑斓，但充其量不过是一堆贝壳而已，一堆粗造的原料罢了。我走进这家工厂的接待室，看到一幅题为“长生殿”的屏风，雕栏玉砌，典雅古朴，人物栩栩如生，穿罗着缎，天仙一般。经厂长指点，我才看出这是一幅由各种贝壳雕刻、拼接而成的浮雕，叫做“贝雕”。

在贝雕上，名色贝壳乔装打扮，我几乎分辨不出它们本来的面目。厂长像一位热心的向导，一边用手指指着贝雕，一边解说道：

“这栏杆，用大江贝做的，本色很像汉白玉。”

“这牡丹花瓣是用红口螺做的，也是本色。你看，边缘的红色很浓，越到花芯色彩越淡，正是红口螺的特点。”

“这砖墙，是把日月贝切成长方块‘砌’成的。”

“这贵妃的凤冠、项圈，是用夜光螺做的，闪闪发光，具有美玉的质感。”

“厂长，人物的脸，也是用贝壳做的？”

“是的，那是用佛耳螺做的。佛耳螺有碗口那大，壳特别厚，色白，用来雕成人物的脸。”

哦，原来这楚楚动人的《长生殿》，是充分运用各色彩贝的不同特点，精雕细刻而成。

我浏览了一下室内的种种贝雕：有祖国江山的壮丽景色，有古代神话的奇丽画卷，有走兽鱼鸟，有花花草草；有挂屏，有座屏、屏风……彩贝生辉，闪耀着贝雕工人巧夺天工的智慧光芒。

我极想见一见那些创造奇迹的贝雕工人。厂长掐灭了烟头，顺手放入一只大海螺中——那是特制的烟灰缸。他带着我去参观。这时，我发觉厂长的脚一瘸一拐的，迎面走来的一位工人也是如此。

步入车间，见工人们穿着白色的工作服，用灵巧的双手，正紧张地工作着。工作台上，放着一筐筐贝壳，有的贝壳上还长着青苔，看上去其貌不扬。工人们用砂轮切割贝壳，有的则用类似牙科医师用的蛇形钻雕琢着贝壳。工人们分工不同，有的专做栏杆，有的做“砖头”，有的做人物的脸，有的专做云彩……

车间里磨琢之声充耳，工人们却是那么全神贯注。

各式各样的用贝壳做成的“零件”，被送去“组装”。工人一边对照着案头的图纸或样板，一边把“零件”用白色的乳胶粘在画幅上。于是，零零碎碎的贝壳，被拼接成古装的仕女，秀丽的亭台楼阁，灼灼盛开的花卉，展翅欲飞的鸟儿……最后，工人在贝雕上刷了一层无色透明的酚醛清漆，贝壳变得油亮油亮的，更增添了光彩。

贝雕艺术是中国一朵芬芳动人的工艺之花。如今，中国的贝雕成为中华民族的“文化使节”，来到纽约的摩天大厦，来到日本的农舍，来到澳洲的牧场，来到法国的艺术之宫。沈阳贝雕厂几乎每天都要接待外国友人。贝雕，成了友谊之花。

贝雕，是中国的“宝贝”。

我爱贝雕，我更爱那些创造了“宝贝”的工人们。

百鸟画

广西壮族有个流传甚广的民间故事《百鸟衣》，说的是：古卡是个贫苦的农民，他的妻子依娌不幸被土司抢去。依娌悄悄告诉古卡，用箭射百鸟，用百鸟的羽毛做成百鸟衣，在百日内来相会。古卡跑遍森林，盘弓射鸟，真的做成了百鸟衣。古卡借献花之际，杀死了土司，与依娌骑着骏马，双双飞奔而去。

《百鸟衣》充满神话色彩。百鸟衣究竟是什么样的，谁都没有见过。然而，我在一家神话般的工厂里，却亲眼见到了神奇的“百鸟画”！

这家工厂，没有高耸的烟囱，没有震耳的机器声，大楼里窗明几净，静谧安宁。它，就是沈阳羽毛工艺厂。

一走进大楼，迎面是一幅高2米、宽3米的巨画《凹晶馆联诗》。一望而知，画的是《红楼梦》里的故事。

《凹晶馆联诗》，把曹雪芹笔下的文字，化为形象鲜明的浮雕画面：

清瘦俊美的黛玉，雍容开朗的湘云，身上的衣裙在风中飘洒流动，仿佛真的一般。皓月当空，池中碧波荡漾。这便是“百鸟画”——用百鸟的羽毛“绘”制的彩色浮雕。

一位女工指着“鸟画”告诉我：

黛玉和湘云的绸衣、绸裙，是用天鹅毛做的；

棕褐色的树皮，是用雕翎做的；

满树的松针，那是孔雀翎。细细一看，墨绿色之中，还闪耀着孔雀翎特殊的荧光；

盛开的菊花，是把白天鹅毛卷起来，做成一个个花瓣，拼合而成；

凹晶馆屋顶上的瓦，则是用翎轴做成的……

在楼梯口，悬挂着另一幅羽毛画巨作——《战吕布》；

那棕色的马，用鸿雁的羽毛剪贴而成；

黑色的马，用的是公鸡尾或黑乌鸦的羽毛；

吕布身上的战袍，那是锦鸡的羽毛……

我惊叹工人们如此巧妙地借用百鸟的羽毛，挥洒自如，“绘”制出色泽如此鲜明的画面。

我很有兴趣地步入车间，只见每一个工作台上，都放着五光十色的各种羽毛。

门窗紧闭，为的是不让风儿把羽毛吹跑。

这些羽毛，都是经过严格消毒之后才用作羽毛画的原料的，许多羽毛都保持着原来的颜色，也有的彩色羽毛，是用白天鹅的毛染色而成。

车间里最主要的生产工具是剪刀。女工们自如地用剪刀修剪着羽毛，剪成一定形状，然后粘贴在“胎形”上。所谓“胎形”，是用石膏、榆木粉做的，做成跟人、鸟、兽、鱼之类大致相似的形状。贴上一根根羽毛后，便成了浮雕式的羽毛画了。

女工们分工颇细，有的专做鸟儿，有的专做花卉，有的专做人物，有的专做野兽。各种“零件”制成以后，经过“组装”，便制成各种羽毛画了。

羽毛画色彩艳丽，富有立体感、真实感。由于鸟羽与兽毛、绸缎的质感相近，所以羽毛画最适合于用来表现百鸟、走兽、仕女、神仙之类。

我看到一位女工往“胎形”贴了白天鹅毛，再在尾部贴几根公鸡毛，然后在头顶上贴了剪成碎屑、染成红色的羽毛，转眼之间，一只亭亭玉立的丹顶鹤，便出现在工作台上。接着，把姿态各异的几只丹项鹤粘在画面上，配上一轮红日，便成了一幅色调明快、富有诗意的《丹项朝阳图》了。女工像一位高超的画师，充分运用百鸟羽毛的自然美，经过一番巧安排，制成羽毛画，给人一种艺术美的享受。

东风林区，百鸟栖息。沈阳羽毛工艺厂以百鸟羽毛为原料，生产典雅秀美的羽毛画，产品驰名中外，远销世界各国。她们手中的剪刀，简直成了马良手中的神笔。普普通通的羽毛，经她们妙手剪贴，顷刻之间身价百倍，成为具有很高艺术欣赏价值的工艺珍品。

我没有见过古卡，也没有见过他编制的百鸟神衣。但是，我见到了身手不凡的羽毛画工人，见到了像百鸟衣一样动人的百鸟画。哦，人间奇迹，工艺奇葩，你长开不败，你永远鲜丽!

冰雪沈阳行

虽说多次去过沈阳，却从未在滴水成冰的严寒季节去。这一回，少年儿童出版社在21世纪即将到来的时候，推出新世纪版《十万个为什么》，要我在全国许多城市为这套书签名售书，沈阳是其中之一。于是，我也就在岁末严寒之际，从上海飞往沈阳。

正遇寒流，连上海的气温都降到摄氏零下，沈阳的气温也就降到零下十几摄氏度，最低气温甚至降到零下25℃。我真担心，在这样的时候前往沈阳，会有谁去书店买《十万个为什么》呢?

下午二时多从上海起飞。大约飞了一个小时，机翼下出现青岛崂山，山顶戴着“雪帽子”。再往北飞，则是冰天雪地，一片白茫茫。飞到沈阳上空时，虽然只是下午四时多，已经夜色浓重。

下了飞机之后，见到处处堆着积雪。天空还在飘飘洒洒下着细雪。路面虽然经过清扫，但小雪仍使路面结着一层薄冰，行走起来颇滑，一不小心就会摔跤。

从沈阳的桃林机场，轿车沿着高速公路疾进。公路两侧是黑森森的树木，黑漆漆的天空，微微泛着雪光的田野。忽然，前面的树上闪耀着红红绿绿的小灯，整棵树像一座流光溢彩的宝塔。矮矮的灌木，披上五光十色的盛装，看上去像一道道落地的彩虹。最好看的是用光学纤维做成的灯柱，一束束彩光沿着光学纤维向外放射，看上去像一团团绽放的焰火。彩灯使黧黑的冬夜，变得生机盎然。

我到达沈阳这天，正值圣诞节的前夜——平安夜。我问沈阳的朋友，树上这么多彩灯是不是为圣诞节准备的？沈阳的朋友直摇头说："这灯，从今年四五月一直亮到现在，跟圣诞节没有关系。在沈阳，这叫'灯光工程'。"

我很喜欢沈阳的"灯光工程"。我发现，沈阳的彩灯千变万化，各具风采。比如，有一座立交桥两侧，全部用绿色灯光装饰，仿佛芳草连绵，这在冰封雪飘的北国是难得一见的绿色；也有的街道两侧的灯柱，全部用红色小灯装饰，我仿佛漫步在颐和园那古色古香的长廊……

我下榻于市中心的金城大酒店。早上七时起床，窗外仍是黑古隆冬。为了防寒，大楼安装了双层玻璃窗，外面的那层玻璃窗四周，结着一层薄薄的冰花。透过窗中央没有冰花的玻璃，我从十二层楼上望下去，依稀见到大街对面是一大片拱形塑料棚，棚里亮着暗淡的灯光。我感到奇怪，在市中心黄金地段，怎么舍得用几个足球场那么大的地皮盖塑料大棚种庄稼?

吃早饭的时候，沈阳的朋友告诉我，那塑料棚下面不是庄稼，而是闻名全国的小商品市场——"五爱市场"。这市场在早上三四点钟就开始营业，过了中午就开始收摊。

我在沈阳忙于工作，竟然没有机会去看一下马路对面一箭之遥的小商品市场。直到第三天吃过中饭，有一点空暇，我就赶紧越过马路，走向"五爱市场"。一进大门，我非常惊讶，在塑料棚底下，各种小商品应有尽有：从运动服、西装到毛线衣，从皮带、皮包到拉杆箱，从闹钟、手表到望远镜，从腈纶毯、领带到皮棉鞋……

最令我吃惊的是，这里的小商品的价格，非常低廉：一件中空滑雪衫，不过三四十元；一条领带，只10元、20元；毛线衣不过二三十元；一双呢子面、胶底的中筒棉鞋，只有十几元……我仔细观看小商品的质量，虽然并不是那种名牌货，但质量还是不错的。

当地的朋友告诉我，这里的小商品以批发为主。由于以批发价出售，所以显得特别便宜。再说，这里是在塑料棚下交易，不是在铺着大理石的百货商场出售，商铺的租金很低，也就大大降低了小商品的商业成本。

不过，在天寒地冻的日子里，在这塑料棚下做生意，近乎露天，也真不容易。虽说东北人不怕冷，但是成天价呆在这零下十几摄氏度，甚至零下二十几摄氏度的地方，也真够呛！一阵寒风刮过来，塑料棚发出哗哗声，更增添了几分阴冷。尤其是清早三四点钟，更是朔风刺骨。据说，这小商品市场在那么早开业，为的是便于批发商赶早班火车运走货物。我到小商品市场的时候，已经接近落市了。我看到业主们正忙于把地摊上未出手的小商品打包，装在手推车或者黄鱼车上，在结着薄冰的泥地里艰难地往回拉……

圣诞夜里，我来到沈阳最繁华的步行街——中街。那里则完全是另一番景象。已经是夜里九时多，依然灯火辉煌，生意火爆。我走进那里一家“麦当劳”餐馆，居然座无虚席。店堂里热风扑面。服务小姐穿着衬衫、裙子奔走于众多的顾客中间。我步入装修豪华的百货商场，那里的小商品几乎比“五爱市场”要贵一两倍。正因为这样，据说沈阳的工薪族们宁可冒着寒风到塑料大棚下买小商品。

我在沈阳最大的书店——北方图书城，为《十万个为什么》签名售书。说实在的，我担心签名售书会冷场：除了担心酷寒会使读者寥寥之外，更担心《十万个为什么》作为盒装套书定价太高，原先作为“重工业重镇”的沈阳如今经济不景气，下岗者众多，怎么会前来购买168元一套的《十万个为什么》？

然而，出人意料，购书者竟是那么的踊跃。签名售书两个多小时，我手中的笔一直没有停过。大部分读者都是看了报纸上的消息，带着孩子踏雪赶来。我见到不少孩子的双颊冻得通红，令我感动不已。

内中，有两位读者给我的印象很深：一位是30多岁的女子，手牵着10来岁的儿子，上了二楼，气喘嘘嘘地直奔《十万个为什么》柜台。她说，她是“打的”来的，光是车费就用了30几元。不过，为儿子作智力投资，值！另一位则是姓关的派出所所长，他拎着一个大包朝我走来。打开一看，里面装着15本书，全是我的作品。他守在我的旁边，在《十万个为什么》签名间隙，逐本为他的藏书签名留念。读者们火热的心，仿佛“冬天里的一把火”，使我感到无比温暖。

在沈阳逗留了四天，我乘早班飞机离开沈阳。6时多出门，天依然黑茫茫。在去机场的路上，我又一次领略了沈阳“灯光工程”的魅力。

从沈阳南飞两个小时，飞机降落在上海浦东新机场。上海的气温高达14℃。从浦东机场到上海市区，一路绿草，一路阳光。我不时记起严寒中的沈阳，记起黑蒙蒙之中闪耀的彩灯，记起那“冬天里的一把火”……

三访大帅府

满城汽笛齐鸣，声声入耳，震撼人心。那是2013年9月18日上午9:18，我正坐在驶往沈阳东北大学的轿车里，那汽笛声使我记起1931年9月18日日军突袭沈阳（当时叫奉天）的“9•18事变”。翌日，太阳旗便在沈阳城头飘扬。紧接着，日军又陆续侵占长春、吉林。1932年2月，东北全境落入日本侵略军之手。出生于抗日战争的烽火之中的我，这次身处“9•18事变”的发生地，听着警示“9•18”的汽笛声，给我留下刻骨铭心的记忆。

对于沈阳这座城市而言，仿佛处处可以触摸到张学良将军的影子。在东北大学校门口，那东北大学四个大字旁的落款，便是张学良；我的讲座在汉卿会馆，张学良字汉卿；走进汉卿会馆，迎面就是一尊青铜半身雕像，棕红色的大理石底座上镌刻着金色大字“张学良，1901—2001”……

在沈阳的日子里，我又一次前往位于沈河区朝阳街的大帅府参观。所谓大帅府，就是张学良和他的父亲张作霖的旧居。张作霖乃东北枭雄，曾任奉天督军、东三省巡阅使，人称“东北王”。第二次直奉战争胜利后，张作霖打进北京，掌控“北洋政府”，出任陆海军大元帅，于是得了“张大帅”之名。

屈指算来，我是第三次造访大帅府。头一回去大帅府，那是1985年6月下旬，我匆匆路过沈阳数日，我却把光阴掷进那大帅府里。莫非我对张大帅的兴衰盛败发生了兴趣？不，不，当时的大帅府，乃辽宁省图书馆所在地。我正忙于采访震惊中日两国的大案——“满洲国立法院长”赵欣伯遗产案。沈阳(奉天)曾是赵欣伯的老巢，当年的书刊上留下赵欣伯出任“奉天市市长”的“遗迹”，而这些书刊在上海却很难查寻。大帅府里的“土特产”，使我在写作长篇报告文学《在赵公元帅面前》时，对“赵公”——赵欣伯有了翔实的了解……

我如入山阴之道，目不暇接，在大帅府探胜求宝。查阅《满洲国现

沈阳大帅府——张作霖、张学良故居

势》，查阅《沈水画报》，查阅《大满洲国要人画报》，查阅《盛京日报》以及厚厚的《治沈记》、《现代支那人名监》、《东北人物志》……午间，休馆之际，丽日中天，我把所借书报摊在大院的水泥台阶上，用照相机咔嚓咔嚓翻拍着。尤为欣喜的是，我在大帅府查到了尘封已久的日本姬野德一在1935年所著《法学博士赵欣伯氏》一书，如获至宝。此书不仅详细记述了赵欣伯的生平，而且还附有赵欣伯赴日期间的日记！

那时候，我的注意力聚焦于大帅府的藏书，并没有关注大帅府本身。

后来，我听说为了使大帅府这一重要的历史建筑得以保护，辽宁省图书馆奉命迁离，那里成了张氏父子的纪念馆。我再度前往大帅府，那时候大帅府经过整修，刚刚对外开放，还属于初创阶段，并未给我留下太多印象。

这一回第三次来到大帅府，那里已经成了像模像样的旅游景区，游客颇多。

走近大帅府，发觉大门前的广场新建了一座青年时期的张学良全身铜像。这大约考虑到张学良在这里居住的时候，还是青年。

大帅府还是原先的样子，但是门口的墙上多了几块大理石牌子，上书“张氏帅府”、“张学良旧居”。其中那块“张学良旧居”的大理石牌子上，还刻着“全国重点文物保护单位，中华人民共和国国务院，1996年11月20日”。这表明大帅府被确认为全国重点文物保护单位是在1996年，不然的话，当年断不可能把辽宁省图书馆安在大帅府的。大帅府的讲解员何小姐热情地全程陪同我进行解说。

据称，“9•18事变”之后，大帅府名义上是“中央图书馆奉天分馆”所在地，实际上被日本奉天第一军管司令部所占据。在国民党统治时代，这里成了“国立沈阳博物院筹备委员会图书馆”所在地，实际上是国民党市党部及接收大员们进驻了大帅府。沈阳解放之后，1948年11月东北图书馆从哈尔滨迁至沈阳大帅府内。1955年，东北图书馆更名为辽宁省图书馆。后来，说是由于图书日益增加，大帅府不够用，1987年起开始在沈阳东陵区另建新馆。1994年10月，辽宁省图书馆新馆试开馆，腾空了大帅府。

其实，大帅府很大，不至于不够用。辽宁省图书馆搬迁的真正原因是张学良在台湾逐渐从囚禁之中恢复自由，大陆为了欢迎张学良归来，便着手迁走辽宁省图书馆，修复大帅府。尤其是1993年初，张学良从台湾迁居美国夏威夷，4月受聘为东北大学名誉校长，5月受聘为哈尔滨工业大学名誉理事长，他的回归便提上议事日程——即便不是定居大陆，回大陆访问的呼声已经很高。张学良倘若归来，必定会旧地重游大帅府，所以国务院在1996年把大帅府定为全国重点文物保护单位，整修工作全面开展。

大帅府很大，是张氏父子逐步修建起来的，分东、西两院。东院是大帅府的早期建筑，包括四合院、小青楼、大青楼、关帝庙，还有东墙外的赵一荻（赵四小姐）故居；西院是后期建筑，共有砖混楼房6座。其中最重要的建筑是大青楼，位于大帅府东院，始建于1918年，竣工于1922年，是张作霖及张学良主政东北时办公、居住场所。大青楼楼高37米，是当时奉天城内最高建筑。

在跨进大帅府的时候，我注意到大帅府的镶铜门槛很高。按照中国当年的惯例，“门槛高”意味着主人的身份高。然而我在大帅府却见到一幅画，画面显示张学良当初出生在马车上！此非杜撰，张学良生前就曾说过：“我生在大马车上。”张家的“门槛”，原本不高。张作霖虽然后来贵为陆海军大元帅，但是他出身贫苦农民，绿林起家，做过马贼，因骁勇善战，才一步步提升。1901年6月4日，张作霖的妻子赵氏乘坐马车，前往辽宁省台安县桑林子乡张家窝棚探望堂侄赵明德时，途中临盆，在马车上生下张学良。

张作霖在“发达”之后，盖起了大帅府，“门槛”一下子高起来了。大帅府先是盖起高大的西式的大青楼，接着又盖起中西式的两层小楼——小青楼。张作霖“墙外金戈铁马，墙内左拥右抱”，发迹之后夫人有六位之多，即赵夫人、卢夫人、戴夫人、许夫人、寿夫人、马夫人。

漫步在大帅府，漫步在大青楼、小青楼，我无意于张作霖六位夫人的“艳史”，而把关注的目光投向张作霖的五夫人张寿懿。她当年住在小青楼。在历史的关键时刻，张寿懿显示了她难得的机智和镇静：

对于大帅府而言，晴天霹雳发生在1928年6月4日。那天张作霖乘坐火车从北京返回沈阳，凌晨5时30分，途经沈阳郊区的皇姑屯时，突然发生猛烈的爆炸。后来得知，那是日军设置的阴谋。

据大帅府当时的管家温守善回忆：“张作霖被炸出约三丈远，咽喉处有一个很深的窟窿，满身是血。奉天宪兵司令齐恩铭驱车赶来接张作霖。张学曾等人忙把张作霖抬上他的汽车。到大帅府后，张作霖即被抬进小青楼会客厅。”

回到大帅府时，张作霖已经不省人事。上午9时45分，张作霖因伤势过重，撒手人寰。

大帅府的天，仿佛要塌下来。五夫人就在这个时候，成了大帅府顶梁柱。她当即与省长刘尚清、督军署参谋长臧式毅商议，决定秘不发丧，以争取张学良赶回沈阳。

于是，护士照样在小青楼进进出出，厨师依然厨房忙忙碌碌，仿佛都在为张大帅将息身体服务。大帅府里一切如常，未发出一声啼哭，没有一个人眼睛红肿。

起初，日军对张作霖表示“关切”，派军医前来“救治”张大帅，被五夫人拒绝。

日本驻沈阳总领事的太太，迈过大帅府高高的镶铜门槛，说是来看望张大帅的夫人们，谁都明白她安的是什么心。

五夫人张寿懿浓妆艳抹，在小青楼隆重接待总领事太太，并设宴招待。五夫人称，张大帅受了伤，但是并无生命危险，只是惊恐过度，正在静养，无法亲自出面会晤总领事太太，托她代为致谢。席间，从小青楼西屋里还传来张作霖的咳嗽声和骂声，丫鬟、护士时进时出。

日本总领事太太对于张作霖未死深信不疑——虽说张作霖的尸体正停放在咫尺之内的西屋。

张作霖命归黄泉之时，五夫人只知张学良正在天津。五夫人不敢动用电报、电话向张学良报丧，而是派出身边可靠副官秘密赶赴天津。副官到达天津之后，却又一时找不到张学良。五夫人在沈阳心急似焚。直到张作霖死后第13天，张学良终于赶回沈阳大帅府。

在张学良回来后的第5天，正式对外宣布，张作霖薨逝。日本总领事获

沈阳大帅府内

知，大吃一惊！

在隆重举行张作霖祭奠仪式之后不久，1928年7月3日，29岁的张学良向全国通电就职“东三省保安总司令”，顺利接手东三省的军政大权。五夫人在关键时刻起了关键作用，赢得大帅府上上下下的赞扬和尊重。

由于父亲张作霖的忌日6月4日，正巧是张学良的生日。从此张学良再不在6月4日过生日。

在小青楼听罢讲解员何小姐讲述的传奇故事之后，她领着我出了大帅府的东门，那里的一幢两层小楼明显不同于大青楼、小青楼，青楼是因用青砖砌成而得名，那幢小楼却是以红砖砌成，墙上嵌着白色大理石牌子，上书“赵一荻故居”，人称“赵四小姐楼”。

参观赵一荻故居，我又听说另一个传奇故事。

张学良曾经自称：“平生无憾事，唯一爱女人。”他的正式婚姻有三次：

张学良的元配夫人于凤至，1915年与张学良结婚，当时张学良14岁，于凤至年长他3岁；

张学良的第二位夫人谷瑞玉，比他小3岁，1924年10月在天津与张学良结婚，于1931年1月与张学良解除婚姻关系；

张学良的第三次婚姻，是与赵一荻结合。她生于香港，得名香笙。据说出生时东方天际出现一片绮丽多彩的霞光，所以又名绮霞。不过，她最为人知的称呼是“赵四小姐”。她的父亲赵庆华，曾任津浦、沪宁、广九等铁路局的局长及北洋政府交通次长。他有6男4女，女儿中赵一荻最小，排行第四，故称赵四。

赵一荻小时候生活在天津。张学良则在天津旧法租界32号路54号拥有一幢三层洋楼，常在天津小住。

1927年5月的一个夜晚，15岁的赵一荻还只是天津的中学生，随大姐绛雪到蔡家花园看热闹。那里是江西督军蔡成勋斥巨资在天津四马路与五马路之间新建的豪宅，在1926年刚刚竣工，又称蔡公馆。由于蔡成勋爱好交际，蔡家花园也就成了天津上流社会的交际场所，常举行舞会。就是在那里，赵一荻结识了张学良，一起跳舞。此后，赵家赴北戴河避暑，正巧张学良也在那里，约赵一荻跳舞。回到天津之后，张学良与赵一荻陷入热恋。

1928年6月4日，张作霖被日军炸死，张学良不得不从天津赶回沈阳。张学良念念不忘赵一荻，写信约她去沈阳。赵一荻的父亲赵庆华得知女儿跟有妇之夫来往，坚决反对，把赵一荻软禁在家，派女佣监视。赵一荻在哥哥赵燕生的帮助下，离家出走，乘火车单身赴沈阳。到达沈阳之后，赵一荻起初被张学良安排在北陵别墅，秘密同居。赵庆华在赵一荻私奔沈阳之后，登报声明，断绝父女关系。

张学良夫人于凤至获知，力主把赵一荻接至大帅府，以“张学良秘书”相称。于凤至见了赵一荻，十分喜欢，亲自监工设计，在大帅府东门外建造了那幢红砖小楼，供“张学良秘书”赵一荻居住。

于凤至在关爱之中，也有提防：让这座“赵四小姐楼”建在大帅府大门之外，表明赵一荻非张学良家人。在“赵四小姐楼”没有设计厨房。赵一荻一日三餐，由大帅府派人送来，这又表明赵一荻是靠张家供养的。

赵一荻不在乎“张学良秘书”这一名份，以为能够跟张学良生活在一起，就是最大的幸福。我注意到，赵一荻特意选择了小楼楼上一间西北角的屋子作为卧室，原因是透过那里朝西的窗口可以看见小青楼张学良办公室的灯光……

张学良和杨虎城在1936年12月12日发动了震惊中外的西安事变，两位将军成为名垂青史的大英雄。然而张学良和杨虎城为西安事变付出了沉重的代价。张学良从少帅的宝座跌落成为囚徒。可贵的是赵一荻不离不弃，一直跟随张学良从这个监所到那个牢房，使张学良在痛苦、孤寂中得到心灵的安慰。

张学良在困苦之中成为基督教徒。按照基督教规，只能一夫一妻的教徒才可能接受洗礼。1964年初，于凤至同意与张学良离婚，以成就张学良、赵一荻的婚姻。有情人终成眷属。1964年7月4日，张学良与赵一荻在台北市北投的教堂里举行婚礼。此时张学良64岁，赵一荻51岁，他们过着与世隔绝的生活已经整整28年！

2000年6月22日，赵一荻病逝于美国夏威夷檀香山。翌年10月15日，张学良也在那里病逝，与赵一荻合葬。

我在大帅府参观，仿佛在那里巡逡历史长廊。大帅府见证张大帅与张少帅的传奇人生。正因为这样，尽管我在沈阳只有半天的空余时间，尽管我已经是第三次来到那里，在我看来，三访大帅府，值！

“北方明珠”——大连

我到东北好多回，多次到过沈阳、长春、哈尔滨，却没有去过大连。内中的原因是大连处于铁路支线的终点，倘若不是专程去那里，就不大会来到大连。

2001年8月，应大连新华书店的邀请，前往那里参加大连图书博览会，终于有机会一睹这“北方明珠”的风采。

我从鞍山沿着高速公路前往大连。只用了一个半小时，大连就在眼前了。

大连是蓝色城市。大连三面环海，蔚蓝色的海水包围着这座半岛城市。大海是坦途，是通途，使大连以蓝色之路连接五大洲。大海也是聚宝盆，使大连从蓝色宝库里取宝不尽，取宝不竭。

大连又是绿色城市。车入大连，满目苍翠。大片大片的草地、花坛和夹道的林荫，使大连成了一座花园都市。花园在大连里，大连在花园中。生活在大连，也就是生活在花园。

大连是一座面目一新的城市。新的布局，新的格调，新的楼房，新的马路。经过脱胎换骨式的大改造，大动作，旧城换新颜，一片欣欣向荣。

大连又是一座广场城市。在密集的高楼群中，在纵横交错的岔口，豁然开朗，出现一个广场，使湍急的城市节奏一下子变得舒缓。竖立着五个彩环的奥林匹克广场，充满青春气息。圆形的中山音乐广场像一张巨大的唱片，又像一张硕大的光盘，在那里抒放着一个个音符。人民广场使人们分不清这里是市中心还是足球场。星海广场、海军广场的喷泉群使人误以为来到法国巴黎的凡尔赛宫，而面对碧海的海之韵广场体现了大海的神韵。

大连还是名闻遐迩的“足球城”。市中心的一大片草地上，一只红白相间、硕大无朋的足球雕塑，象征着足球已经成了大连人心目中的最爱。在1994年至1998年，大连“万达”在全国甲A联赛中四夺冠、三连冠。2000年，大连又在全国甲A联赛和超霸杯赛中捧得冠军宝座。谈起“足球经”，大连的老太太也眉飞色舞。

大连是一座年轻的城市。到了大连，知道在1999年这座城市举行盛大的百年庆典。对于人而言，百岁是人瑞，对于城市而言，百岁是小伙子。大连是在19世纪末被沙俄强行租借。1899年8月16日，沙皇尼古拉二世把大连设为直辖市，这个日子成了大连建市的日子。不过，回首大连百年，历经沧桑，充满崎岖：前七年在沙俄统治之下，接着由于俄罗斯在日俄战争中败北，日本统治大连达40年之久。1945年日本投降，苏联军队进驻大连，同时建立人民政权。十年后，苏联红军从大连撤军，从此大连完全回到祖国怀抱。在改革开放的岁月，特别是步入20世纪90年代，大连发生了翻天覆地的变化，一个面目一新的大连从旧大连中脱颖而出。

我发现，大连人有一种特殊的城市自豪感，一说起来总带着“我们大连”这样的口气。

大连海滨

盐场行

我来到一个非常奇特的地方：这边，阡陌纵横，水波粼粼，一派江南水乡风光；那边，白雪耀目，冰峰逶迤，则是北国景象。这“北国江南”坐落在渤海湾畔。闻名全国的“长芦盐”，便是在这儿出产的。

人，不可食无盐。一个成年人，每日大约需要食用10至15克盐。高温作业的工人，汗流浃背，汗水带走了许多盐分，每天则需摄入40至50克盐。13亿人口的中国，即使以每人每日食用10克盐计算，全国每天便要食用13万吨盐！

中国的老年人常用这样一句话，向后辈炫耀自己的“老资格”：“我走过的桥，比你走过的路还多；我吃过的盐，比你吃过的饭还多。”从这句古话里，也足以说明盐对于人的重要。

虽然人人天天食盐，然而，亲眼看过盐是怎么生产出来的人并不多。我已经吃了那么多年的盐，这次到天津长芦盐务局的汉沽盐场采访，才算第一次来到盐的家乡。

汉沽盐是一个职工逾万的大型盐场，与塘沽盐场毗连，是我国海盐的主要产地之一。中国盐业总公司技术处的一位负责人对我说，汉沽盐场进行了全面技术改造，在那里可以看到现代化盐场的风貌。于是，我决定去采访。

几乎每一家工厂，都要靠船、车运进原料。然而，盐场的原料用不着车载船运。那浩渺无际的海水，便是制盐的取之不尽、用之不竭的原料。据测定，海水中含有3%的食盐。我来到渤海边，看到海水被扬水站抽上来，哦，这就算是“运进原料”。

犹如江南水乡一般，海水沿着沟、渠，被送进方方整整的“水田”。这“水田”，叫做蒸发池。长年累月，海水在“水田”中经日晒风吹，水分渐渐蒸发，慢慢浓缩。在辽阔的海滩上，遍地是棋盘格子般的蒸发池。阳光灿烂，清风徐徐，水面波光星星点点。蒸发海水全靠“老天爷”，不费一块煤，不用一滴油。

海水浓缩后，成为卤水，被输入结晶池。汉沽的结晶池真漂亮，四周的“田埂”是用红砖砌，每块“田”长184米，宽90米。结晶池也是靠日晒风吹，进一步浓缩卤水。食盐结晶了，析出来了。有时，在卤水表面还飘起白花花的食盐，叫做“飘花”。大量的食盐沉析在池底。据说，结晶池的池底本是一片泥地，结上一层十几厘米厚的食盐之后，便像水泥地似的又平又硬，拖拉机、汽车可以在上面纵横驰骋。

盐花雪白雪白，而卤水却是粉红色的。我问，卤水怎么会发红？盐场的师傅笑着说，这还是一个谜。每到秋天，卤水便发红。有人说，可能是卤水中繁殖了红色的微生物。也有人说，卤水那么咸，怎么能长微生物呢？尽管其中的原因尚不得而知，不过，粉红色的卤水使成片的结晶池披上一件彩衣，与白盐辉映，别有一番景致。

令我非常惊讶的是，一揿电钮，一块块巨大的人造薄膜，便自动地向前移动，慢慢地把整个结晶池盖起来。要知道，每个结晶池的面积达1万6千多平方米，居然可用一整块人造薄膜盖起来。成片的结晶池，每个都装有自动盖上人造薄膜的装置。能够自动盖上，也能自动收起来。

盐场向来靠天吃饭。一池盐卤正在结晶，眼看着可以收盐了，突然下起一场大雨，便使到手的盐“泡场”。汉沽盐场向现代化迈进，在结晶池上安装了盖、收人造薄膜装置，下雨盖，晴天收，不必再仰仗大自然的鼻息了。

不过，什么时候盖，什么时候收，听命于天气预报。我来到汉沽盐场的气象站，发觉那里的设备相当齐全、先进。在一台气象雷达的荧光屏上，我看到了周围上百公里上空云的分布情况。荧光屏还能显示，哪些云正在下雨。这样的气象设备，在一般的基层气象站里是不多见的。现代化的盐场，必须用现代化的气象设备武装起来。准确的天气预报，对于盐场来说，是命运攸关的决策情报。

当盐场获知近期无雨，而结晶池内的盐层已相当厚，便排掉卤水，开始收盐了。这时，结晶池一片白皑皑，如同冰天雪地一般。在汉沽盐场，收盐已实现机械化。收盐机鲸吞着晒干了的食盐，链斗提升机把食盐送往解放牌卡车的翻斗里。收盐机是红色的，卡车是绿色的，在“雪”地里分外醒目。

过去，盐工是非常辛苦的。一年到头，在“露天工厂”那里肩挑人扛，往往30来岁看上去便像老头儿，肩上长着高高的“肉疙瘩”。人们常说：“盐工三大愁，扒盐、抬筐、拉大础。”那年月，盐场里最轻的活儿，要算是汽车司机，“方向盘吃香”。如今，在汉沽盐汤，司机倒成了重活儿，盐工们已经从重体力劳动中解放出来了。

从结晶池里得到的盐，粒大，白中带青，叫做原盐。原盐中还含有泥沙以及其他杂质。过去，市场上卖的“芦盐”，便是这种原盐。如今，原盐还要送工厂洗涤、精制，成为粒细色白的精制盐。精制盐品质纯正，干燥洁净，现在市场上供应的便是这种盐。有趣的是，由于“芦盐”向来颇享盛誉，北方农民喜爱芦盐，以为只有粒大色青才是真正的芦盐。当精制盐上市时，他们不识货，认为那是“小盐”，不是货真价实的芦盐。其实，粒细色白的精制盐，是新一代的芦盐，是质量更好的芦盐。汉沽盐场的朋友希望我替他们做点“宣传”，让广大用户知道如今芦盐已经“升级换代”了！

在制盐工厂里，我看到传送带旁放了个大玻璃瓶，里面盛着无色液体。那液体通过橡皮管，正不断滴入传送带上哗哗流过的食盐中。往食盐里加什么东西呢？一打听，才知道瓶子里装的是碘化钾溶液。原来，在我国不少山区，由于缺碘，有1 000多万人受到地方甲状腺肿大症的威胁。患者脖子肿大，俗称“大脖子病”。党和政府关心广大人民的健康，卫生部门拨出专款，购买碘化钾，往食盐里加入含碘物质，供应缺碘地区的居民。自从采取这一措施之后，“大脖子病”患者已大为减少。

在汉沽盐场，我还看到一种奇特的盐：我抓起一把，一松手，那盐便从手指缝中“流”了下去，“流”得一粒不剩！这种盐为什么具有这样好的流动性呢？用放大镜一照，明白了：喔，这盐圆溜溜的，像一颗颗鱼子，俗称“鱼子盐”。

盐，总是方的。怎么会有圆的呢？原来，这是在普通的食盐中，加入“松散剂”、“防潮剂”等，经特殊加工才制得的。鱼子盐外销，很受欢迎，因为西方人爱吃冷盆，总是做好菜才撒盐。鱼子盐流动性好，可以撒得很匀。

在汉沽盐场，最为壮观的，要算是“盐坨子”了。所谓“盐坨子”，就是盐山。每座盐山，少则几吨，多则十几吨。一座一座的盐山，犹如冰山雪峰，是盐业工人的劳动结晶。平常，盐坨子上盖着用当地盛产的芦苇编成的苇苫子，用来防雨。需要外运时，掀开苇苫子，长颈鹿似的“拆坨机”，便会把白花花的盐“拆”下来，用输送带送出去。

海盐的生产，靠日光为能源，成本低廉。论成本，一斤海盐，才几分钱而已。不过，由于历史的原因，盐税与烟税、酒税一样，是国家的重要财政收入，所以食盐的市价远高于成本。

盐除了食用之外，还是重要的化工原料，用来制造纯碱、烧碱、液氯、盐酸等。

关于盐的用途，我听说两桩新事：

一是畜牧用盐。牲畜与人一样，也是不可食无盐。不过，牲畜不会说话，不会说咸道淡。如今，人们注意到这一点。据我国有关部门试验，给猪每天吃20克食盐，可多长2两3钱肉！近年来，我国畜牧用盐量不断增加。

二是道路化雪。在大雪封路时，往雪里撒盐或洒盐水，可以化雪。这是因为水中有盐之后，冰点就降低了。盐水在零下十几摄氏度都不会冻结。据统计，美国每年生产的盐，有五分之一用于道路化雪！如今，随着我国海盐生产飞跃发展，盐多了，在北京，已经试用食盐在东西长安街化雪，效果颇好。

我从汉沽盐场归来，觉得此行不虚——我看到了现代化盐场新貌，我增长了许多关于盐的见识。

我不由得记起一个有趣的民间故事：过去，在我国山区，一位姑娘要出嫁。她对未婚夫说，她有一件价值连城的嫁妆，装在一个精致的小盒里，不肯轻易示人。

未婚夫是海边人。当姑娘随未婚夫来到海边，当场晕倒了。为什么呢？原来，她的小盒里，只是一块岩盐而已！

那时，在山区，盐贵如金。她到了海边，见到满地是盐，才知自己的嫁妆，在未婚夫的眼里，分文不值，便晕倒了。

我想，这样的故事，今天再也不会发生。因为大批海盐内运，加上湖盐、矿盐、井盐大量生产，在山区，到处有盐，盐中还含碘呢！

时代在前进，往事如烟……